ENGLISH HISTORY

莎士比亚戏剧中的英国史

IN SHAKESPEARE

[英] 马里奥特（J.A.R.Marriott）

虞又铭　译

华东师范大学出版社

上海

华东师范大学出版社六点分社　策划

总　序

　　每个民族都有自己的文化英雄和灵魂作家,彼此间未必能够认同;但在世界文学的万神殿中,莎士比亚享有无可置疑的和众望所归的崇高地位。他在生前即已成为英国现代-民族文学的偶像明星,自浪漫主义时代以降更是声誉日隆,并随"日不落帝国"的政治声威和英美文化霸权而成为普世文学的人格化身,即如美国学者艾伦·布鲁姆(1930—1992)所说:

> 　　莎士比亚对所有时代和国家中那些认真阅读他的人产生的影响证明我们身上存在着某种永恒的东西,为了这些永恒的东西,人们必须一遍又一遍地重新回到他的戏剧。①

　　当然,这个"我们"在我们看来更多是西方人的"我

---

① 　Allan David Bloom: *Love and Friendship*, Simon & Schuster, 1993, p. 397.

们"，即西方人自我认同的、以西方人为代表的，甚至默认(首先或主要)是西方人的那个"我们"。正像莎士比亚取代不了荷马、维吉尔、但丁一样，我们——我们中国人——在莎士比亚中也读不到屈原、陶渊明和杜甫。那是另一个世界，一个不同的世界。这一不同无损于莎士比亚(或杜甫)的伟大；事实上，正是这一不同使得阅读和理解莎士比亚——对于我们，他代表了一个不同的世界，我们既在(确切说是被投入或卷入)其中又不在其中的世界——成为一种必需的和美妙的人生经验。

　　在中国，莎士比亚作品原典的翻译已有百年以上的发展和积累，如朱生豪、梁实秋、方平等人的译本广为流传而脍炙人口，此外并有新的全集译本正在或即将问世，这为日后的注疏工作打下了坚实的基础。中国古人治学格言："旧学商量加邃密，新知培养转深沉。"时至今日，中国汉语学界的西学研究渐入"加邃密"和"转深沉"之佳境，而莎士比亚戏剧与诗歌作品的注疏——或者说以注疏为中心的翻译和研究工作——也该提上今天的工作日程了。

　　有鉴于此，我们准备发起"莎士比亚研究"丛书，以为"为王前驱"、拥彗清道之"小工"。丛书将以注释和翻译为主，后者重点译介20世纪以来西方特别是英语世界中的莎学研究名著，兼顾文学、思想史、政治哲学、戏剧表演等研究领域和方向，从2021年起陆续分辑推出。至于前者，即"莎士比亚注疏集"(以下简称"注疏集")部分，编者也有一些原则性的先行理解和预期定位，敢布衷怀于此,并求教于海内方家与学界同仁。

首先,在形式方面,注疏集将以单部作品(如《哈姆雷特》或《十四行诗集》)为单位,以朱生豪等人译本为中文底本,以新阿登版(兼及新牛津版和新剑桥版)莎士比亚注疏集为英文底本(如果条件允许,也会参考其他语种的重要或权威译本),同时借鉴具有学术影响和历史意义的研究成果,既入乎其内又出乎其外地对之进行解读——事实上这已触及注疏集和文学解释乃至“解释”本身的精神内容,而不仅是简单的形式要求了。

所谓“入乎其内又出乎其外”,首先要求解释者有意识地暂时搁置或放下一切个人意志与成见而加入莎士比亚文学阐释传统这一不断奔腾、历久弥新的“效果历史”长河。其次是进入莎士比亚文学的传统:作为“一切时代的灵魂”,莎士比亚关注的是具体情境中的普遍人性,即便是他政治意味相对明显的英国历史剧和罗马剧也首先是文学文献而非其他(尽管它们也可用于非文学的解读)。第三是进入“中国”,即我们身为中国人而特有的审美感受、历史记忆、文化经验和问题意识,因为只有进入作为“西方”之他者的“中国”,我们才有可能真正走出西方中心主义的自说自话而进一步证成莎士比亚文学的阐释传统。

以上所说,只是编者的一些初步想法。所谓“知难行易”,真正实现谈何容易!(我在此想到了《哈姆雷特》“戏中戏”中国王的感叹:“Our thoughts are ours, their ends none of our own.”)蒙华东师范大学出版社六点分社倪为国先生信任，本人忝列从事，承乏主编"莎士比亚研究丛书"。自惟瓦釜之才，常有"抚中徘徊"、"怀隐忧而历兹"之感，但我确信这是一项有意义的事业，值得为之付出。昔人有言："锲而不舍，金石可镂。"（《荀子·劝学》）请以二十年为期，其间容有小成，或可留下此在的印迹，继成前烈之功并为后人执殳开道。本人愿为此前景黾勉努力，同时祈望海内学人同道惠然肯来，共举胜业而使学有缉熙于光明——为了莎士比亚，为了中国，也是为了方生方逝的我们：

皎皎白驹，在彼空谷。
生刍一束，其人如玉。
毋金玉尔音，而有遐心。

There lies the port; the vessel puffs her sail:
'Tis not too late to seek a newer world.
Our virtues lie in the interpretation of the time.
Multi pertransibunt et augebitur scientia.

张沛

2021 年 9 月 4 日于昌平寓所

目　录

前言 ……………………………………………………………… 1

第一章　序:历史剧中的英国精神 ……………………… 3

第二章　约翰王:动荡不安的统治 ……………… 33

第三章　"无人辅佐"的理查:业余政治家 ………… 60

第四章　亨利四世不平静的岁月:万恶的政客

　　　　波林勃洛克 ……………………………… 99

第五章　亨利五世:胜利中的英格兰之魂 ………… 137

第六章　王室分裂:兰开斯特与约克—亨利

　　　　六世与爱德华四世—玫瑰之战………… 175

第七章　约克王朝:理查三世的悲剧 …………… 212

第八章　英格兰的重生:亨利八世与都铎专政 …… 251

附录一………………………………………………… 296

附录二………………………………………………… 300

附录三………………………………………………… 302

译后记………………………………………………… 307

前　　言

　　一个纯粹的历史学家出版一本关于莎士比亚的专著,尽管研究的对象是英国历史剧,但还是不能通过轻描淡写的自谦来为自己开脱。虽然自孩提时代起就深爱莎士比亚,我仍不能称自己为英国戏剧文学的专业性学者。因此,本书对历史剧系列作品进行了文学或戏剧维度的研讨,不过属于业余水平,也必须被视作业余者的创作。不过,正如我的书名所显示的,我对这些剧作的研究有着自己的思路。我以一个历史及政治的研习者身份来展开讨论。构成本书基础的一些讲座内容是多年之前的成果,此次出版前已全部重写。关于出版这部著作的主要考虑及动机,第一章绪论将有详细介绍。我确信,英国历史剧系列对于英国及英语世界而言,都具有一种政治意义,在当下此刻的历史背景下,它的重要性无论如何强调都不会过分。

　　就"角度"而言,我承认本书并非开天辟地之作。此外,过往的相关写作对我的启发,就像福斯塔夫的谎言那般巨大且显而易见。在此,我对前人的研究成果谦卑地表示感谢。因本书研讨有限，虽然各家著述的启发牢记于胸，但无法全盘加以引述。长期以来驳杂的阅读，也使得许多启发与影响超出了我自己所能意识到的范围。书中的引用及权威著作书单实不周全，对未能提及者谨致以诚恳的歉意。同时，非常感谢好友瓦特·雷利（Walter Raleigh）慷慨阅读了书中相当篇幅的文字。当然，若说内容与形式上有任何问题，都非雷利之过。在内容与形式两方面，本书的确留下了许多缺憾，我唯一可为自己开脱之处在于，付梓出版的完稿过程受到了太多干扰，外部情势不利于文学研究的写作，倘若推迟出版，又不利于我写作目标的实现。我必须再补充一句，本书有超过三分之一的内容曾发表于《双周评论》（Fortnightly Review），感谢杂志主办方与总编辑同意我使用这些已刊印的文章。

马里奥特（J. A. R. Marriott）

剑桥，1917 年 11 月 5 日

第一章
序:历史剧中的英国精神

历史剧显示出莎士比亚与英国人民所思所想的
共鸣。

——亨利·哈勒姆(Henry Hallam)[1]

时间的洪流不断冲刷卷携着其他诗人作品的残
片,却不能对莎翁的作品伤及分毫。

——约翰逊博士(Dr. Johnson)[2]

剧诗使得历史如在眼前,它是将过去带至当下
的一幅画面。

——培根(Bacon)[3]

"莎士比亚年"本应如约而至。若不是世界大战,这
一年当然应该是用来缅怀莎翁的。300 年前,他告别了
人世,人们原可利用逝世 300 周年之机好好纪念这位文
坛魁首,但战争的浩劫扰乱了一切。世人对他的崇敬从

---

[1] Henry Hallam(1777—1859),英国历史学家、文学批评家。
[2] 18 世纪英国批评家塞缪尔·约翰逊(Samuel Johnson,1709—1784)。
[3] Francis Bacon(1561—1626),英国哲学家。

未间断,这种崇敬也从未局限于英格兰以及英语世界,而是遍布于文明世界——才华横溢者在其中能够得到应有的肯定与尊敬——的每一个角落。莎士比亚能在全世界范围内获得尊敬不出意外,因为他的写作并不受具体国别的限制,而是紧扣人性。如果有谁可以被称为世界公民,他绝对是其中一位。不过,尽管他不仅仅为英国人而是为人类写作,尽管其作品具有超时代的特点,但莎士比亚仍与其他人一样有其特定的来处。他属于他的国家,是其所处时代的产儿,虽然具有天主教的同情心以及对人生的宽广理解,但莎士比亚依旧带有鲜明的国家民族性。他是伊丽莎白时代的一位杰出的英国人,最为基本的,他是一位热忱的爱国者。

莎士比亚来自于他的时代,来自于英国的文艺复兴,充满着都铎时期的英国精神。仅仅说他愉快地生活在自己的那个时代是不够的。从文学意义上讲,若出生于任何一个其他时代,他都不可能成为今天我们所知道的莎士比亚。提前一个世纪,尽管已有相关戏剧传统,但玫瑰战争①的各种纷扰不会成就莎翁的那些喜剧作品,关于英国历史的各部编年史剧更不可能与我们见面。

本书所要讨论的正是这些历史剧。当下这个时刻,重温那些历史剧所传达的教益似乎是格外适切的。除了创作较晚(1612)的《亨利八世》,其他作品均作于从击败无敌舰队到伊丽莎白时代结束之间的那十五年。这些作

---

① 即兰开斯特家族与约克家族之间对王权的反复争夺。

品散发着时代的气息,表现出伊丽莎白时代英国的英雄气概。那是一个在都铎王朝强力统治之下、在文艺复兴暖风熏陶之下得以重生的英国。与无敌舰队的决战标志着英国历史的一个高潮阶段。此前约一个世纪,波士委(Bosworth)战役①结束了英国内部的分裂与失序、生灵涂炭与国家耻辱。都铎王朝在最危急的时候,给英国带来了秩序、安宁以及强有力的管治。之后,英国人的行为与思想经历了令人惊讶、方向各异的扩展。文艺复兴给英国人带来的不仅仅是古代智慧的宝藏,更有科学探索的新气象、地理及商业开拓的新冲动。哥白尼给人类揭示了一个新的天空,哥伦布、达伽马与卡博特(Cabot)②则打开了新的地理空间。

　　由于政治纷扰,以及偏远的地理位置,再加上其他一些原因,在文艺复兴对人们的心灵与思维产生重大影响时,英国其实有些反应迟钝。英国的苏醒在 16 世纪终于到来,其后便是高速的发展。不仅仅是高速的,而且是多方面的发展。科莱(Colet)③、埃拉斯穆斯(Erasmus)以及莫尔(More)给牛津带去了新式的学习、新的训诂学、新的研究方向,新学又从牛津辐射到全国各地。许多濒临关闭的学校重振旗鼓,新的学校纷纷建立。农业生产上的新理念掀起了一场变革,农业革命又产生广泛的社会

---

① 亨利·都铎与理查三世之间的决战,前者取得胜利,随后登基。
② John Cabot(1450—1500),意大利航海家。1497 年受命于英王亨利七世进行海上探险,并到达了北美洲陆地。
③ John Colet(1467—1519),英国神学家、教育家。1504 年获封伦敦圣保罗大教堂主任牧师。

及经济影响,国内工业与海外贸易得到强有力的刺激,财富迅速增长,货币开始贬值,生活成本上升。在所有这些英格兰所经历的时代变化中,最为特殊的一方面就是新兴的对海上探险、地理发现的热切追求。戴维斯(Davis)①、弗罗比舍(Frobisher)②、霍金斯(Hawkins)③、德雷克(Drake)④、理查德·格伦维尔爵士(Sir Richard Grenville)⑤、亨弗雷·吉尔伯特爵士(Sir Humphrey Gilbert)⑥以及瓦特·雷利爵士(Sir Walter Raleigh)⑦等,都是伊丽莎白时代居功至伟的人物,他们真切地体现了那段美好的历史时期中英国人的新追求。哈克路伊特(Hakluyt)的作品集《航海家大事纪》(*Voyager's Tales*)被看作是关于伊丽莎白时代英格兰的一部散文化史诗,这一判断有其道理。不过,最能体现伊丽莎白时代英国气象的还得数莎士比亚的历史剧。

那些历史剧作品问世距今已有 300 年。自 1588 年无敌舰队入侵危机以来,我们国家还从未面临过像今天这样严峻的局面。彼时今日之间,虽相隔着漫长岁月,但却有着令人惊讶的相似。作为一个社会、政治、经济均迅速发展的历史阶段,19 世纪绝不次于 16 世纪。在精神

① John Davis(1550—1605),英国航海家。
② Martin Frobisher (1535—1594),英国航海家。
③ John Hawkins(1532—1595),英国航海家。
④ Francis Drake(1540—1596),英国航海家。
⑤ Richard Grenville(1542—1591),英国航海家。
⑥ Humphrey Gilbert(1539—1583),英国航海家。
⑦ Sir Walter Raleigh(1552—1618),英国航海家。

发展、教育活动、地理扩张方面,19世纪不差分毫。就国内工业、科学研究、海外事业而言,维多利亚时代的荣光更不弱于伊丽莎白时代。

两个时代的相似之处不止于此。它们各自所迎来的前所未有的国家繁荣,都紧跟着国家外部关系的危机。西班牙王国的统一、快速发展及扩张,对应于德意志帝国的内部统一及壮大。当年,西班牙哈布斯堡家族势力威胁着欧洲的平衡及弱小国家的独立,如今则轮到霍亨佐伦王室作威作福。在两个时代,英国都挺身而出拯救欧洲。不过,还有更为深层、更令人警醒的对应之处。在这两个时代,危机都不完全是外部的。只要领袖实现了人民团结,任何兵临城下的敌人都不会让英国感到害怕。对于莎士比亚来说,国家团结正是国家强大的最重要条件之一。这样一种团结,在15世纪得不到脆弱的中央政府的支撑,并被兰开斯特与约克两大家族之间的斗争损害,到了16世纪,又受制于社会、经济、宗教上的变化及随之而来的信念及阶级上的分化。卡莱尔(Carlyle)在评述宪章运动时曾说,"一切斗争都出于错误的理解"。16世纪存在着错误的理解,但远不止于此。社会的不同阶级在当时有着真真切切的——尽管是暂时的——经济利益上的斗争,国家政治利益与公民个人经济利益之间也有尖锐冲突。无疑,农业革命、产权的合并、牧场的发展、畜牧业对种植业的代替——简单说就是"圈地运动"——在都铎时期作为主要推动力给国家带来了重大繁荣发展,但同样明确的是,这些变化也给个体带来极大损失,许多人深受其害、家破人亡。

　　一般而言,人们在观察、记录自己时代的各种经济变化时并不能作出最佳判断。他们无法厘清主要的走向,但他们可以很好地把握个体经验。16 世纪的民间文学除了记载了许多像罗伯特·凯特(Robert Kett)起义这样的革命事件,还充分表达了对时代的感受。非常明显,阶级与阶级之间的对立可谓水火不容:

　　　　　嫉恨日深,异象日现,

　　　　　富足之人怎会顾念贫贱,

　　　　　上帝慈悲久已隐没,

　　　　　恶魔杰作层出不穷,

　　　　　村庄塌毁,土地荒芜,

　　　　　农田尽变草场畜牧,

　　　　　即便教堂圣地,

　　　　　亦被达官显贵用作羊圈谋利。①

一位民谣歌者唱出了上述心声。斯考瑞(Scory)与拉提莫(Latimer)主教的传道辞,托马斯·莫尔爵士的《乌托邦》,当时的民间歌曲、市井谈话,无不讲述着同样的民意。与这些证言遥相呼应的,是立法机构当时力图控制经济变化、减轻个体痛苦但基本未能奏效的那些立法行动。

---

① 这首民谣题为"Nowe-a-dayes",大约出现于 1520 年。出处不详。

除了经济领域内的变化,当时还存在着其他一些易造成分裂的因素,这在宗教领域尤其明显。伊丽莎白的宗教方案①,尽管不被极端派别承认,但还是缓解了宗教纷争。其后,带有关怀性的、普济天下的《劳工与学徒法案》(Statute of Apprentices)以及《贫民法案》(Poor Law)至少表明了国家对公民福祉并非漠不关心。

然而,国家团结最主要的动因还是在于危及国家独立的外部威胁。理查德·胡克(Richard Hooker)这样写道:"对外部威胁的担忧,使得国内的各种力量比以往更能团结,令各方势力都受到了限制,让各方人物变得更加审慎,也使各方之间的矛盾暂时搁置,令那些睿智之人通力合作、求取局面的好转。"伊丽莎白女王统治的最初 30 年,局势何等严峻?胜利的局面在 1588 年到来。有赖于统治者无可比拟的谨慎与谋略、枢密大臣们超凡的机智与奉献,更有赖于在共同事业中日趋团结的人民,危险终于消退。但谁能说它不会卷土重来?经过大世面的人都不会轻易排除各种可能性。内部的各种纷争一旦再现,外部威胁必然随之而起。国家团结,王室无争,党派休战,阶级和睦,这正是当下此刻最为需要的,也恰恰是莎士比亚在历史剧系列中着重强调的。

能否认为莎翁传达的教益与今日无关?今日重启

---

① Elizabethan Settlement,指《至尊法案》(Act of Supremacy)、《统一法令》(Act of Uniformity)等得到议会表决通过的法令,这些法令确认了英国国教的地位以及伊丽莎白的宗教领导权,但在一定程度上也兼顾了天主教的传统。

对历史剧创作的研究是否乃无谓之举？哈勒姆曾评价说，这些历史剧"显示出莎士比亚与英国人民所思所想的共鸣"。

我们相信，1916年必将永存记忆，它标志着自击败西班牙无敌舰队以来国家所经历的最骇人之历史风浪的转向。

对历史剧系列的研讨将坚定我们的信心，帮助我们为这场战争接下来的困难与牺牲做好准备。研讨将能促使我们充分关注国内的矛盾与纷争，在重归和平之后，它们仍需得到妥善解决。

这就是本书研讨的目的所在，后文不再赘述。

研究的目的必然影响着研究思路的选择。所以，此处要回答的一个基本问题就是，我们是按创作时间还是按剧作所关涉的历史朝代来进行研讨？这两种思路之间差异巨大。一位著名评论家曾表示，"研讨莎士比亚最有效的方式是按照创作时间来考察它们"。这也许是对的，但还应考虑研讨的主要目标。如果我们打算像爱德华·道顿（Edward Dowden）先生在其力作①中那样探讨莎士比亚笔力的发展、艺术水平的进化，那么自然应当以目前勘定的创作时间为考察顺序。我们就要从《亨利六世》三部曲开始，续以《理查三世》、《约翰王》及《理查二世》（此两部的先后顺序存在极大争议）、《亨利四世》上下两部、《亨利五世》以及终曲《亨

---

① 原注：*Shakespeare's Mind and Art.*

利八世》。

上述研究顺序虽有合理之处,但却不适用于我的主要目标。十部剧作中有八部在所写朝代上是紧密相连的。这几部起始于《理查二世》、结束于《理查三世》的作品,实际上构成了一部完整的戏剧——用瓦格纳的话来说,好比是一个"指环"。《约翰王》可被视为全系列的序曲,虽在反映的朝代上有些久远脱节,但在伦理及逻辑上与全系列保持着高度统一。《亨利八世》则是这一系列恰当的收官之作。

我想将历史剧系列的创作视为对英国历史的一种贡献,并尝试从中得出某种政治教训。依此思路,就不能根据作品出炉的先后而应按照所涉朝代的顺序来对其加以研究。这一研讨思路可以在查尔斯·奈特(Charles Knight)这样杰出的学者那里获得支持。奈特说:"我们可以把这个系列的剧作当作某种关于一体化戏剧的想法的逐步实现。作者可能在早期就有了宏观构思,但实际创作是分步独立进行的,最终则由作为结尾的《亨利八世》将各部分连贯成体。"所以,我们下面的具体研讨将从《约翰王》开始。

而作为序言,此处将对莎翁关于英国历史重要阶段的演绎进行评判,并总括他在作品中用心传递的教益。

莎士比亚作为以戏记史者,其实在他那个时代并不占据制高点。其才华虽无人可及,但同行同道者甚多。事实上,英国的历史剧作为一种文学形式在莎士比亚的时代已经到达了成熟阶段,并且获得了最大程度的欢迎。这种文学形式经历了漫长复杂的演化过程。它来自于过去的"道德剧",来自于流行的民间传说,最直接地来自于像"考文垂霍克星期二戏剧节"①、"拉特沃斯圣诞戏剧节"②以及"剑桥郡圣·乔治日戏剧节"③这样的露天演出。见证其日臻成熟的 16 世纪末,正如我们已提及的,是一个爱国激情无比高涨的年代。1586 至 1606 年间,至少有 150 出此类戏剧登台亮相,其中超过一半的演出又集中于 16 世纪的最后十年。④ 如此丰富的演出对莎士比亚产生了两方面的影响:首先,它们为莎翁自己的创作提供了素材——《约翰王》便是一例;其次,这些演出令莎翁相信,观众们对于某些历史事件早已了然于胸,所以他在写作中直接作出了许多省略。譬如在《理查二世》中,他就假定观者熟悉早先问世的一部描绘理查前期统治的、以葛罗斯特公爵托马斯·伍德斯托克(Thomas Woodstock, Duke of Gloucester)为中心人物的剧作。

　　莎士比亚如何使用他之前的剧作,以下各章将分而论之。此处尚需简要提及其创作素材的另一类"来源"。"来源"这个词可能会引起误解,它意味着一种现代的学术考察方式,但莎士比亚是一位作家,而非一个标准的历史学家。他从未佯装在研究历史,他只是收集适合戏剧

---

① Hock Tuesday Play of Coventry,复活节之后的第二个星期二,考文垂地区举办的戏剧活动。

② Lutterworth Christmas Play,莱斯特郡(Leicestershire)的一项戏剧活动。

③ Oxfordshire St. George Play,以哑剧居多,多歌颂天主教传统中的圣人。

④ 原注:Schelling,"*The English Chronicle Play*",p. 2.

表现的故事,并直接参考当时最方便使用的文献。有时,他的作品所涉及的历史不会超出某部主题相同的已存剧目,但他卓越的戏剧天分、完美的文学才华无与伦比地展现在了他对已问世剧目的改编处理中。例如,就《约翰王》而言,看不出莎士比亚此前曾经读过拉斐尔·霍林斯赫德(Raphael Holinshed)①的《编年史》(*Chronicles*)。他在一部早于其作品四五年出版的戏剧中——《英王约翰动荡不安的统治》(*The Troublesome Raigne of John, King of England*)——找到了所有需要的东西。《亨利四世》也在同样程度上以一部存世作品——《亨利五世之盖世大捷》(*The Famous Victories of Henry the Fifth*)——为基础。除这些早先面世的作品之外,莎士比亚主要参考的就是霍林斯赫德的《编年史》。霍林斯赫德被列为这部书的作者,但严格来说他应算是编者。该书包含了至 1547 年的爱尔兰史、至 1571 年的苏格兰史以及至 1575 年的英格兰史。霍林斯赫德在编纂过程中受到了哈里森(Harrison)、斯托(Stow)以及其他同代学者的协助,但有关 15 世纪的历史他主要依靠的是爱德华·霍尔(Edward Hall)②的作品。霍尔一生经历了都铎时期的两个朝代,卒于 1547 年。他曾就读于伊顿公学,并于 1518 年在剑桥国王学院取得学士学位;1532 年,他被任命为助理特任法官,一度担任桥北地区(Bridgenorth)的下议

① Raphael Holinshed(?—1580),英国编年史家。
② Edward Hall (1498—1547),英国编年史家。

院代表,并得以进入审查"六律令"(Six Articles)①的委员会。他在1542年出版的编年史曾被玛丽女王(Queen Mary)封禁,改朝换代之后,该书为莎士比亚充分使用。霍尔著作的长标题可以十分恰当地用来概括莎士比亚历史剧系列的主旨:"兰开斯特与约克两大望族之联盟,双方囿于家族立场长期围绕王权归属彼此攻击,纷争自亨利四世始,世代相传至两族共同的后人、威严谨慎的亨利八世。"霍尔《编年史》呈现了1398至1485年的历史,莎士比亚历史剧系列的核心部分则涉及同样的时段。在《亨利八世》中,莎士比亚与合作者主要参考的是霍林斯赫德,并从早先一部关于红衣主教伍尔习(Cardinal Wolsey)的剧作中获得了各种线索,他们也借鉴了弗克斯(Foxe)的《先烈书》(*Book of Martyrs*)以及爱德蒙·坎皮昂(Edmund Campion)的《爱尔兰史》(*History of Ireland*)。另一可能的情况是,莎士比亚还利用了卡文迪什(Cavendish)《伍尔习传》(*Life of Wolsey*)的手稿——该书在莎翁去世25年后才得以出版。有理由相信,类似的手稿作品可能在莎翁其他戏剧的创作中也起到过作用②,但关于这一点尚无直接证据。

总之,除了已存世剧作之外,莎士比亚主要依靠的就

---

① 六律令,指英国自中世纪以降形成的带有天主教特点的六项宗教要求,关乎宗教仪式、教士生活模式等。受到新教的冲击,亨利八世要求确保六律令的贯彻,后通过《六律令法案》(The Statute of the Six Articles,1539),给予六律令法律上的支持。

② 原注:参见Malden, *Transactions of Royal Historical Society* (New Series), Vol. x, p. 31。

是霍尔与霍林斯赫德这两位当时得到公认的史家的编年史。

对于这些史家和莎士比亚来说,"历史"大抵就是个人力量的交织,是关于重要人物——国王与王后,伟大的将士与政治家,骄傲的贵族,教会高层——善言恶行的记录,它呈现各类战争战斗、政治阴谋、通敌卖国的行径以及揭竿而起的革命,接近于约翰·理查德·格林(John Richard Green)所嘲讽的那种"鼓声与号声的历史"。这种"历史"就是具体事件的重现、个人动机的讨论、爱与恨的故事、成功与破产的例证、膨胀的野心与彻底的惨败,还有忠诚的友谊与尖锐的对立。

莎士比亚向大众传达的教益在霍尔编年史的开篇语中早已成文:

内部纷争引发了多少悲剧,国内不和带来了多少死亡,城市中党同伐异制造了多少惨案,美名传扬之地因利益冲突经历了怎样的灾祸?罗马深有体会,意大利可以作证,法国亲眼目睹,博姆(Beaume)①有话要说,苏格兰奋笔疾书,丹麦尽可展露伤痕,这高贵的英格兰更是可以向天下昭示详解。

莎翁历史剧的精要全在这几行文字中了。

现代历史学家考察同一段历史时期会采取不一样的

---

① 法国东部地区名。

角度,不过同样无法忽略个人力量起到的历史作用:大人物对时局的左右,战争对各国命运的塑造,拥有法国大片土地的英国国王与身在巴黎作为封建主进行统治的法国君王之间连绵不绝的斗争所产生的影响,这种影响又如何牵制着英国的历史发展,特别是牵制着英格兰与苏格兰的关系:

> 要是你想把法兰西战胜,那就先得收服苏格兰人。①

同样,现代历史学家也必须关注 15 世纪国内的各种分裂、红白玫瑰之战。但对于现代批评者来说,尤其是对于出身孔泰②学派的论者而言,上述事件都不是考察的关键。他会将每一个时期视为永不完结的进化过程中的一环。他的历史哲学——权且使用这一危险的概念——在分析性之外更具有综合性。在人类社会万千现象之中,他要寻找规律,要在眼花缭乱的细节中寻找内在的统一性。正如杜阁(Turgot)所言:"原因与结果的叠加将现在与过去的各种情况联系在一起,使得各个时代发生关联。以哲学家的眼光来看,人类社会自发展的最初阶段就是一个巨大的整体,如同其中的每一个个体,这个整体也有孩童期与成长期。任何一个重大变化,在其发生之前的

---

① 《莎士比亚全集》卷四,朱生豪等译,北京:人民文学出版社,2014 年,第 116 页。

② 应指 Auguste Comte(1798—1857)。

几个世纪的历史中都有根源可寻。历史研究的真正目标是在时代相关联的视角下,考察那些不知不觉中促成重大变革的各种事件及其综合作用。"循此思路,13世纪、14世纪、15世纪总体而言标志着代议制发展的关键阶段,显示了中世纪分封制度向以自由劳动和自由契约为基础的现代经济关系的转型,见证了大学的兴起以及整个国家思想及宗教生活的新气象。

就此而论,对于现代研究者来说,莎翁历史剧——不包括终曲——所涵盖的13至15世纪的历史基本上就是由社会变革、宪制发展构成的。这样一位研究者将聚焦于各方在妥协中达成的1215年大宪章及其产生的影响,聚焦于由来已久的王权与贵族寡头之间的斗争,关注日益增长的国家独立与团结意识,关注贵族、教会以及人民大众对英诺森三世(Innocent III)与包尼法斯八世(Boniface VIII)的威权越来越强烈的反对,此外,可能更为关注全国代表制的发展以及它的那次辉煌表现——爱德华一世治下"模范议会"(1295)的召开。他不会忽略亨利三世如何努力争取祖母艾莉诺·阿齐丹(Eleanor of Aguitaine)身后留下来的法国资产,同样也不会忽略爱德华一世如何成功地拿下了威尔士,如何在收服苏格兰的行动中失利。至于14世纪,他一定会注意到分封体系的快速解体,农奴的大量减少及其与土地的脱离,还有羊毛贸易的增长、农耕业向畜牧业转变所产生的影响。他会考察淋巴腺鼠疫——当时称作黑死病——所带来的社会及经济后果,也会分析1381年革命起义背后的各方面原因。约翰·威克里夫(John Wycliffe)①思想的宗教和政治意义、罗拉德派(Lollards)②的社会运动都在其分析范围之内。他会追溯议会的各项权利在普兰塔琪纳特家族后期统治中以及兰开斯特君王治下取得的发展,也会观察贵族寡头们如何不断地——尤其在亨利三世、爱德华二世、理查二世等无能君王当权阶段——试图力压王权,将权力收拢在一小撮野心勃勃的权贵手中。最终,他也会看到寡头运动在 1399 年的胜利,权贵们推翻了波尔多的理查(Richard of Bordeaux),拥立贵族代表亨利·兰开斯特③(Henry Lancaster)为王。

在兰开斯特家族 1399 年发动政变这一点上,我们会触及莎剧的核心。这场政变不仅仅是贵族寡头的胜利。亨利·兰开斯特是在一场保守派行动中成功登顶的。14 世纪后半期,英格兰遭遇到各个方面的危机——社会的、宪制的以及宗教上的。夺权的亨利四世不仅是贵族反对派的领头人,他也代表了对社会秩序的渴求、对宗教正统的肯定、对议会制政府的拥护。他的朋友奥伦戴尔大主教(Archbishop Arundel)称其为罗拉德派的反对者、私有财产的保护者以及——最为重要的——议会的支持者。

此处涉及兰开斯特政治实验的关键所在,即将议会

---

① John Wycliffe(1328—1384),英国教士、宗教学者、社会改革者,思想立场接近于新教。
② 以约翰·威克里夫为精神领袖的宗教改革派别,主张改革天主教。
③ 即亨利四世。

设置为政府的一个直接部门。然而,这一实验无可挽回地失败了。究其原因,一部分是由于它还不够成熟,另一部分则在于在亨利六世这样软弱的君王治下,政府无力管控社会秩序。于是,整个国家陷入混乱之中——这也是兰开斯特王朝的一个特点。麻烦重重的分封制的各种弊端频繁再现,当年成就这一制度的各种条件却荡然无存;贵族之间、县镇之间的斗争此起彼伏;法律执行变成一纸空谈,必须依仗大人物的支持才能使诉求得到断案回复,以致人们不得不去贿赂陪审团与法官。时代的所有这些病症,我们在帕斯顿(Paston)家族的书信往来①中均可找到。这些书信异常生动地展示了行政体系的无能与社会的分裂。在此背景下,红白玫瑰间的斗争自然不可避免。双方的私斗只在一个方面与国家有关系,即他们对王位的争夺。双方的争夺实际上是各种社会混乱的一个缩影,是不成熟的政治实验及随之而来的政治失序的必然产物。这一失序状态,直到波士委战役之后才得到缓解,都铎王朝以其坚韧与平衡之道,给英格兰带来了极大改观。波士委战役之后的一个世纪,国家都未生大乱。

上述种种,就是那个历史时期在今日史家眼中的模样。但毋需多言,莎士比亚并没有以同样的方式来看待那段历史。根据可靠分析,莎士比亚其实对《大宪章》(Magna Carta)闻所未闻,即使他有所了解,也没有理由

---

① 指 15 世纪帕斯顿(Paston)家族的成员以及其他人士之间的书信往来。

去假设应当在《约翰王》中对之加以引介。他为何要这么做呢？法律历史、体制的发展、社会与经济的变化，这些并不是成就戏剧的东西。无论它们在现代考察者眼中是多么饶有趣味的话题，对于戏剧表现来说也绝非必要选择。莎士比亚的写作当然不曾受到这些话题的限制，其重点在于时代乱局中个人之间的对抗，在于呈现任性多变的理查·波尔多与坚定顽强的亨利·波林勃洛克（Henry Bolingbroke）之间的激烈冲突，而非探讨普兰塔琪纳特的君主集权制或兰开斯特的君主立宪制。但与此同时，道德、伦理与政治维度并未被遗忘。亨利的成功完全是表面上的。如果说"无人辅佐的"理查将王位拱手让出，那么亨利不够谨慎的篡权行为也只能换来一场苦笑。

《亨利四世》上部第一行就点出了该剧主旨：

> 我们惊魂初定，喘息未复。①

亨利这位成功的政治家收割了他应得的成果，但却深受悔恨折磨，其王位受到被冷落的昔日同党的挑战，其家族也被嫉妒与猜忌所分化。莎翁的核心立场在于，尽管谋权篡位本身从中立的历史视角来看有其合理性，但新王朝内部的动荡也理应被表现。这样的表现并未违背历史

① 《莎士比亚全集》卷三，朱生豪等译，北京：人民文学出版社，2014年，第5页。

实情。病榻之上的国君清楚地意识到了报应的存在:

> 上帝知道,我儿,我是用怎样诡诈的手段取得这
> 一顶王冠;我自己也十分明白,它戴在我的头上,给
> 了我多大的烦恼。①

不过,个人的罪过已经由痛苦补偿,年轻的亨利王子将名
正言顺地继承王位:

> 可是你将要更安静、更确定地占有它。②

可是年轻的亨利不觉得惩罚已经结束,在阿金库尔(Agincourt)战役的前夜,在其人生与统治岁月最为严肃的时刻,他向上帝敞开心扉:

> 别在今天——神啊,请别在今天——追究我父
> 王在谋王篡位时所犯下的罪孽!我已经把理查的骸
> 骨重新埋葬过,我为它洒下的忏悔之泪比当初它所
> 迸流的鲜血还多。我常年供养着五百个苦老头儿,
> 他们每天两次,举起枯萎的手来,向上天呼吁,祈求
> 把这笔血债宽恕;我还造了两座礼拜堂,庄重又严肃
> 的牧师经常在那儿为理查的灵魂高唱着圣歌。我还

---

① 《莎士比亚全集》卷三,朱生豪等译,北京:人民文学出版社,2014 年,第
194 页。
② 同上,第 194 页。

准备多做些功德！虽说，这一切并没多大价值，因为
到头来，必须我自己忏悔，向上天请求宽恕。①

亨利五世个人的英雄气质使其家族暂时性地安然无恙。
但亨利六世在登基之后，未能继承父亲的神威，反体现出
一种虔敬的无能，这使得报应卷土重来。理查二世被罢
黜时勇敢无畏的卡莱尔主教(Bishop Carlisle)留下的预
言终于应验：

> 这位被你们称为国王的海瑞福德公爵是一个欺
> 君罔上的奸恶的叛徒；要是你们把王冠加在他的头
> 上，让我预言英国人的血将要滋润英国的土壤，后世
> 的子孙将要为这件罪行而痛苦呻吟；和平将要安睡
> 在土耳其人和异教徒的国内，扰攘的战争将要破坏
> 我们这和平的乐土，造成骨肉至亲自相残杀的局面；
> 混乱、恐怖、惊慌和暴动将要在这里驻留，我们的国
> 土将要被称为各各他②，堆积骸骼的荒场。啊！要
> 是你们帮助一个王族中人倾覆他的同族的君王，结
> 果将会造成这被诅咒的世界上最不幸的分裂。阻止
> 它，防免它，不要让它实现，免得你们的子孙和你们
> 子孙的子孙向你们呼冤叫苦。③

① 《莎士比亚全集》卷四，第178页。
② 各各他(Golgotha)，耶稣被钉于十字架之处，意为髑髅地。
③ 《莎士比亚全集》卷二，朱生豪等译，北京：人民文学出版社，2014年，第
392页。

由于亨利六世轻率无能,更由于安佐的玛格莱特王后(Queen Margaret of Anjou)在政治上过分地党同伐异,王朝内部的分裂趋于白热化并最终点燃了"玫瑰战争"。现代的研究①对红白玫瑰之间的战争有着不一样的理解,但此处暂不展开关于这一点的细致考察。莎士比亚在《亨利六世》后半部分充分聚焦了兰开斯特家族自夺权以来就未能摆脱的王位危机。王权转移到了爱德华四世所代表的普兰塔琪纳特家族手中,但个人缺陷导致这次权力转移无法持久。爱德华四世尽管受到商业阶层的拥戴,但如同意大利的暴君们那样行事粗暴、放纵任性。父亲的恶行累及后代,爱德华四世的骨肉命丧奸诈残忍的理查·葛罗斯特(Richard of Gloucester)之手。理查篡权成功之后好景不长,内战复燃,他毙命于波士委一役,而里士满伯爵(Earl of Richmond)亨利则开启了虽独裁专制但却异常成功的都铎时代。

莎士比亚以其卓越的戏剧感知,略过了平稳的、过渡性的亨利七世阶段,转而在《亨利八世》的盛世场景中展现都铎王朝最辉煌的时刻。关于英国历史的系列创作最终完成于伊丽莎白公主的受洗仪式,并对这位处女王后来的无上荣耀作出了预言性的交代:

真理将如保姆一样哺育她,虔诚的、笃信上帝的

---

① 原注:比如查理·普拉默(Charles Plummer)先生给福特斯古(John Fortescue)的著作《英国政制》(*Governance of England*)所作的非常专业的序言。

思想将永远像师傅一样教导她。她将受人爱戴,受
人畏惧;她自己的子民将为她祝福,她的敌人将在她
面前战栗,像田里倒翻的麦子,悲哀地垂下头来。好
事将要随着她的成长而增多,在她统治时期,人人能
在自己的豆架瓜棚之下平安地吃他自己种的粮食,
对着左邻右舍唱起和平欢乐之歌。人人将对上帝有
真正的理解;在她周围的人们将要从她身上学到什
么叫完美无缺的荣誉,并以此来决定他们的贵贱,而
不依据血统。①

　　上述粗略简要的线索正反映莎士比亚对那段英国历
史重要时期的关注。两个相关问题也自然地浮现出来:
一是莎士比亚在多大程度上可被认作是一位值得信赖的
历史导读者?二是他想要传达怎样的教训?

　　莎士比亚在反映他笔下那段历史的时候,是否应被
认作"权威",很难有定论。不过,事实上,他就是以此身
份被接受的。18世纪的两位英国名人曾经开诚布公地
宣告,他们关于英国历史特定阶段的认知完全来于莎
士比亚,更有许多人虽未直接说出,但也很乐意承认类似
情况。即便是受过专业训练的人,也很难抹除莎翁笔下
人物所造成的印象。无论什么样的学术研究,无论怎样
重申历史疑点的存在,都无法改变甚至是弱化大部分人

---

① 《莎士比亚全集》卷六,朱生豪等译,北京:人民文学出版社,2014年,第
400页。

心目中那个由莎士比亚塑造的理查三世形象。

就此而论，并无充足理由去质疑莎士比亚的历史准确性，不过他对历史的忠实程度还是得结合作品来具体判断。简单地说，莎士比亚虽只是个戏剧家而非历史学家，但他笔下的历史总体而言无可争议地令人瞩目。诚然，他有时确实会杜撰一些人与事、置换场景、剪裁事件或是改动历史顺序，但所有这些只是为了成全戏剧效果，莎士比亚并非刻意篡改历史。审慎的哈勒姆曾评论说："他所创造呈现的，是在道德历史的角度中，他所理解到的真正具有英国性、历史性的东西。"而一位杰出的法国批评家也持类似观点："在他之后，历史批评取得了进展；历史批评搜索了地方档案，并从其中提取了一些确凿的 16 世纪文献；但在纠正诗人错误的同时，历史批评并没有修改诗人的判断。相反，历史批评为诗人的洞察力提供了新证据，诗人受教育程度越低，这种洞察力似乎就越令人钦佩。"①可以说，就历史的要义而言，即便是对普通人，莎士比亚也绝没有起到误导作用，他是可以被信赖的。接下来的问题则是，要从其作品中得出怎样的教益？他在历史演绎中多大程度地表达了他自己的意见，他关于伦理与政治重要问题的态度究竟如何？这一问题激发了汗牛充栋的讨论。一方面，许多批评家力图证明莎士比亚完全是"非个人的"，是位"纯粹的戏剧家"，他在自己笔下人物之外别无他求，只在乎激发并保持人们对剧

---

① 原注：*Shakespeare*, *Ses Oeuvres Et Ses Critiques*, pp. 185, 186.

中场景的兴趣。另一方面，有的批评家致力于清晰地解释人物形象背后莎翁自己的立场观点，试图进入到这位戏剧家的内心最深处。

各种理念信条，不论是褒是贬，都将莎士比亚收入囊中。他被视为一个"模范的天主教信徒"、一个"顽强的新教徒"、一个"伊丽莎白时代的不置可否者"、一个"彻彻底底的自由思想家"。幸运的是，这样的话题不属于本书直接讨论的范围。①

历史剧系列的伦理道德教益其实非常明显。就像道顿先生所说的，这些作品的主题是表现"人们在追求高贵的现实目标过程中的成功与失败。在莎士比亚的观察中，世界上有两种人，一种人会采取正确的方法为目标努力，他们如果意欲收获果实，就会首先培植果树。另一种人不面对现实，他们用各种聪明计策谋取果实，唯独不愿首先培植好果树。在现实世界的显著成功，能否以高贵的、积极的行动达致成功，是英国历史剧系列判定伟大与否的标准。在这些剧目中，最理想的英雄形象正是在光耀中继承大典的亨利五世"。

在此处我们尚不必以细节来证实道顿先生颇具启发意义的判断，但例证随处可见：《约翰王》中那个对自己不忠、对亲信不义、背叛自己人民的君王；注定失败的那

---

① 原注：读者如想进一步了解相关内容，可参 Churton Collins, *Studies in Shakespeare*；Fr. Sebastian Bowden, *The Religion of Shakespeare*；W. S. Lilly, *Shakespeare's Protestantism* (Fortnightly Review 81, 966)；Edward Caird, *Some Characteristics of Shakespeare* (Contemporary Review, No. lxx)；Vehse, *Shakespeare as Protestant*, Politiker Psychology und Dichter。

位无人辅佐、一意孤行、装腔作势、多愁善感的政治门外汉理查二世;获得短暂与部分成功的、冷酷且善算计的"万恶的政客"波林勃洛克;虔敬有加、一事无成的亨利六世;罪恶滔天的理查三世;还有莎翁笔下最无可争议的、最理想的行动者亨利五世。

历史剧系列作品的伦理主旨基本上不存在模棱两可之处,相关重大争论也极少,但诗人关于政府与政治的态度却引发了诸多不同的理解。有一种观点认为,莎士比亚在政治上——如同其在宗教上——不属于任何派系,在事关国策的事务上,他未曾透露自己的具体立场。另有批评家将其视为进步的民主派人士,还有人称之为"标准的托利党人"。如果后一种称呼意味着拥护君王不可被剥夺的、世袭传承的、神圣不可侵犯的权力,那么它显然不适合莎翁。莎士比亚绝非罗伯特·菲尔默(Robert Filmer)爵士甚或是约翰逊博士这样的托利派人士。当然,我们一定会注意到,无比夸张的对君权的鼓吹曾在剧中通过那位最无能的统治者有所表现:

汹涌的怒海中所有的水,都洗不掉涂在一个受命于天的君王顶上的圣油。①

然而,如此宏论也没能保住理查·波尔多这样刚愎自用的君王的王位。同时,造反的一方也没有被归为正义。

———————————

① 《莎士比亚全集》卷二,第 373 页。

如果说理查作为一个绝对合法的君主，应该面对德不配位的惩罚，那么亨利四世则应为不合法度的叛逆负责。这就是莎士比亚关于君主制的理论。他信奉推崇的是实至名归的君主统治，君主本身是否得到加冕倒在其次。有幸成为伊丽莎白王后治下公民的人，都会有此相同看法。成就号令天下之神圣权力的，不是涂抹在额头上的圣油，而是品行才德，科利奥兰纳斯与亨利五世均是明证。对于那些蛊惑人心者以及那些盲从受骗者，莎士比亚动用了最为尖酸刻薄的讽刺，就算是阿里斯托芬笔下的克里昂（Cleon）①也不及杰克·凯德（Jack Cade②）的形象那么具有讽刺性。斯图亚特王朝的君主们——与其说是政治家，不如说是玄学论者——倡导推行的、导致他们自身毁灭的君权理论是莎士比亚不予认同的。他更加不认同的是无政府主义——那种在君主制与代议制遭到否定后自我标榜的政治理念。他最不认同的则是平均主义或不分彼此的立场。他信奉的是秩序、层次与顾全大局。《特洛伊罗斯与克瑞西达》中俄底修斯的豪情演说可被视作其政治理念的简要概括：

> 诸天的星辰，在运行的时候，谁都恪守着自身的等级和地位，遵循着各自的不变的轨道，依照着一定的范围、季候和方式，履行它们经常的职责；所以灿

---

① 雅典政客，见阿里斯托芬的戏剧《骑士》。
② 杰克·凯德（？—1450），英国无产者起义的领袖，莎士比亚在《亨利六世》中对其形象进行了刻画。

烂的太阳才能高拱出天,洞察寰宇,纠正星辰的过失,揭恶扬善,发挥它的无上威权。可是众星如果出了常轨,陷入了混乱的状态,那么多少的灾祸、变异、叛乱、海啸、地震、风暴、惊骇、恐怖,将要震撼、摧毁、破坏、毁灭这宇宙间的和谐!纪律是达到一切雄图的阶梯,要是纪律发生动摇,啊!那时候,事业的前途也就变成黯淡了。要是没有纪律,社会上的秩序怎么得以稳定?学校中的班次怎么得以整齐?城市中的和平怎么得以保持?各地间的贸易怎么得以畅通?法律上所规定的与生俱来的特权,以及尊长、君王、统治者、胜利者所享有的特殊权利,怎么得以确立不坠?只要把纪律的琴弦拆去,听吧!多少刺耳的噪音就会发出来;一切都是互相抵触;江河里的水会泛滥得高过堤岸,淹没整个的世界;强壮的要欺凌老弱,不孝的儿子要打死他的父亲;威力将代替公理,没有是非之分,也没有正义存在。那时候,权力便是一切,而凭仗着权力,便可以逞着自己的意志,放纵无厌的贪欲;欲望,这一头贪心不足的饿狼,得到了意志和权力的两重辅佐,势必至于把全世界供它的馋吻,然后把自己也吃下去。①

这样一种看法,对于在都铎王朝的巅峰期(即伊丽

---

① 《莎士比亚全集》卷八,朱生豪译,北京:人民文学出版社,2014年,第204页。

莎白时代)生活与写作的英国人——他们感恩于前后相继的杰出统治者对英国的贡献——来说,不仅是自然的,而且也是必然的。① 此前的英国历史,在超过四分之一的时段中,国家独立与团结都经历着危机。一次次危机的解除,归功于坚强、智慧与战术的结合,更有赖于统治者与大众之间的彼此支持。这一点,即便是远不及莎翁聪慧的人,也不会领悟不到。莎士比亚没有党派偏见,不固着于任何政治信条,拒绝了那些陈旧错谬的执念。他永不动摇的信念是英国。当然,他心中的英国并不是贝尔主教(Bishop Bale)②的作品《约翰王》(*King Johan*)中作为主人公之一的"英格兰",而是历史剧中的那些英雄们。且看约翰·冈特(John of Gaunt)令人震撼的慨叹:

> 这一个君王的御座,这一个统于一尊的岛屿,
> 这一片庄严的大地,这一个战神的别邸,这一个新
> 的伊甸——地上的天堂,这一个造化女神为了防御
> 毒害和战祸的侵入而为她自己造下的堡垒,这一个
> 英雄豪杰的诞生之地,这一个小小的世界,这一个
> 镶嵌在银色的海水之中的宝石(那海水就像是一堵
> 围墙,或是一道沿屋的壕沟,杜绝了宵小的觊觎),

---

① 原注:参见 Raleigh, *The England of Shakespeare*, p. 11。"大部分时候,他的确站在普罗大众一边,但从不走向极端。不过,尽管戏剧是他的本行,但他还是有自己评判;在政治事件中,他站在政府的一边,像大多数人那样自豪地宣布自己乃王后子民的一员。"

② John Bale(1495—1563),英国新教的先驱人物之一、剧作家。

这一个幸福的国土,这一个英格兰,这一个保姆,这一个繁育着明君贤主的母体(他们的诞生为世人所侧目)。①

这段感言与俄底修斯的独白,合在一起便能说明莎士比亚的政治格局。不过,对于莎翁来说,这样的感慨并无什么特别之处,只是反映了伊丽莎白时代英国人的共识而已。与中世纪社会系统的脱离,对神圣罗马帝国的摆脱,对教皇权威的部分拒绝,各国王权的逐渐强大,欧洲"民族/国家"的发展,法国与西班牙国家团结、民族身份的缓慢形成过程,波旁(Bourbon)与哈布斯堡之间的持久斗争,所有这些使得本国的发展得到幸运的眷顾:

这一个造化女神为了防御毒害和战祸的侵入而为她自己造下的堡垒……这一个镶嵌在银色的海水之中的宝石。②

就连愚钝之人也不会感受不到欢欣的气氛,也都能看到国家团结与独立的重要。让有利情势得以持续下去的关键条件更不会被忽视:

我们的英格兰从来不曾,也永远不会屈服在一

---

① 原注:参见《理查二世》第二幕第一场。(《莎士比亚全集》卷二,第351页。)
② 《莎士比亚全集》卷二,第351页。

个征服者的骄傲的足前,除非它先用自己的手把自己伤害。现在,它的这些儿子们已经回到母国的怀抱里,尽管全世界都是我们的敌人,向我们三面夹攻,我们也可以击退他们。只要英格兰对它自己尽忠,天大的灾祸都不能震撼我们的心胸。①

---

① 参见《约翰王》,《莎士比亚全集》卷二,第151—152页。

第二章

约翰王:动荡不安的统治

那个笑脸迎人的绅士,使人心痒骨酥的"利益"。"利益",这颠倒乾坤的势力;……既然国王们也会因"利益"而背弃信义;"利益",做我的君主吧,因为我要崇拜你![①]

基于上章所提及的各种考虑,对莎士比亚历史剧的细致考察将不从《亨利六世》到《理查三世》的四联剧开始。这四联剧展示了莎士比亚在此类戏剧创作中的潜心修习。研究将以《约翰王》这部整个历史剧系列的序言性作品开始,尽管它乍看上去与整个系列有点脱节。

恰如戏剧传统与历史传统共同描述的那样,约翰王当年的统治是"动荡不安"的,但这一点并没有减少剧作家与历史学家们对它的兴趣。对于后者来说,这段统治可堪细察。除了其个性为探究异常微妙的心理活动提供了素材之外,约翰王的统治还包含着其他令人瞩目的重要历史意

---

① 《莎士比亚全集》卷二,第96—97页。

义。首先就是行政体系效率的检验——此套体系自亨利
一世时期创制，中经亨利二世完善，又在狮心王理查长期
去国期间由能干勤勉的大臣们进一步优化。即便是像约
翰王这样一位冷酷无情、掠夺成性的专制君主也不能完全
剥夺臣民们依据"法律原则"得来的权益，而这一"法律原
则"一直以来都是展现金雀花王朝首位君王之智慧与机巧
的一块丰碑。其实，出于政治压力，更因为经济压力，约翰
王——虽然可能是无意识地——对英国的代议制做出了
重要的贡献。早在 1213 年，他就曾召请皇室领地上每个
镇派遣地方长官携同其他四名代表前往圣奥尔本斯(St.
Albans)参加会议，讨论如何赔偿主教们在当时一个禁令
的影响下所遭受的损失。数月之后，他又在征召令中吁请
每一个郡的郡史，要求派遣四名身正为范的骑士参加全国
大会，"且共商国是"。这两次征召提供了最早的、确凿无
疑的关于郡代表与区代表参加国家中央议会的例证。

　　当然，同样明确的是，自亨利二世以降的行政系统，完
全可以被滥用为一种有效的勒索钱财的工具，向各阶层人
民尤其是家底丰厚的贵族以及教会阶层施压。这种令人
不快的政治操作呼唤着自由宪章的出炉，1215 年的那篇著
名文献随之应运而生。妥协达成了，这其中的重要意义如
今正成为英国法律与宪制专业的学生热衷讨论的话题。①

---

① 原注：W. S. McKechnie, *Magna Carta*; Petit Dutaillis, *Studies Supple-*
mentary to Stubbs' Constitutional History; E. Jenks, *The Myth of Magna*
Carta (*Independent Review*, November, 1904); Pollock and Maitland, *His-*
tory of English Law. 关于更早被提出的、直到近来方被基　（转下页注）

当然,我们的任务并不是参与这个话题的讨论。

另外一个重要话题关系到诺曼-安茹(Noman-Angevin)一脉的英国君王们在岛国关切与大陆关切之间的割裂。马考雷勋爵(Lord Macaulay)①曾以极大的勇气直言不讳地指出:"英格兰起初的六位法国君主对这个国家而言是一种诅咒,第七位法国君王的愚蠢及缺点是其救赎……约翰王被赶出了诺曼底。"的确,约翰王不仅丢掉了诺曼底,还丢掉了缅因、安佐以及妥伦。

对这些法国地区的割让所造成的政治与社会后果进行估算,将会使我们偏离正题。此处只须简要地指出,这一历史事件标志着英格兰国家化进程的重要阶段,标志着英格兰正处于国家团结意识、国家身份意识觉醒的过程之中。大地主们此时不得不在他们的英国本土关切与对欧洲大陆的关切之间作出决然的选择,他们要么成为英国贵族,要么就做诺曼贵族;要么做日益团结的英国人民的领袖,要么投身于法国君王的宫廷。贵族们的选择如此,君主们的选择亦然。一改自诺曼征服以来的情况,国王如今开始要真正地面对他的人民。就像斯塔布斯主教(Bishop Stubbs)所说的,国王"更加明显地需要依靠民众的善意……自此以后,英格兰进一步地为英国人所掌

（接上页注)本接受的观点,参见 Hallam, *Middle Ages*(ii, 447);Stubbs, *Constitutional History* and Preface to *Walter of Coventry* (Rolls Series);Boutmy, *Development of English Constitution* (Eng. trans.);Ruldolph von Gneist, *Hist. of Eng. Parliament* (Eng. trans.);Ranke, *English History*, vol. i, p. 54。

① Thomas Babington Macaulay(1800—1859),英国政治家、历史学家。

控,更加明确地按照国家原则为英国人服务"。①

　　约翰王与教皇英诺森三世(Innocent III)之间的争吵加强了这一趋势。自诺曼征服以来,教会总体而言支持国王反对封建割据的斗争,但这一传统因为约翰与教皇的决裂、禁令的颁布、革除教籍与罢黜的决定以及国王丧尽颜面的彻底投降而被打破。这导致了民众对于教皇态度的重大变化。之后,英国教会内部两种势力派别渐趋成形。一方面是亲外派,依靠着教皇特使,他们与罗马的结合相较过去更加紧密。另一方面是本土派,在亨利三世时期,他们以格罗塞泰斯特主教(Bishop Grosseteste)、埃德蒙·里奇大主教(Archbishop Edmund Rich)、坎蒂卢普(Cantelupe)兄弟、海瑞福德(Hereford)和华斯特(Worcester)地区的主教以及蒙特福特的西蒙(Simon de Montfort)等人物为领袖;在爱德华一世期间,他们则直接受国王领导;及至爱德华三世时期,他们又以约翰·威克里夫为首。

　　在各种派系与利益的角逐中,国王与教皇的关系对于伊丽莎白时代的戏剧家们来说是最具吸引力的。莎士比亚对于"大宪章"(Magna Carta)其实无话可说。他对此基本上一无所知,其更早期的作品完全不曾涉及《约翰王》所挖掘的主题。把这一话题搬上戏剧舞台只会使伊丽莎白时代的观众摸不着头脑,而将大宪章作为一笔政治遗产挖掘出来,是斯图亚特王朝议会中那些法律界

---

① 原注:Stubbs, Preface to *Walter of Coventry*, ii, p.37.

代表们所做的事情。

如果说环球剧场的观众们对于"大宪章"话题可能会哈欠连天，那么最能令他们兴奋不已的，恰恰是约翰王对付教皇的那些故事以及莎士比亚在这段统治中总结出来的政治教训：国家团结至关重要。在伊丽莎白女王统治的最初 30 年里，外部势力已经极大地威胁到了英格兰的国家独立：吉斯（Guise）家族在苏格兰的得势，大陆两强法兰西与西班牙针对"已经丢失过半国土的三流岛国"的可能的联合，教皇对伊丽莎白女王所下的禁令、罢黜其君王地位的决定，此外，还有全欧范围内的对宗教改革的反对。这些事件对于蜂拥在环球剧场的伦敦人来说可谓记忆犹新，而对于迎合观众的剧作家们来说则是灵感的来源。

《约翰王》面世前不久，人们通过法案力阻教皇谕令在英格兰的发布（1570），也见证了圣巴塞洛缪（St. Bartholomew）纪念日大屠杀（1572）①以及爆发于安特卫普的"西班牙的愤怒"（1576）②。为应对冉森教派，大家正式团结起来共同保卫女王陛下，他们庆幸于思罗格莫顿（Throgmorton）刺杀伊丽莎白女王计划的暴露（1584）以及白冰顿（Babington）阴谋的破产（1586），他们带着自豪感聆听着德雷克在西班牙本土、加的斯（Cadiz）以及其他

---

① 发生于巴黎，是一场针对新教贵族与平民的屠杀，查理九世的母亲凯瑟琳·美第奇被视为此次事件的幕后推动者之一。

② Spanish Fury，16 世纪 70 年代，信奉天主教的西班牙哈布斯堡势力对低地新教地区的扫荡。

地方的冒险故事,骄傲于"复仇号"在亚速尔群岛的那场
"一对五十三"的鏖战,钦佩理查德·格伦维尔爵士的壮
烈牺牲,致敬那些刚刚成功击退无敌舰队的英雄豪杰们。
因此,我们不难想象下面这个场景在当时是多么的激动
人心:

腓力普王:教皇的圣使来了。

潘杜尔夫:祝福,你们这两位受命于天的人君!
约翰王,我要向你传达我的神圣的使命。我,潘杜尔
夫,米兰的主教,奉英诺森教皇的钦命来此,凭着他
的名义,向你提出严正的质问,为什么你对教会,我
们的圣母,这样存心藐视;为什么你要用威力压迫那
被选为坎特伯雷大主教的史蒂芬·兰顿,阻止他就
任圣职?凭着我们圣父英诺森教皇的名义,这就是
我所要向你质问的。

约翰王:哪一个地上的名字可以向一个不受任
何束缚的神圣的君王提出质难?主教,你不能提出一
个比教皇更卑劣猥琐荒谬的名字来要求我答复他的
讯问。你就这样回报他;从英格兰的嘴里,再告诉他
这样一句话:没有一个意大利的教士可以在我们的领
土之内抽取捐税;在上帝的监临之下,我是最高的元
首,凭借主宰一切的上帝所给予我的权力,我可以独
自统治我的国土,无须凡人的协助。你就把对教皇和
他篡窃的权力的崇敬放在一边,这样告诉他吧!

腓力普王:英格兰王兄,你说这样的话是亵渎

神圣的。

约翰王：虽然你和一切基督教国家的君主都被这好管闲事的教士所愚弄，害怕那可以用金钱赎回的诅咒，凭着那万恶的废物金钱的力量，向一个擅自出卖赦罪文书的凡人购买一纸豁免罪恶的左道的符箓；虽然你和一切被愚弄的君主不惜用捐税维持这一种欺人的巫术，可是我要用独自的力量反对教皇，把他的友人认为我的仇敌。

潘杜尔夫：那么，凭着我所有的合法的权力，你将要受到上天的诅咒，被摈于教门之外。凡是向异教徒背叛的人，上天将要赐福于他；不论何人，能够用任何秘密的手段取去你的可憎的生命的，将被称为圣教的功臣，死后将要升入圣徒之列。①

此处牵扯到一个很自然的问题：这幕情景在多大程度上代表着诗人自己的立场？各种回答可说是层出不穷。一位非常严谨的批评家曾十分确信地表示，"毋庸置疑"，约翰王对教皇特使的态度总体而言反映的就是莎翁自己的态度，"那种伊丽莎白时代每一位英格兰新教徒都有的态度"。② 李利（W. S. Lilly）先生则认为，"从这幕场景无法确认莎翁对新教的推崇"。③

① 《莎士比亚全集》卷二，第 102—103 页。
② 原注：Professor F. S. Boas, *Shakespeare and His Predecessors*, p. 241.
③ 原注：*Fortnightly Review*（81, p. 973）。同时可参 Father Sebastian Bowden, *The Religion of Shakespeare*。

保登(Bowden)神父则提出两个观点。"首先,莎士比亚在其时代并不属于政治或宗教领域内获胜的那一方,他避开了那些流行于世的关于修道士、修女、教皇以及红衣主教的各种偏见,这些偏见构成了当时许多戏剧中的闹剧成分;不仅如此,他在对旧剧的改编中还小心地抹去了对旧教的那些讽刺。其次,他不只是习惯性地褒扬了旧秩序,而且还故意地贬损了新事物。"①

相关争论喋喋不休,但并无太多教益。虽然我不打算将莎士比亚确认为一个新教徒,但我觉得他忠于旧教的证据其实更不具说服力。因此,我准备以瓦特·雷利爵士颇有特色的智慧言语作为自己的掩护,各种争论似乎在他那里得到了调和。他写道:"莎士比亚是个地道的英国人……英国人对妥协的喜爱在他那里也很强烈。如果对之加以考察就会发现,这种对妥协的喜爱并不是出自于智性上的羞涩,而是出自于对人性之复杂状态的高度尊重,对神圣的各种天性取向的尊重。"

关于《约翰王》这一幕场景所涉及的争论,可资参考的一点是,莎士比亚其实是直接照搬了《动荡不安的王朝》(*The Troublesome Reign*)这部作品中的相关情节。综合各方面考虑,有必要在此对后者中的相关段落进行完整的引用:

红衣主教: 请约翰知晓,我,潘杜尔夫,米兰的

---

① 原注:*Religion of Shakespeare*, p. ix.

红衣主教,罗马教廷的特使,以我们神圣的父亲英诺森教皇的名义质问你,为何要与教廷、教皇——我们的圣母与圣父——作对,扰乱教会的安宁,拒不承认圣僧史蒂芬·兰顿当选为坎特伯雷大主教?这就是我以神圣教皇的名义对你的质问。

约翰:这就是你或你的教皇大人对我的质问吗?问我如何任命我自己的属下?教士先生,既然我以教会以及神圣的教徒为荣,我不屑于对权倾于世的特使阁下卑躬屈膝。去吧,回禀你的主人,英格兰的约翰已经明言,任何意大利的教士都休想从英格兰抽取苛捐杂税;既然身为国君,我就依凭着上帝君临天下,在精神与世俗两面均为万民之首;如有忤逆者,必叫其人头落地。

腓力普王:什么,约翰,你这样说可是亵渎了我们的圣父教皇大人啊!

约翰:腓力普,你与基督教王国里的其他君王都甘屈服于特使的淫威,恕我难以苟同。如果教皇想在英格兰称帝,他需凭借他的刀剑。在我继承的遗产中,唯有这一顶王冠可令他觊觎。

红衣主教:约翰,这就是我得到的回答吗?

约翰:难道还有其他回答吗?

红衣主教:那么我,帕多瓦的潘杜尔夫,来自圣徒教区的特使,在此以圣·彼得与他的传人以及我们的父英诺森教皇大人之名,宣布你身受诅咒,所有你的子民无须再向你尽职效忠,反对你的、暗杀你的

> 所有人都将被免于罪责。我明言于此,呼吁所有正
> 直之人推翻你这教外之徒。

这个片段很能说明这部年代较早的戏剧与莎士比亚作品之间的关系。在形式与结构上,莎士比亚的作品都是以前者为模板而作的改编。在改编中,没有证据表明,莎士比亚对历史材料的使用更进了一步,他是否曾自己阅读过霍林斯赫德的《编年史》也无从知晓。正如我们将看到的,这两部剧作非常相似,以至于有一位杰出的批评家曾断言《动荡不安的王朝》①这部作品实际上就是莎翁早期的一篇习作。② 这种观点并不缺乏强有力的支撑。1591 年,《约翰王动荡不安的王朝,又狮心王理查庶子(俗称私生子福康勃立琪)的发现,及约翰王在史温斯丹教堂归天》(*The Troublesome Reign of King John with the Discovery of King Richard Cœur de Lion's base son*[*vulgarly called the Bastard Faulconbridge*], *also the Death of King John at Swinstead Abby*)以匿名形式出版,那之后的第四年或第五年通常被认作是莎士比亚《约翰王》的创作时间,而《动荡不安的王朝》在 1611 年的第二版中,又以"W. Sh"字样来标识作者身份。莎士比亚去世六七年后,这部作品在 1622 年的第三版中则直接署名"W. Shakespeare"为其作者。当然,如何署名并不能最终证明

---

① 这部剧作的全名见下文。
② 原注:W. J. Courthope, *History of English Poetry*, iv, pp. 58—62 and p. 463 seq.

什么,批评界大多数意见反对将《约翰王》看作莎士比亚
对自己早期作品的改写,但又无法确定谁才是早先那部
剧作的作者。有人说是格林(Greene),还有人认为是皮
尔(Peele)、马洛(Marlowe)或洛奇(Lodge)。① 谁是真正
的作者,仍旧雾里看花。能够明确的是,《动荡不安的王
朝》在涉及外部历史事件时,与《约翰王》高度一致。莎
士比亚对菲力普·福康勃立琪——根据霍林斯赫德的说
法,这是一位真实存在的历史人物——的刻画主要来自
《动荡不安的王朝》;他对夏提昂(Chatillon)的描绘同样
如此;他对另外两个历史人物——1193 年擒获狮心王理
查的奥地利公爵利奥波德(Leopold),1199 年在其莎露
堡大败理查王的利摩琪斯伯爵维多玛(Vidomar of Ly-
moges)——的混淆也来自《动荡不安的王朝》。莎士比
亚的模仿,还见于他在剧中对历史时间的处理,特别是他
缩短了亚瑟(Arthur)王子的死亡(1203)与法国王太子路
易(Louis)被授予英国王权(1215)之间的历史进程。最
后,莎士比亚还像《动荡不安的王朝》那样,把实际上已
经 18 岁的亚瑟王子以孩童形象展现出来,从而有意识地
引发观众们的同情。所有这些呼应,都可看出莎士比亚
对《动荡不安的王朝》一剧作者的借鉴。然而,尽管他借
鉴了对历史事件的戏剧化处理,也借鉴了作品的结构,但

---

① 原注:实际上,考托普(Courthope)认为,《动荡不安的王朝》的作者一定
　就是莎士比亚,不可能是其他人。他这样评价这部早先的剧作:"从国
　事辩论的气势与威严、事件的呈现、角色的丰富与对比、对重大历史事
　件进程的构思等方面来看,该作品的戏剧水准都远高于皮尔、格林,甚
　至是马洛。"(*Op. cit.*, iv, 465)。

莎士比亚给作品加上了他自己的哲学思考。《动荡不安的王朝》缺乏核心主旨，莎士比亚则让自己剧中的人物全都按照"投机"原则行事："那个笑脸迎人的绅士，使人心痒骨酥的'利益'。"①在这样一种写法中，他将关于新教的争辩转化为对政治行动的伦理评价，并在一系列有松散联系的历史事件中寄托了对人类行为动机的连贯考察，不仅呈现了伊丽莎白时代英国人的爱国激情，也使自己的作品具有了无论哪个国家、哪个时代的人文学科的学生都感兴趣的面向，这样的作品才是永恒矗立的王国。表面看来，他是一个改编者，事实上，他是点石成金的高手。有鉴于此，莎士比亚遵从的是亚里士多德批评观的核心要求，即对普遍原则的应用。他懂得诗学生命的长久之道，恰如之前曾引用到的一位优秀的批评家所言："将普遍的化作个人的，而不是将具体的加以普遍化。"②

然而，为避免给《动荡不安的王朝》的匿名作者造成任何不公，应补充说明一点，即这部剧作本身又是以更早先的另一部作品为蓝本的。并且，《动荡不安的王朝》在借鉴中体现出的改进，就和《约翰王》对它的借鉴改进一样令人瞩目。

这部最早版本的《约翰王》(*Kynge Johan*)的作者是一度担任奥索里(Ossory)主教职位的约翰·贝尔。③贝尔是最早转信新教的那批人中的一员，以对自己放弃的

---

① 《莎士比亚全集》卷二，第96页。
② 原注：W. J. Courthope, *Life in Poetry*, p. 86.
③ 见首章注。

旧教的激烈抨击著称于世,并因此获得了诺森伯兰护国公(Protector Northumberland)的支持。1552 年,他被授予了奥索里教区的职位,但在玛丽女王登基后不得不逃亡到欧洲大陆寻找安身立命之处。

玛丽女王驾崩后不久,贝尔返回到英格兰,于 1560 年开始担任坎特伯雷的受俸牧师直到去世。贝尔的《约翰王》①尽管文学性不足为道,但在英国历史剧的发展长河中却极具价值。贝尔原本只是想表明立场——谴责罗马的各种问题,颂扬新教的好处——但这部很可能完稿于爱德华六世即位期间的作品,成为了现存最早的表现历史人物的英语戏剧。

严格地说,它不能算作一出历史剧,因为历史人物在其中只占极小的比例,包括了约翰王、潘杜尔夫、雷蒙德斯(Raymundus)、一位修道士(可能有历史原型)以及史温斯丹的西蒙(Symon of Swinstead)。剧中其他人物有:

英格兰,一位寡妇
教士 } 同一位演员扮演

社稷秩序
平民 } 同一位演员扮演

---

① 原注:我所知道的该剧作有两个版本。其中一个是卡姆登协会(Camden Society)在 1838 年出版的版本,由佩恩·科利尔(Payne Collier)据德文郡公爵(Duke of Devonshire)私人收藏的手稿编辑而成。另一个版本见于 1907 年为"早期英语戏剧协会"(Early English Drama Society)私下印行的贝尔主教戏剧作品集。

贵族
红衣主教潘杜尔夫 } 同一位演员扮演
个人财产

虚伪
雷蒙德斯 } 同一位演员扮演
史温斯丹的西蒙

篡夺的权力
教皇 } 同一位演员扮演
反叛

真实

王权

贝尔本人将这出剧形容为"盛景"。就其类型而言，人们会发现，它在某种程度上切合于大家所熟悉的"道德剧"。它可能是为伊普斯维奇（Ipswich）小城的行会演出而创作的，并顺应了当地极端化的新教倾向。贝尔的这出"盛景"的底稿也已经在当地的档案材料中被发现了。尽管接近于道德剧，这一版《约翰王》在文学上的主要贡献在于，它将抽象的"美德"、"恶习"类角色与真实的历史人物作了并列呈现。由此，该剧作标识出了从中世纪的"道德剧"到现代"历史剧"的转变，但也正因如此,它也像 16 世纪许多其他论争性文学作品一样,难逃默默无闻的命运。

贝尔的《约翰王》绝非一无是处。至少,它的缺点中就包含着它的优点。它在精神取向上立场分明、表达上直接有力,体现出可嘉的勇气,而其场景又排列有致,力图给新教徒观众带来快乐——尽管未必是教益。剧中许多表达都堪称完美。在剧末,"王权"对"社稷秩序"、"贵族"以及"教士"发出了警告:

> 一位君王之治国经邦,
> 乃上帝之赐予与决定;
> 汝等三者应尽全力相助,
> 在上帝的法度中,为民而计,
> 尔教士,应传扬上帝之言;
> 卿等贵族,应以剑相护;
> 汝社稷秩序需维系正义。

现在该回到莎士比亚的《约翰王》了。莎士比亚运用材料的能力与智慧是令人惊叹的,《约翰王》就是这种能力与智慧的结晶,但它却不能被列入莎士比亚最高水准的作品。如果将其与创作时间最相近的两部历史剧作加以比较,就能明显看到,它不及表演性强的《理查三世》,也不及诗歌性强的《理查二世》。这或许是因为,对于诗人、剧作家莎士比亚而言,直接创作比改编旧作要更容易。不管怎样,事实情况就是《理查三世》比《约翰王》

更加受到演员与观众们的欢迎,而《理查二世》中那些难以被超越的诗歌部分也是《约翰王》所不能企及的。《理查二世》各部分之间水平也有起伏,但在《约翰王》中这种起伏更厉害。当然,后者也有两幕场景——国王向赫伯特(Herbert)面授机宜要求暗杀亚瑟王子(第三幕第二场),小王子与其看守之间令人伤心的对话(第四幕第一场)——确实达到了卓越无暇的地步。

国王对赫伯特谈话时的小心谨慎在精湛的手法中得以展现:

> **约翰王:** 过来,赫伯特。啊,我的好赫伯特,我受你的好处太多啦! 在这肉体的围墙之内,有一个灵魂是把你当作他的债主的,他预备用加倍的利息报偿你的忠心。……把你的手给我。我有一件事要说,可是等适当的时候再说吧。苍天在上,赫伯特,我简直不好意思说我是多么看重你。……我有一件事情要说,可是让它去吧。太阳高悬在天空,骄傲的白昼耽于世间的欢娱,正在嬉戏酣游,不会听我的说话;要是午夜的寒钟启动它的铜唇铁舌,向昏睡的深宵发出一响嘹亮的鸣声;……或者,要是你能够不用眼睛看我,不用耳朵听我,不用舌头回答我,除了用心灵的冥会传达我们的思想以外,全然不凭借眼睛、耳朵和有害的言语的力量;那么,即使在众目昭彰的白昼,我也要向你的心中倾吐我的衷肠;可是,啊! 我不愿。然而,我是很喜欢你的;凭良心说,我想你

对我也很忠爱。

　　赫伯特:苍天在上,陛下无论吩咐我干什么事,即使因此而不免一死,我也决不推辞。

　　约翰王:我难道不知道你会这样吗?好赫伯特!赫伯特,赫伯特,转过你的眼去,瞧瞧那个孩子。我告诉你,我的朋友,他是挡在我路上的一条蛇;无论我的脚踏到什么地方,他总是横卧在我的前面。你懂得我的意思吗?你是他的监守人。

　　赫伯特:我一定尽力监守他,不让他得罪陛下。

　　约翰王:死。

　　赫伯特:陛下?

　　约翰王:一个坟墓。

　　赫伯特:他不会留着活命。

　　约翰王:够了。①

　　请注意,这幕场景结尾处连续使用的单音节词所制造的效果。相比之下,微妙程度更低一些但却更加有力的是赫伯特与亚瑟王子之间的对话。其时,赫伯特告知他的小囚犯,或者说,直接让后者从书面命令中得知其将要遭受的烫瞎双眼的残酷刑罚。

　　与此同时,这一高质量的作品的确有缺憾之处。比如安吉尔斯(Angiers)城下那段冗长的讨论,对于读者来说十分乏味,对于现场观众来说更是如此。

---

① 《莎士比亚全集》卷二,第109—110页。

不仅如此,恰如一位尖锐的批评家指出的,该剧的构思与结构更有两处致命缺陷。一方面,情节安排缺乏内在的一致性。莎士比亚将亚瑟王子设置为剧作运转的中心,但"故事的这一中心主题与开头及结尾没有形成充分的有机联系"。另一方面,"在某种程度上,个人命运发展与政治主旨之间理路不清"。总体而言,约翰王是被鄙夷的,这一处理也建立在历史事实的基础之上。但在开始几场戏中,观众的同情却被牵引到了约翰王那一边。且看法王腓力普前来质疑约翰"僭王"地位时的说话口气:

> 代表你的已故王兄吉弗雷的世子亚瑟·普兰塔琪纳特。①

难道莎士比亚默默接受来自法国的抗议吗?乍看起来,他的确有此反应。太后艾莉诺(Elinor)的言语很有暗示性,在约翰高声宣布他的"坚强的据守"与"合法的权利"②之后,她低声说道:

> 你有的是坚强的据守,若指望合法的权利做保障,你和我就要糟糕了。③

---

① 《莎士比亚全集》卷二,第 71 页。
② 同上,第 72 页。
③ 同上,第 72 页。

不过,仔细观察的话,应该说,莎士比亚在此处其实是把"合法权利"问题暂时搁置了。叔父的要求优先于侄甥的要求,这一点在现代历史学家那里是没有问题的。现代意义上的严格的继承顺序在当时的英国王族的更替中尚未得以建立。因此,根据法律,约翰并不是一个篡权夺位者。

对于作为道德家的莎士比亚来说,"合法权利"的判断取决于统治者自身的品质。剧作开始时,约翰并未显示出他作为一个君王在道德及智性上的不足。他的品质究竟如何,仍有待于考验。之后,在应对法王腓力普、教皇英诺森三世以及自己手下贵族的过程中,他极端的无能方才显露。在他不配君临天下这一点得到再三印证之后,莎士比亚才彻底让观众们的同情从他身上转移开来。

因此,尽管法王腓力普声称自己是亚瑟合法权利的维护者,但在剧中,同情被放置在了约翰王一边,以此作为对腓力普王粗暴干涉的一种反对。更加含糊不清的是这一场景——特使红衣主教劈头盖脸地把教皇颁布的革除教籍的御令扔给了国王。这一高潮时刻发生之前的事件,我们从剧中无从得知。此前,为了新大主教的任命约翰与坎特伯雷教会的争执,约翰在与曾掌管圣彼得大教堂的那位最杰出的律法专家、资深的外交使节进行谈判时的坏脾气与不诚实,英诺森三世如何高明地应对并挫败了约翰粗暴的攻击,剧作都未涉及。我们仅仅能看到英诺森三世睿智地选择了史蒂芬·兰顿(Stephen Langton)来填补职位空缺。事实上,约翰的表现外强中干,英诺森三世的胜利不在于他手握什么优势，而在于他无人能及的机巧。

然而，剧作所呈现出来的教皇及其特使，却并没有比法王腓力普获得更多的赞许。

同样的情况也可见于谋反的贵族角色。对于这一场谋反，莎士比亚没有向观众们索取任何同情。如果约翰正确地把握了方向，如果他忠于职守地尽到他对臣民的责任，如果他不失尊严地坚决抵抗威胁到其个人及国家独立的外来攻击，如果他没有那些或残忍或懦怯的表现，那么对于那些背叛自己政权、通敌卖国的贵族们就不会有任何同情可言。而在莎士比亚笔下，这些人的谋反是他们将亚瑟王子的死归咎于约翰时所表达的道德愤慨。在历史中，亚瑟王子的死与谋反其实是两个相隔十多年的事件。莎士比亚将它们视作为因果事件，这样的处理从戏剧及道德角度而言都是可以成立的，是"诗歌比历史更真实"的案例之一。①

还有，即便是在贵族内部，这次谋反的意义也非常不明确。由于作恶多端、怯弱无能，约翰王再怎么受惩罚也是无可争议的。虽然没有亲自动手，但他是一个在意念中犯了杀人罪的恶徒；他不是基于原则，而是纯粹受到"利益"的驱使才向英诺森教皇卑躬屈膝，把自己的王国

---

① 此段表达略显晦涩。作者认为，莎剧《约翰王》将亚瑟王子的死与群臣谋反处理为因果事件，从戏剧角度而言是合理之举，但这种处理未能突出约翰王统治的失败，因而削弱了群臣谋反的合理性，未能充分调动观众们对参与谋反的贵族的同情。

变为教皇赐予的一块封地。他的谋杀罪之上又有一重叛国罪。

所以,在道义与政治层面上,约翰手下的贵族们不得不去与已经入侵英国的法国王太子谈判。但是,就连他们当中那些最杰出的人也对自己理应从事的义举心存疑惑。反对国王的过错,这能够成为他们叛国的理由?这种犹豫不决在萨立斯伯雷(Salisbury)对法国王太子的一番陈词中得到了极好的展现:

> 可是相信我,殿下,像这样创巨痛深的时代疮痍,必须让叛逆的卑鄙的手替它敷上药膏,为了医治一处陈年的疡肿,造成了许多新的伤口……可是这时代已经染上了重大的沉疴,为了救护我们垂死的正义,只有以乱戡乱,用无情的暴力摧毁暴力。①

在此艰难与充满考验的时局中,只有一人保持了清醒头脑。因为亚瑟王子被谋杀——如果可以这么说的话——福康勃立琪感到由衷的愤怒:

> 这是一件不可饶恕的残忍的行为;不知哪一个人下这样无情的毒手。②

---

① 《莎士比亚全集》卷二,第139页。
② 同上,第131页。

有一瞬间,他甚至也失去了清醒的判断:

> 我简直发呆了,在这遍地荆棘的多难的人世之
> 上,我已经迷失我的路程。①

然而,君王犯下的过错,无法成为与侵犯英国国土的外军
进行谈判的理由——"外侮和内患同时并发"。② 如果没
有福康勃立琪强有力的鼓励,精神与肉体俱衰的国王恐
怕早已投降:

> 您一向是雄心勃勃的,请在行动上表现您的英
> 雄气概吧;不要让世人看见恐惧和悲观的疑虑主宰
> 着一位君王的眼睛。愿您像这动乱的时代一般活
> 跃;愿您自己成为一把火,去抵御那燎原的烈焰;给
> 威胁者以威胁,用无畏的眼光把夸口的恐吓者吓退;
> 那些惯于摹仿大人物的行为的凡庸群众,将要看着
> 您的榜样而增加勇气,鼓起他们不屈不挠的坚决的
> 精神。③

这不仅是一段鼓励性的语言,其中还包含着深刻的
政治洞见与政治智慧,表明了在责任的重压之下,庶子在
个性上超乎寻常的快速成长。

---

① 《莎士比亚全集》卷二,第 134 页。
② 同上,第 134 页。
③ 同上,第 137 页。

在第一幕中登场亮相时,庶子完全是一个投机分子,一个快乐的、耍点小聪明又有点粗鲁的年轻人,恰如国王所描述的,"一个多么莽撞的家伙"。① 在约翰与母后艾莉诺确认其面貌与狮心王理查非常相像之后,庶子将自己年收入 500 磅的土地让渡给了他同母异父的兄弟罗伯特·福康勃立琪(Robert Fulconbridge),并被国王册封为骑士,从此投身王室。

在法国,他第一次见识了政治。他看到法王腓力普自诩为亚瑟王子权利的保护者,也见证了安吉尔斯的居民们如何成功地抵挡住英法的轮番进攻:

> 天哪,这些安及尔斯的贱奴们在玩弄你们哩,两位王上;他们安安稳稳地站在城楼上。②

他听到了精明的市民们所提出的兼顾两方利益的建议,即让法国王太子路易迎娶约翰王的侄女卡斯提尔的白兰琦(Blanche of Castile),并以缅因、波亚叠、安佐以及妥伦作为白兰琦的嫁妆。交易最终达成了,但亚瑟的诉求却被遗忘了。

这个极具讽刺性的交易让庶子有机会指出整部戏哲理性的道德观察:

---

① 《莎士比亚全集》卷二,第 74 页。
② 同上,第 91 页。

　　疯狂的世界！疯狂的国王！疯狂的和解！约翰
为了阻止亚瑟夺取他的全部的权利，甘心把他一部
分的权利割舍放弃；法兰西，他是因为受到良心的驱
策而披上盔甲的，义侠和仁勇的精神引导着他，使他
以上帝的军人自命而踏上战场，却会勾搭上了那个
惯会使人改变决心的狡猾的魔鬼，那个专事出卖信
义的掮客，那个把国王、乞丐、老人、青年玩弄于股掌
之间的毁盟的能手……那个笑脸迎人的绅士，使人
心痒骨酥的"利益"。"利益"，这个颠倒乾坤的势
力……既然国王们也会因"利益"而背弃信义；"利
益"，做我的君主吧，因为我要崇拜你！①

只有庶子一人愤慨于"利益"之当道，不认同逐利行为对
原则的漠视。在痛苦中同样持此立场的是康斯丹丝公爵
夫人（Duchess Constance），她痛斥那些"背信的国王
们"。②

　　对于曾经以美好诺言安抚她的腓力普王，她发出了
这样的愤怒：

　　　　你用虚有其表的尊严欺骗我，它在一经试验以
后，就证明毫无价值。你已经背弃了盟誓，背弃了盟
誓；你武装而来，为的是要溅洒我的仇人的血，可是

---

① 《莎士比亚全集》卷二，第96—97页。
② 同上，第101页。

现在你却用你自己的血增强我仇人的力量……举起
你们的武器来，诸天的神明啊，惩罚这些背信的国
王们！①

莎士比亚对康斯丹丝的塑造赢得了许多杰出批评家的称
赞。② 至于我自己，老实说，我觉得这位主人公占主导的
那些场景有些无趣。历史剧系列中女主人公的塑造从来
都不是重点：那些嫁给普兰塔琪纳特或兰开斯特家族的
法国公主们没有给英国王室带来多少实力上的或民众好
感度的提升，所以莎士比亚对她们的塑造谈不上不公。
甚至，康斯丹丝公爵夫人已经很接近于一个骂街泼妇。
如果你一定要在历史剧中找到一位名副其实的女主人
公，那么亨利八世受伤的夫人③绝不逊色于亚瑟有点失
常的母亲。

　　除了亨利五世，那些与剧作同名的男性"英雄"们也
都不怎么真正具有英雄气概。如果说《约翰王》中有那
么一位英雄的话，那非庶子福康勃立琪莫属。随着机遇
的增多，也因为责任感的高度驱使，福康勃立琪不断成
长，而约翰王则在不断衰落。及至剧末紧要、棘手的关
头，福康勃立琪已能做到真诚地对待国王、国家以及他自
己。但《约翰王》中真正的英雄却不在这些角色范围之

---

① 《莎士比亚全集》卷二，第 101 页。
② 原注：如詹姆森（Jameson）夫人、默顿·卢斯（Morton Luce）先生的
　 称赞。
③ 指凯瑟琳王后。

内，如同贝尔主教的道德剧那样，莎翁这部剧作中真正的英雄是"英格兰"。

这位英雄的生命及荣誉，一方面受到了外部敌人的威胁，另一方面更受扰于内部的分化及背叛。这是整部剧作所力图传达的政治教训，即对国家构成威胁的是不同阶层、信仰、党派以及社会利益之间的种种对立。

这一教训，恰如上一章已论及的，在莎士比亚生活的年代并非不合时宜。在出人意料的也是幸运的大团结中，这个国家击败了西班牙无礼的挑战。为了共同的安全，为了解除国家独立遭遇的危险，天主教徒与新教徒、贵族与农民、骑士与普通市民肩并肩站在了一起。

莎士比亚创作此剧时，这一切外部威胁早已成为过去，但国内的和平局面似乎难以得到维持。首先，爱尔兰爆发了公开的叛乱。在自家大院，政府在处理宗教事务时，又明显缺乏同情心与智慧，天主教徒与分离主义者都被置于一种异常严苛且毫无道理的打压之下。在议会中，不满的声音由于对年迈女王的尊重而暂时平息——女王已为国尽心尽力操劳35年，以巨大的勇气克服艰险，带领国家安全度过了史上的最大危机，成就了丰功伟业，但王权与议会之间的妥协取决于女王个人，因而只能是暂时的。一旦女王退位，双方之间的斗争必将以更为暴烈的方式展开，因为这一斗争已经被搁置太久。

莎士比亚对于斗争冲突的出现发出了警告，这一警告也并不因其采取了戏剧形式、借助于遥远历史来表达而显得可有可无。情节场景虽来自久远的历史，但诗人意念中的政治关心所聚焦的则是伊丽莎白女王时代而非约翰王的统治。总体而言，莎士比亚不是政治家，他只是个剧作家，但作为一个剧作家，他从来没有放弃自己的公民身份。他绝对是个爱国者，对国家的脉动高度敏感。在《动荡不安的王朝》中，他所找到的，或者说，提炼出的，不仅是一种令人喜爱的戏剧品味，更是一种亟需的政治教益。《约翰王》将此教益以崭新的、更有效的方式重新提出，将其中的意蕴深长展现出来：

　　如果英格兰的贵族与人民团结一致，教皇、法国、西班牙都不能伤它分毫。①

---

① 此处作者引用的是贝尔主教剧作《动荡不安的王朝》结尾处庶子的话，原文为："If England's Peeres and people joyne in one / Nor Pope, nor France, nor Spain can do them wrong"。

第三章
"无人辅佐"的理查:业余政治家

一道脆弱的光辉闪耀在这脸上。[1]

噢,要是我把我的眼睛转向着自己,我会发现自己也是叛徒的同党。[2]

《理查二世》带我们更近一步地走入莎士比亚对英国历史的表现。《约翰王》提供了一个引子,这个引子与后面的剧作略有脱节,《理查二世》则使我们开始领略兰开斯特与约克两家族在命运上的无尽纠缠与斗争。《约翰王》作为戏剧来说并不是一部佳作,但正如我们看到的,它仍充满了可资探究之处。对于以英语文学专业为志趣者而言,历史剧系列中其实没有其他哪部剧作如此重要,因为它们都没有如此清晰地标识出英语历史剧的发展进化。在此意义上,《约翰王》确实鹤立鸡群。它对历史学家以及心理学者也富有吸引力。但《理查二世》要更加优秀。这部莎剧及其对应的那段王朝历史,有一

---

① 《莎士比亚全集》卷二,第396页。
② 同上,第395页。

种在约翰王及其统治中不曾见到的神秘气氛。已经有许多研究关注无人辅佐的理查的执政,但这段历史仍旧晦暗不明。疑问最集中之处,应该说还是这位君王的性情。

在英国世代君王中,没有其他哪位的真实个性这么难以辨认。对于他的同时代人而言,波尔多的理查是一个难解之谜,500 年后的今天,认识其性格仍旧困难重重。只有他的俊俏与魅力是公认无疑的。他是一朵早早开放却又提前凋落的甜美可爱的玫瑰,但其性格正如其面容那样缺乏男子气概,他的美属于温柔类型的,并不适合艰难的时世,而他的命运却又恰逢这样一种多舛的环境。当然,他并不是全无阳刚之气或坚毅表现,祖父与父亲的精神曾经在那位 15 岁的少年郎身上灵光乍现。那位少年在瓦特·泰勒(Wat the Tyler)的农民起义军面前曾这样说道:"我的大爷们,你们想要什么?我是你们的队长、你们的君王。"然而,不到 20 年光景,他却眼睁睁地看着自己被侄子波林勃洛克(Bolingbroke)推翻。他的作为与他的性格充满了诸如此类的自相矛盾之处。他不缺乏帝王气质,在紧张复杂的时刻,他有着无误的洞察、合适的态度,但又未能落实于实际行动。理查总能采取正确的姿态,但它们仅仅是姿态而已。事实上,他有极高的天赋,但却缺乏真正的个性,其性情就像水一样不稳定,无法定型成规。有时可爱、关心他人,有时残酷记仇,时而积极勇猛,时而消沉怠惰,时而狡猾,时而鲁莽,开明与专横兼具,慷慨与狭隘并存其心。总而言之,其性格唯一确定之处就在于其不连贯、不统一。

这就是我们目前所了解的历史上的理查，或者说，两个不一样的理查。有一种不乏根据的观点认为，在其原配波西米亚的安妮（Anne of Bohemia）王后于 1394 年去世之后，理查的性情经历了一个急剧恶化的过程，[①]但他富有能力这一点，总体而言是得到承认的。格林（J. R. Green）先生就谈起过"理查与普兰塔琪纳特其他君王所共有的出众能力"，不过也指出了其能力"因为致命的不一致以及狭隘的报复心而受到损害"。詹姆士·拉姆塞（Sir James Ramsay）爵士通过其"特别高超的伪装能力与令人无法原谅的作为"看到了他所拥有的"领导风范"。斯塔布斯主教则批评理查受教育的环境以及在他年轻时伴其左右的朋友及顾问们，包括他的同胞霍兰德兄弟（Hollands）、罗伯特·德·维尔（Robert de Vere）、西蒙·伯莱（Simon Burley）爵士以及麦克·德·拉·波尔（Michael de la Pole），认为他们"宠坏了王子，王子的一生既展现了贵族气质，也常有精神冲动之实"。

理查即位时仅仅是个 11 岁的幼童，尽管当时并无正式的摄政议会，但在执政的最初 12 年里，他或多或少是受到监护的。那段时期，最先执行监护任务的是其权

---

① 原注：参见 Stubbs, *Constitutional History*, II, p. 487；Holton, *Trans, Royal Historical Society*, Vol. x。（译注：此处 Holton 的文献，是指 S. H. D. Holton, "Richard the Redeless", *Transactions of the Royal Historical Society*, Vol. x, December 1896, pp. 121—154。）

倾朝野的叔叔约翰·刚特(John of Gaunt)。莎士比亚笔下"德高望重的兰开斯特"①其实与史实差距较大。他笔下的刚特是一位年迈的爱国者，不仅日夜为国担忧，而且费尽心力引导侄儿懂得智慧与节制。历史上的刚特卒于59岁，终其一生都野心勃勃、为己谋划。在父亲驾崩时，他意识到自己未获民意支持，所以在王位继承一事上表现得克制有加。但在理查即位初期，如果他真的想按宪制要求训导理查，他是可以做到的。没有证据表明他履行了这一职责，也没有证据表明他想这么做。至1383年，时运不再，麦克·德·拉·波尔登上御前大臣之位。3年后，兰开斯特远赴西班牙去维护自己在卡斯提尔(Castile)的王位继承权，直到1389年才回到英格兰。

刚特的离开并没有使时运之轮转向国王或是他的大臣麦克·德·拉·波尔，而是使刚特的弟弟葛罗斯特公爵伍德斯托克的托马斯(Thomas of Woodstock)得了势，后者一跃成为贵族联盟的首领。该贵族联盟的势力时有浮沉，但他们对国王的反对始终不变，这一对立一直持续至13年后理查王朝的崩塌。刚特的继承人德比伯爵(Earl of Derby)亨利当时担任葛罗斯特的副官，站在他们一边的还有华列克伯爵(Earl of Warwick)托马斯·比彻姆(Thomas Beauchamp)、奥伦戴尔伯爵(Earl of Arundel)理查·菲查伦(Richard Fitzalan)以及诺丁汉伯爵(Earl of

---

① 《莎士比亚全集》卷二，第329页。

Nottingham)托马斯·毛勃雷(Thomas Mowbray)。在反罗拉德派①——由考特尼大主教(Archbishop Courtenay)、伊里主教(Bishop of Ely)托马斯·奥伦戴尔(Thomas Arundel)以及年迈的怀克姆的威廉(William of Wykeham)等人领导——的强劲支持下,在下议院的鼓励下,葛罗斯特一众要求罢免国王的宠臣们,特别是御前大臣麦克·德·拉·波尔。国王反击说,自己不会裁撤掉任何人,即便是像洗碗工这样级别的人也不会。葛罗斯特与德比则坚持立场,并直截了当地暗示,达不成目的就可能罢黜君王。为防止爱德华二世(Edward II)经历的厄运降临在自己身上,理查匆忙作出了妥协。麦克·德·拉·波尔被迫下野,奥伦戴尔主教取而代之;另一位教会人物海瑞福德主教(Bishop of Hereford)约翰·吉尔伯特(John Gilbert)则取代了杜伦主教(Bishop of Durham)成为国库官;对于德·拉·波尔的下野,下议院举行了正式的弹劾程序;此外,以葛罗斯特与约克为首的一个摄政/改革委员会得到了为期一年的任命,负责管理王室及国内事务。

这一任命是削弱王权的深思熟虑的一步棋。国王从五人法官团那里轻松地获得了意见上的支持,认定上述任命是对王权的非法干预。这使得委员会的首领们处于被严惩的威胁之下。

反对派迅速予以回应。葛罗斯特、奥伦戴尔、德比、

---

① 参第一章"罗拉德派"注释。

华列克以及诺丁汉等五位首领,对国王的亲信们发出了严重叛国的指控,并且在牛津伯爵(Earl of Oxford)罗伯特·德·维尔的率领下,于剑桥郡的拉德克特桥(Radcot Bridge)大败敌军。次年(1388),"无情的议会"又继续对那些曾支持国王的人施以惩罚。有些人逃亡了,另有一些则被处死,那五位法官被判处死刑后,又被发配至爱尔兰终身流放。保王党溃不成军,葛罗斯特集团又一次大获全胜。

上诉派贵族①的成功并不长久。1389年,23岁的理查突然宣布自己已经到了成熟年龄,并将葛罗斯特及其同党们逐出了枢密院。接下来的8年时间,他以自己的智慧成功地统治着国家。可是,1394年理查迎来了噩运,其妻波西米亚的安妮王后归西。此前,理查对夫人可谓言听计从,王后也一心维护丈夫和他的人民。安妮去世两年后,理查签署了与法国休战25年的协定,作为这份协定的保证,理查须与尚是孩童的法国公主成亲。自此之后,理查的情绪低落与恶化明显可见。在小心谨慎与仔细谋划中,他开始着手推翻宪政体制,试图使专政合法化。

最首要的一步就是镇压对手,而那些顽固的反对派也在酝酿新一轮的反抗。五名上诉派贵族中的三人以及大主教奥伦戴尔都被弹劾。大主教被处以流放,财产被罚没,其伯爵兄弟被处死;华列克伯爵也遭流放;倒皇派

---

① Lords Appellant,即以葛罗斯特公爵为首的挑战王权的贵族们。

中最强大有力的人物葛罗斯特公爵伍德斯托克的托马斯则在加莱毙命。公爵的失败有其原因。上诉派贵族联盟中,有两位都加入到了国王的行动中,对昔日盟友痛下毒手。这两位与其他支持国王的人都得到了相应封赏。德比伯爵亨利被封为海瑞福德公爵(Duke of Hereford),约克的长子拉特兰伯爵(Earl of Rutland)获封奥伦戴尔公爵(Duke of Arundel),诺丁汉伯爵(Earl of Nottingham)获封诺福克公爵(Duke of Norfolk),威廉·勒·斯克鲁普(William le Scrope)爵士获封威尔特郡伯爵(Earl of Wiltshire),托马斯·潘西(Thomas Percy)爵士获封华斯特伯爵(Earl of Worcester),内维尔(Neville)获封威斯摩兰伯爵(Earl of Westmoreland),萨默塞特伯爵(Earl of Somerset)获封多塞特侯爵(Marquis of Dorset),勒·德斯潘塞(le Despenser)获封葛罗斯特伯爵(Earl of Gloucester)。这些人物中的大多数我们都会在历史剧中一一见到。

理查在所有这些对大主教以及上诉派贵族采取的行动中,都恪守法律程序。他在下议院中的主要代理人有议长约翰·布希(John Bushy)爵士、亨利·格林(Henry Green)爵士以及威廉·巴各特(William Bagot)爵士。1398年1月,在制裁权贵们风声鹤唳的背景下,议会于威斯敏斯特、什鲁斯伯里(Shrewsbury)先后召开,最终在一场仅仅持续了3天的讨论之后,正式宣布彻底投降。1388年“无情的议会”的所有议案都被宣布无效,所有决定都被取消,全国实行大赦,关税被授予国王终身使用。此外,作为一种自残式决定,议会宣布将自己的权力让渡给一个由 18 位上议院议员和下议院议员组成的委员会，而国王的叔叔兰开斯特与约克，国王最活跃的亲信布希、格林以及许多其他支持者都赫然位列此委员会的名单中。

国王取得了彻底的胜利。这一胜利来自于一系列有步骤的、深思熟虑的、注重细节的行动，行动的执行也很精准、大胆、富有机巧。这与理查在之后顿挫不悦的生活里表现出的虚弱及犹豫形成了鲜明对比。

1398 年 9 月到 1400 年 2 月的这段时间，是莎士比亚在剧作中关注的焦点。然而，我将揭示，如果对这个时段之前的历史不熟悉，就无法读懂这部剧作。特别是，正如上文已提到的，《理查二世》提供了一个关于"不可见的超自然"的文学佳证。葛罗斯特的鬼魂萦绕在这出戏的开始部分，他在加莱的暴毙是莎士比亚这部作品的真正起点。他为何会以此为起点，稍后将予以说明。此处必须要先提及一下现代最伟大的历史学家是如何评价理查"政制上的恢弘一笔"的，其政策体现了"一种决然的努力，不是要躲避而是要摧毁近两百年来先是由贵族们后是由团结的议会所致力于给君王设立的种种限制……他（理查）对于细枝末节的法律条款不感兴趣，而是直接攻击宪制政府的根基……未曾有哪位国王如此强烈地要求得到那些世袭传承的权利，也没有哪位国王如此公开地维护关于特权的极端理论"。① 然而，就如斯塔布斯主教

---

① 原注：*Constitutional History*, II, pp. 499—500.

所认为的那样,理查的性格仍旧是个问题般的存在。

现在该回到莎士比亚对理查的具体呈现了。

《理查二世》这部剧是一部很纯粹的历史剧。剧中大部分语言以及几乎所有的历史事件都来自于霍林斯赫德的著作。除了极少数不重要的例外,霍林斯赫德所提供的、由莎士比亚使用的"事件"都与史实相吻合。

不吻合之处在此可一并简要罗列。我不太确定剧中的约翰·刚特在临终前遭遇的那些事情是否属实,也无法确定理查是否曾以残暴的方式对待他奄奄一息的叔叔。事实上,在刚特人生的最后几年,叔侄二人之间即便不是真的亲密无间,相比以往也还是和谐了许多。再者,因为显而易见的原因,伊莎贝拉(Isabel)王后在莎士比亚的笔下是一位成年女子,实际上,当时她只是个八九岁的孩子。

第二幕第二场中约克谈及的葛罗斯特公爵夫人的去世,其实发生在亨利四世即位之后。剧中的约克公爵夫人不是卒于1394年的那位卡斯提尔的伊莎贝拉(Isabel of Castile),而是约克的续弦,因此她也不应该是奥墨尔(Aumerle)的亲生母亲。奥墨尔本人,也不像剧中第三幕第二场描写的那样与理查并肩作战,而是加入了波林勃洛克的阵营。但这些史实性的错误为数不多,这些偏差从戏剧角度来说也是必要的。最值得称道的是第三幕第四场中园丁仆人们精彩的田园对话场景,其中包含了许多卓越的政治反思以及出色的比喻。这完全是诗人自己的创造。同样值得称道的是第五幕第一场中理查与王后的伤心道别。这些细节的添加以及对史实的偏离,在戏剧的意义上不仅是合理的、精妙的,而且极有利于对历史进行阐释。

至于这部剧作的创作时间,内外两方面证据都支持将其归推到1593年或1594年,也就是《约翰王》面世的前一年或前两年。与《约翰王》类似,《理查二世》在创作水准上也有不平均的表现,其不平均的程度甚至更大。剧中有一些演说辞以及一些完整的场次具有无可匹敌的美感,但难以否认剧中确有诸多不成熟之处。比如,此剧有差不多百分之二十的部分是连一行散文都没有的完完全全的韵文,同时,它在双关语使用上十分丰富,在语言上有精巧的设计,但在措辞及韵律上、在人物的组合及场景的设置与结构上都有僵硬刻意之处。这一切都表明,莎士比亚在创作此剧时尚未在材料使用上形成足够的自信,此时的他还未达到其艺术水准的巅峰。文本之内的不完美,在文本之外的历史中也可找到证据。1597年,剧本初版以匿名形式发行,其后的1598年、1608年以及1615年的版本则署上了作者名字。后两个版本包含了第四幕中的罢黜场景,但这一场景在伊丽莎白女王在世期间发行的版本中因为显而易见的政治考量隐而不见。

应该注意到,莎士比亚并不是伊丽莎白时代唯一一位描述这段复杂的王朝历史的剧作家。在他之前已有至少四部相关剧作,而莎士比亚至少对其中一部作了材料上的挪用——就如同《约翰王》对《动荡不安的王朝》有所借鉴那样。当然,我们并没有直接的证据来证明这种

挪用关系,而且如果考虑到人们所谈及的莎士比亚对霍
林斯赫德作品的熟悉,关于挪用的假设其实也没有多少
实质性意义。在这些更早面世的剧作中,有一部是关于
1381 年农民起义的《杰克·斯特劳的生与死》(*Life and
Death of Jack Straw*)。另有一部现已亡佚,但西蒙·福尔
曼(Simon Forman)博士对它有详尽介绍,他曾在环球剧
院 1611 年的演出中看过此戏;该戏的内容横跨 20 多年
的王朝历史,不仅写到了农民起义,而且还写到了葛罗斯
特公爵的去世。第三部名为《国王亨利四世,又国王理
查二世之被杀》(*King Henry IV and of the Killing of King
Richard II*),曾于 1601 年 2 月 7 日——艾塞克斯伯爵
(Earl of Essex)谋反破产的前夜——在环球剧院上演。

《国王亨利四世,又国王理查二世之被杀》是在基尔
比·梅里克(Gilby Merrick)爵士的大力推动下得以上演
的。因为参演此剧需承担政治及商业上的风险,所以基
尔比给演员们额外补贴了 40 先令。有些批评家试图将
此剧视为莎士比亚的作品,但批评界的主导意见却不予
认同。从任何一个角度,都很难看出莎剧可以服务于艾
塞克斯团伙的阴谋。最后,还有一部无名戏剧。哈利维
尔·菲利普斯(Halliwell Phillipps)①先生曾于 1870 年将
大英博物馆收藏的此剧手稿少量付梓印刷。② 英国读者
广泛知晓这一个"前莎士比亚的理查形象"③则是通过博

---

① Halliwell-Phillipps(1820—1889),英国莎评家。
② 原注:*Egerton MSS*, 1994.
③ 原注:曾有相关描述刊登于德语刊物《莎士比亚年鉴》(*Shakespere Jahrbuch*)。

厄斯(F. S. Boas)教授为《双周评论》(*Fortnightly Review*)撰写的一篇令人钦佩的论文。① 几乎可以肯定,莎士比亚对这部作品是熟悉的,同样明确的是,莎士比亚在自己的剧中也假定观众们了解这部早期作品。正因为有这种熟悉与了解,莎士比亚才能够将自己的目光集中于理查生命的最后 18 个月。这种熟悉与了解,也说明了剧中那些对历史事件的暗示为何可以没有任何细节支撑,比如葛罗斯特公爵的死。如果没有对早先剧作的熟悉,这种写法其实是不合理的。

这部早先的、匿名的剧作,描写了 1382 年 1 月至 1397 年 9 月间发生的事情。作者从年幼的君王与原配波西米亚的安妮成婚之日写起,以葛罗斯特公爵伍德斯托克的托马斯被杀为结尾。公爵在剧中被高度理想化,并被赋予了英雄好汉的面目。该剧的主旨在于表现葛罗斯特公爵、兰开斯特公爵以及约克公爵等国王的叔辈们与国王的宠信们——首席大法官特雷西里安(Tresilian),"国之栋梁"格林、布希和巴各特——之间的斗争。在第四幕中,理查将皇家土地以及国家财政收入交由格林、布希、巴各特以及斯克鲁普打理,以此换得每月 7000 磅的现金收入。约翰·刚特的哀悼正是因此而发的:

这一个像救世主的圣墓一样驰名、孕育着这许

---

① 原注:1902 年 9 月。

　　多伟大的灵魂的国土，这一个声誉传遍世界、亲爱又亲爱的国土，现在却像一幢房屋、一块田地一般出租了。①

对于身为国王的侄子他则批评道：

　　出租这一块国土也是一件可羞的事……你现在是英格兰的地主，不是它的国王。②

"前莎士比亚的理查形象"就是这样成为了莎士比亚剧作的一个十分贴切的、必不可少的引子。莎士比亚自己的作品只写了理查最后 18 个月的时光，起自 1398 年 9 月，止于通常认定的理查去世的时间，即 1400 年 2 月底。在这段岁月里凸显出来的是王政遇到的危机，在某种意义上也是整个世纪的危机，是进入高潮阶段的王权与贵族阶层之间长久的拉锯，是新兴赤贫阶级与有产阶级之间的斗争以及罗拉德派与正统教会人士之间的对抗。简言之，革命力量与保守派之间的博弈达到了顶点。

　　无论是在戏剧层面上，还是在历史层面上，莎士比亚将目光投向这段时间都是合理的。但是，我们仍然有理由提出这样一个问题，即假设他的核心目标在于展现兰开斯特与约克家族之间的恩怨，那么为什么他会以约翰

———————

① 语出莎剧《理查二世》，《莎士比亚全集》卷二，第 351 页。
② 同上，第 353 页。

王作为其历史剧的起点呢？在作出这一选择之后，他又为什么直接略过了亨利三世、爱德华一世、爱德华二世以及爱德华三世的统治时期呢？

对于第一个问题，最后一章将会提供一个答案。此处先就第二个问题略说一二。首先，有一点是肯定的，这些王朝历史被略过不提绝不是因为它们不适合戏剧改编。相对于理查二世与兰开斯特家族的亨利之间的冲突，如果以亨利三世与西蒙·德·蒙特福德（Simon de Montford）之间的斗争作为主题，其精彩程度将绝无半点逊色之处。在爱德华一世身上，莎士比亚也可以找到一个与其笔下的亨利五世相媲美的英雄形象。爱德华二世与"约法派贵族"之间的斗争与波尔多的理查治下发生的事情如出一辙。爱德华三世与亨利四世则是具有同样魅力的人物。既然如此，是不是因为选择兰开斯特三段王朝，莎士比亚就能够既参考霍林斯赫德的著作，又可得益于霍尔更加生动的历史叙述呢？抑或，这些被略过的王朝历史已经在此前问世的戏剧作品中有了足够的展现？我目前没有听说过写亨利三世与西蒙·德·蒙特福德的剧作；皮尔倒是写过爱德华一世；马洛以爱德华二世为题的作品实属上乘悲剧；至于爱德华三世，亦有一部作品涉及，但批评家们十分肯定地将其归于莎士比亚名下。①

① 原注：这些作品以及其他一些剧作，已经以上下卷的形式获得重印，书目参见 Thomas Donovan ed. , *English Historical Plays*, Macmillan, 1896。

约翰王与理查二世之间的历史空隙,通过这些作品得到了填补,或者说,大致上得到了连接。理查在位的早、中期历史,也已有大量作品涉猎,所以莎士比亚选择了其统治末年那段具有重要意义的时光。这段时光提供了一个世纪以来各种事件、各种潮流的缩影,甚至其本身就是自约翰王去世之后整个历史发展的缩影。对于政治学专业的学生而言,正如英国宪制发展过程所证明的,自约翰王至理查二世的这段历史有一种特别重要的历史价值,它见证了三种政制之间的冲突:君主制、寡头制以及早期民主制。

这段时期也经常被用来说明王权与处于早期形态的议会权力之间的斗争。当然,这只是斗争的一个面向而已,更为重要的还有王权与基本上只考虑本阶层利益、寻求对王上进行压制的权臣集团的斗争。在 1213 至 1215 年的危机中,权臣们的动机已清晰可见,在 1258 年、1297 年、1310 年以及 1387 年的事件中则更加明显。有时,权贵们呼吁议员们前来协助、共抗王权,有时——比如 1322 年——王权又与议会结合起来共抗权贵集团。这种不断变换的联盟关系使得议员们的自我认同感及享有的权利得到极大提升。但在 13 至 14 世纪,主要的斗争还是在于王权与权贵寡头之间。这些权贵寡头,通常由王室家族中的一位次要成员领头,比如兰开斯特家族的托马斯、约翰·刚特、托马斯·伍德斯托克以及德比伯爵、海瑞福德公爵亨利·波林勃洛克等。

然而,理查二世的目标不仅仅在于打倒某个权贵小集团。他精心盘算的是阻止自 1213 年以来蓬勃发展的社会运动,该运动试图以代表大会来对王权施以清晰的、正式的限制。理查也不像爱德华三世那样对实际享有的权力感到满足,他想得到的是对中央集权理论的完全认可。这其实证明了他的无能。英国人更容易对理论而不是事实表示反对。都铎王朝的专政没有引起多么大的抵抗,斯图亚特王朝关于君主制的理论——由詹姆士一世唠唠叨叨地倡导、查理一世贯彻执行——则引发了一场革命。理查二世经历的正是这样一种状况。如果什鲁斯伯里的议会没有受到干扰,如果代表制原则被接受,理查本可以辉煌地击败那些权臣。不仅如此,他还可能击垮议会制政府原则,即有限王权这一政治理念。

海瑞福德与诺福克两位原上诉派贵族之间的争吵,或许使对君王的挑战搁置了很久。二人之间的争执被呈报给皇上,海瑞福德被命令将他遇到的问题提交给什鲁斯伯里议会,他遵嘱照办。在议会休会期间,公爵们与国王在奥斯沃斯特里(Oswestry)见面。诺福克揭穿了海瑞福德的谎言,之后骑士法庭判定,双方在 9 月 16 日于科文特里(Conventry)①以决斗来解决争端。

莎士比亚剧作开篇所描写的正是上述历史时刻。这样一个开篇,确实有些突兀,对于不熟悉这段王朝历史的读者来说也有些奇怪,但观众们被假定已经对这段历史有所接触了。如果没有"前莎士比亚的理查形象"存在,

————————

① 亦译考文垂,朱生豪译本作"科文特里"。

莎士比亚应该不会冒险这样来写。只有那些熟悉早先作品的观众,才能充分领会开篇几幕场景的重要意义。当然,波林勃洛克对王上献忠诚时的虚情假意谁都能够看出:

> 我今天来到陛下的御座之前,提出这一控诉,完全是出于一个臣子关怀他主上安全的一片忠心,绝对没有什么恶意的仇恨。①

可是只有熟悉那些早先的作品,才能体会出波林勃洛克令人乍舌的厚颜无耻,才能领悟到"上诉派贵族"这个词的讽刺意义,才能明白海瑞福德在指责诺福克时其实瞄准的是国王。

作品开头就是以两个当朝权贵的冲突、他们的不同性格来制造气氛的。

理查试图在冲突双方之间进行调解,他在一定程度上展现出了威严的气象,但作为调停者,他更多地表现出来的却是一种虚弱无力:

> 你们这两个燃烧着怒火的骑士,听从我的旨意;让我们用不流血的方式,消除彼此的愤怒。我虽然不是医生,却可以下这样的诊断。②

---

① 《莎士比亚全集》卷二,第 330 页。
② 同上,第 333 页。

更为虚弱的是他在考文垂的举动。本来是他自己下令双方进行决斗:

> 那么准备着吧,圣兰勃特日在科文特里,你们将要以生命为孤注,你们的短剑和长枪将要替你们解决你们势不两立的争端。①

不过,当双方步入场地,他却扔下权杖命令他们:

> 叫他们脱下战盔,放下长枪。②

之后,他亲自对二者作出判决。他的敌人海瑞福德只被判处流放 10 年,而他的朋友诺福克则被判流放终身。因考虑到年迈的刚特的悲伤情绪,他在宣判时将刚特儿子的流放期从 10 年减少到 6 年。波林勃洛克毫不费力地将自己对叔叔虚弱的、左右摇摆的举动的轻蔑之情掩藏了起来:

> 一句短短的言语里,藏着一段多么悠长的时间!四个沉滞的冬天,四个轻狂的春天,都在一言之间化为乌有:这就是君王的纶音。③

---

① 《莎士比亚全集》卷二,第 334 页。
② 同上,第 340 页。
③ 同上,第 344 页。

国王另一虚弱之处在于,他试图阻止两位被放逐的公爵组成联盟来对抗自己。为此,他要求二者起誓:

> 你们永远不准在放逐期中,接受彼此的友谊;永远不准互相见面;永远不准暗通声气,或是蠲除你们在国内时的嫌怨,言归于好;永远不准同谋不轨,企图危害我、我的政权、我的臣民或是我的国土。①

与国王的虚弱相对应的,是其对堂兄弟的嫉妒与怀疑。他已经

> 注意到他向平民怎样殷勤献媚,用谦卑而亲昵的礼貌竭力博取他们的欢心;他会向下贱的奴隶浪费他的敬礼,用诡诈的微笑和一副身处厄境毫无怨言的神气取悦穷苦的工匠,简直像要把他们思慕之情一起带走。他会向一个叫卖牡蛎的女郎脱帽;两个运酒的车夫向他说了一声上帝保佑他,他就向他们弯腰答礼,说,"谢谢,我的同胞,我的亲爱的朋友们",好像我治下的英国已经操在他手里,他是我的臣民所仰望的未来的君王一样。②

---

① 《莎士比亚全集》卷二,第 343 页。
② 同上,第 347—348 页。

如果说第一幕展现了理查的嫉妒猜忌以及外强中干的犹豫不决,那么第二幕则展现了其性格的另一面:冷酷无情。他的年迈的叔叔约翰·刚特危重的病情似乎只能唤起他毫无同情心的挖苦:

> 上帝啊,但愿他的医生们把他早早送下坟墓!他的金库里收藏的货色足可以使我那些出征爱尔兰的兵士们一个个披上簇新的战袍。来,各位,让我们大家去瞧瞧他;求上帝使我们去得尽快,到得太迟。①

正如我们已看到的,剧中的刚特相较于历史原型,其形象更加柔和、更加理想化了。这位临终老者说出了极具震撼力的话,我们在序言中就曾作过引用。同时,恰如之前我已指出的,必须结合"前莎士比亚的理查形象"的存在,才能理解刚特临终的言语:

> 这一个像救世主的圣墓一样驰名、孕育着这许多伟大的灵魂的国土,这一个声誉传遍世界、亲爱又亲爱的国土,现在却像一幢房屋、一块田地一般出租了——我要在垂死之际,宣布这样的事实。英格兰,它的周遭是为汹涌的怒涛所包围着的,它的岩石的崖岸击退海神的进攻,现在却笼罩在耻辱、墨黑的污

① 《莎士比亚全集》卷二,第348—349页。

点和卑劣的契约之中;那一向征服别人的英格兰,现在已经可耻地征服了它自己。①

理查到访时,他的哀悼并没有结束。随同国王前来的有王后以及那几位全力支持并执行上述租赁交易的大臣们——巴格、布希和格林。

理查王无情的讥讽是令人愤怒的:

你好,汉子? 衰老而憔悴的刚特怎么样啦?②

所以这位"尊贵的兰开斯特"不再对自己鲁莽成性、挥霍无度的侄儿宽宏大量:

啊! 要是你的祖父能够预先看到他的孙儿将要怎样摧残他的骨肉,他一定会早早把你废黜,免得耻辱降临到你的身上,可是现在耻辱已经占领了你,你的王冠将要丧失在你自己的手里。嘿,侄儿,即使你是全世界的统治者,出租这一块国土也是一件可羞的事;可是只有这一块国土事你所享有的世界,这样的行为不是羞上加羞吗? 你现在事英格兰的地主,不是他的国王;你在法律上的地位是一个必须受法律拘束的奴隶,而且——

① 《莎士比亚全集》卷二,第 351—352 页。
② 同上,第 352 页。

理查王:而且你是一个疯狂糊涂的呆子,依仗你疾病的特权,胆敢用你冷酷的讥讽骂得我面无人色。凭着我的王座的尊严起誓,倘不是因为你是伟大的爱德华的儿子的兄弟,你这一条不知忌惮的舌头将要使你的头颅从你那目无君上的肩头落下。①

理查盛怒之下的反击虽然野蛮无理,但我们必须承认这不是无缘无故、莫名其妙的。刚特去世的消息激不起半点怜悯也是意料之中的事,但没收兰开斯特家族的财产绝对不是一个明智的选择。就连天生好脾气的约克——"高贵的爱德华的最小的儿子"②——也大为所动,反对这样一种针对财产权以及长子继承权的攻击破坏。这一攻击破坏必将报应在国王自己身上:

因为倘不是按着父子祖孙世世相传的合法的王统,您怎么会成为一个国王?当着上帝的面前,我要说这样的话——愿上帝使我的话不致成为事实!——要是您用非法的手段,攫夺了海瑞福德的权利……您将要招引一千种危险到您头上。③

但理查拒绝了所有这些意见:

---

① 《莎士比亚全集》卷二,第 353 页。
② 同上,第 355 页。
③ 同上,第 355—356 页。

> 随你怎样想吧,我还是要没收他的金银财物和土地。①

约克对此不满,并无力地表示将置身事外:

> 那么,我只好暂时告退;陛下,再会吧。谁也不知道什么事情将会接着发生。②

约克的性格表现,他的怯弱与善变的中间派立场,他对侄子的暴力行为半心半意的规劝,他既想按理行事又无力为之的窘状,他对命运近乎迷信般的默默忍受,他在天降重任之时那种令人同情的犹豫疑惑,所有这些在我看来,都得到了极为精妙的刻画。③

当然,理查并不怀疑约克的忠诚。1399 年 5 月 29日,在前往爱尔兰时,他任命自己这位年老怯弱的叔父担任英格兰总督。在国王离开的这段时间里,贵族们的叛

---

① 《莎士比亚全集》卷二,第 356 页。
② 同上,第 356 页。
③ 原注:此处我想到的是史文朋(Swinburne)的批评,他将莎士比亚的《理查二世》与马洛的《爱德华二世》相比较,总体上对莎士比亚的剧作不以为然,并且没有关注到约克这个核心角色。他坦言,自己不能领会剧作中"像约克、诺福克以及奥墨尔等人物角色的原则、意义以及动机",他认为这些角色是"不规则的、游移的、不实在的"(A Study of Shakespeare, p. 39)。但是,这不正是莎士比亚希望呈现的吗? 至少对约克这个人物是这样吧? 柯勒律治(Coleridge)则非常赞赏对约克的描画,甚至断言,"莎翁笔下几乎没有比约克这一形象塑造得更为成功的了"(p. 169)。格维努斯(Gervinus)也持类似观点。参见 Commentaries, p. 296 seq. 。

乱迅速漫延开来。诺森伯兰(Northumberland)、洛斯
(Ross)以及威罗比(Willoughby)在海瑞福德流亡归来之
前就已经做好了谋反的准备。海瑞福德于7月4日在雷
文斯泊(Ravenspur)登陆,他立刻宣示自己对兰开斯特家
族爵位与财产的继承权。约克在面对这一局势时是有些
崩溃的:

> 慈悲的上帝!怎样一阵悲哀的狂潮,接连不断
> 地向这不幸的国土冲来!……我实在不知道怎样料
> 理这些像一堆乱麻一般丢在我手里的事务。①

而潘西家族与内维尔家族立刻加入到"入侵者"一方。
约克在斥责了侄儿之后,因为无力阻挡,也就宣布他自己
将保持中立。但事实上,他明显偏向于支持海瑞福德的
行动:

> 也许我会陪你们同去;可是我不能不踟蹰,因为
> 我不愿破坏我们国家的法律。②

到7月27日,约克完全导向了海瑞福德。波林勃洛克的
大军以迅雷不及掩耳之势横扫英格兰各地。勃列斯托尔
(Bristol)在7月底之前结束了抵抗,国王最好的伙伴们

---

① 《莎士比亚全集》卷二,第362页。
② 同上,第368页。

沦为阶下囚,布希、格林还有威尔特郡伯爵于 7 月 29 日被处死。

在此期间,匆匆从爱尔兰赶回的理查还在赶往北威尔士(North Wales)登陆上岸。归国之际的理查信心十足,甚至是得意洋洋。但正是在抵达威尔士之后的场景中,他的致命弱点得到了最清晰的展现。他对着英格兰大地空发感慨,浪费了宝贵的时间:

> 我因为重新站在我的国土之上,快乐得流下泪来了……这大地将会激起它的义愤,这些石块都要成为武装的兵士,保卫它们祖国的君王,使他不至于屈服在万恶的叛徒的武力之下。①

国王最忠实的追随者卡莱尔主教(Bishop of Carlisle)托马斯·梅尔克(Thomas Merkes)机智地警告国王,虽然有理由指望超自然力量的帮助,但是:

> 我们应该勇于接受而不该蔑弃上天所给予我们的机会,否则如果逆天行事,就等于拒绝了天赐给我们转危为安的帮助。②

奥墨尔同样反对在此地浪费时间,而理查则回应以关于

---

① 《莎士比亚全集》卷二,第 371—372 页。
② 同上,第 372 页。

君权神授的长篇大论,其立论之宏大恐怕连詹姆士一世也要相形见绌:

> 汹涌的怒海中所有的水,都洗不掉涂在一个受命于天的君王顶上的圣油;世人的呼吸决不能吹倒上帝所拣选的代表。①

他当然是联系当时处境来说的:

> 每一个在波林勃洛克的威压之下,向我的黄金的宝冠举起利刃来的兵士,上帝为了他的理查的缘故,会派遣一个光荣的天使把他击退;当天使们参加作战的时候,弱小的凡人必归于失败,因为上天是永远保卫正义的。②

话音几乎还未落地,失利的消息接踵而来。首先,萨立斯伯雷报告说:

> 因为所有的威尔士人听说您已经死去,有的投奔波林勃洛克,有的四散逃走,一个都不剩了。③

随后,斯克鲁普传来消息,布希、巴各特、格林以及威尔特

---

① 《莎士比亚全集》卷二,第373页。
② 同上,第373页。
③ 同上,第373页。

郡伯爵都已经"讲了和啦"。① 误会了其中意思的理查暴
跳如雷：

> 啊,奸贼,恶人,万劫不赦的东西! 向任何人都
> 会摇尾乞怜的狗! ……为了这一件过失,愿可怕的
> 地狱向他们有罪的灵魂宣战!②

问得究竟之后,他又陷入无助的绝望：

> 谁也不准讲那些安慰的话儿,让我们谈谈坟墓、
> 蛆虫和墓碑吧……为了上帝的缘故,让我们坐在地
> 上,讲些关于国王们的死亡的悲惨的故事。③

主教大人试图让国王振奋起来采取实际行动,但无济于
事。约克的倒戈在这位国王的酒杯中注入了一剂令其彻
底崩溃的苦酒：

> 你现在怎么说? 我们现在还有些什么安慰? 苍
> 天在上,谁要是再劝我安心宽慰,我要永远恨他。到
> 弗林特堡去;我要在那里忧思而死。我,一个国王,
> 将要成为悲哀的奴隶;悲哀是我的君王,我必须服从
> 他的号令。④

---

① 《莎士比亚全集》卷二,第 375 页。
② 同上,第 375 页。
③ 同上,第 375—376 页。
④ 同上,第 377 页。

他们一并前往弗林特堡,波林勃洛克率领大军也同时抵达。在对手的胜利面前,理查的态度中交织着皇家的尊严、不合时宜的讥讽以及默认了的失败。他的语言在表达上无负于他,但这些表达毫无实际作用:

> 啊! 我希望我是一个像我的悲哀一样庞大的巨人,或者是一个比我的名号远为渺小的平民。①

在应慎用言辞的场合,他和对手玩起了语言杂耍,并以不成体统的言语来给自己收场:

> 波林勃洛克王怎么说? 他允许让理查活命,直到理查寿命告终的一天吗?②

波林勃洛克只是简单地表示他只要收回原本属于他的一切。理查绝望地彻底投降了:

> 你自己的一切是属于你的,我也是属于你的,一切全都是属于你的。
> 你尽可以受之无愧;谁要是知道用最有力而最可靠的手段取得他所需要的事物,他就有充分享受它的权利。③

---

① 《莎士比亚全集》卷二,第381页。
② 同上,第382页。
③ 同上,第383页。

他坐上一匹寒碜的老马,被押送回伦敦。在第四幕第一场威斯敏斯特大厅那场戏之前,莎士比亚插入了园丁们那段被称作"精致的、象征性的田园哀歌"的对话。王国被比喻成一个无人照看的花园:

> 不是莠草蔓生,她的最美的鲜花全都窒息而死,她的果树无人修剪,她的篱笆东倒西歪,她的花池凌乱无序,她的佳卉异草,被虫儿蛀的枝叶凋残吗?①

这些哲学家般的农仆们也不禁讨论起罪责之所在,他们希望花园的主人能够履行自己的职责:

> 可惜他不曾像我们治理这座花园一般治理他的国土! ……要是他也能够采取这样的办法,他就可以保全他的王冠,不至于在嬉戏游乐之中把它轻轻断送了。②

我认为,正是在这一打动人心的场景中,吉卜林(Kip-ling)先生为自己最妙的一首诗作找到了灵感:

> Our England is a garden, and such gardens are not
> (我们的英格兰乃是一座花园,成就这样的花园可不是)
> Made(凭着)

---

① 《莎士比亚全集》卷二,第 385 页。
② 同上,第 385—386 页。

By singing："O how beautiful"and sitting in the
shade,（歌唱："啊,多么美丽啊!"然后端坐于
凉荫）

While better men than we go out and start their
working lives,（任由那些比自己更卓越的人奔
赴他们的工作）

At grubbing weeds from gravel paths with broken
Dinner knives.（用磨损了的小餐刀清理那瓦砾
小路上的杂草）①

正是从园丁们的口中,王后知晓了降临在她夫君身上的
厄运。

总体而言,这一幕戏既简约直接,又富有象征含义,
为后面罢黜君王一幕戏中的盛况及雄辩做好了铺垫。9
月 2 日,理查到达伦敦,被囚于伦敦塔;同月 29 日,他正
式宣布退位,承认自己无力担任君王,并指定了代表向议
会呈报了他的退位决定。议会于次日召开,接受了理查
的提议,并在宣读控告书后作出了罢黜的决定,因为理查
已经证明了自己的"无用、无能,既不能胜任,又完全不
配"。亨利·兰开斯特宣布,按照亨利三世以降"血脉的
合理延续顺序",自己理应继承王位。议会同意了这一
主张,两名大主教将新君送上了国王宝座。唯有勇敢无

---

① 原注:《花园的荣光》(*The Glory of the Garden*)。(译注:此处保留诗作
英语原文,并由译者浅泽为中文。)

惧的卡莱尔主教站在理查的立场表达了反对,但大多数人的意见罕见地一致,1399 年的革命就此成功。

简而言之,在对历史事件的呈现中,莎士比亚与其所接触到的历史文献保持了高度一致。例外之处在于,他将巴各特对奥墨尔的指控放在了理查被罢黜之前而不是之后,并把理查放置到了罢黜现场。这是莎士比亚笔下最雄辩的国王们①最为能说会道的一次表现,理查的性格在此得到了入木三分的刻画。他的全部思维都集中于自己的权位,对罢黜现场的戏剧性也有充分把握。在言语上,他无懈可击,没有漏掉一分一毫应景的话。

波林勃洛克略显幼稚地惊诧于理查的悲情表达:"我以为你是自愿让位的。"②理查则在应答中将自己的个性特征发挥到了极致:

> 我愿意放弃我的王冠,可是我的悲哀仍然是我自己的。你可以解除我的荣誉和尊严,却不能夺去我的悲哀;我仍然是我的悲哀的君王。③

波林勃洛克追问:

> 你愿意放弃你的王冠吗?④

---

① 原注:Walter Pater, *Appreciations*.
② 《莎士比亚全集》卷二,第 394 页。
③ 同上,第 394 页。
④ 同上,第 394 页。

理查回答道:

> 是,不;不,是;我是一个没用的废人,一切听从
> 你的尊意。①

当被要求读出罢黜决定时,他给自己下了最终的判断:

> 我的眼睛里满是泪,我瞧不清这纸上的文字;可
> 是眼泪并没有使我完全盲目,我还看得见这儿一群
> 叛徒们的面貌。啊,要是我把我的眼睛转向着自己,
> 我会发现自己也是叛徒的同党。②

按其天性,这位善做戏者的确应该好好端详自己泪流满
面的模样。他乞求给他一面镜子,而镜中的模样也引发
了更多的宏论、更大的做作。他说:

> 一道脆弱的光辉闪耀在这脸上,这脸儿也正像
> 不可恃的荣光一般脆弱。③

与此同时,他又将镜子摔向地面,朝着漠然而无动于衷的
波林勃洛克咕哝道:

---

① 《莎士比亚全集》卷二,第 394 页。
② 同上,第 395 页。
③ 同上,第 396 页。

> 沉默的国王，注意这一场小小的游戏中所含的教训吧，瞧我的悲哀怎样在片刻之间毁灭了我的容颜。①

波林勃洛克最终打破了沉默，给出了一个虽然无礼但却很到位且难以反驳的评价：

> 你的悲哀的影子毁灭了你的面貌的影子。②

曾有一位莎剧评论家非常精准地揭示了这一幕场景的内涵："生命对于理查就是一场演出、一系列的形象；首要的事情是使自己达到由自己的位置所决定的美学要求。"③

之前我已指出，理查与王后见面道别的下一幕戏纯粹是莎士比亚自己的创造。它给了理查一个继续百转千回地哀悼自己命运的机会：

> 我是冷酷的"无可奈何"的结盟兄弟，爱人，他跟我将要到死厮守在一起。④

但此处，理查也颇具洞察力地预见到他的继任者将同样麻烦缠身。⑤

---

① 《莎士比亚全集》卷二，第 396 页。
② 同上，第 397 页。
③ 原注：Dowden, *Mind and Art*.
④ 《莎士比亚全集》卷二，第 400 页。
⑤ 原注：Cf. *infra*.

　　整部剧作在第四幕其实已经达到了高潮。奥墨尔密谋反对新君一事被发现、其父爱德蒙·约克亲自予以揭发①、公爵夫人声泪俱下地为儿子性命求情等场景,甚至是理查王在邦弗雷特(Pomfret)城堡被皮尔斯·艾克斯顿(Sir Pierce Exton)爵士暗害的情节都与剧情高潮有所背离。铺垫理查被谋杀一幕戏的是一段长长的独白以及一个昔日的马夫对旧主令人动容的探访,但戏味渐趋寡淡,剧作实际上在理查被罢黜那一场就已经结束了。

　　由于各方面原因,《理查二世》对舞台的把控明显不足。它包含着许多极为精美的诗句,但却不是一部构思完善的戏剧。除了出场人物的身份令人期待、刚特这一角色也较为出彩之外,大多数角色恐怕没有演员——尤其是女演员——愿意出演。

　　在相关解释中,史文朋的一番见解颇具启发性。他说,所有的悲剧诗人"在成为悲剧作家之前都首先是诗人;在他们的双脚足够有力地行走在舞台上之前,在他们能画出或雕刻出源自生活的人物形象之前,他们首先有能力做的事情是歌唱。莎士比亚、雪莱和雨果无疑都在此列。"②但批评家们对此剧的看法特别多元。约翰逊

————————

① 原注:史文朋对这场戏的评价非常低。他宁愿将这一"构思与表现俱差"的片段视为其他诗人的创作。他认为这一片段比马洛笔下"最差的、最不精致的、最糟糕的场景更为不堪";"因其偏差、错误、刻意而比他最差、最幼稚的作品更为低劣"。但是史文朋也承认,这的确是莎士比亚的创作,它应被看作"韵文为保持其在悲剧中的位置所进行的歇斯底里的垂死挣扎"(*Op. cit.*, pp.40—41)。这场戏确实不够理想,但史文朋的批评在我看来也言过其实。

② 原注:*Op. cit.*, p.42.

（Johnson）的看法带着一种超乎一般的自我矛盾，认为很难说该剧"可以如何激起情感上的共鸣或拓展理解的可能"。与之相反，柯勒律治则毫不犹豫地将该剧视为"莎士比亚纯粹的历史剧中最佳的、最值得称道的那一部"，但他也谨慎地补充说明道："仅就其自身而言，就书橱藏书而言。"这两句话明确指出了这个作品——作为一部戏剧——明显的缺陷所在。它更具抒情性，而非戏剧性，这使得瓦特·佩特不禁发出如此的赞叹："和罗密欧与朱丽叶一样，《理查二世》也属于为数不多的那一类戏剧，它们有精彩的开头、持续的发展，在戏剧形式上走向了抒情歌谣、抒情诗、歌曲或小段音乐的杂糅混合。"①

可惜，所有这些评论都未能命中这部剧作——在我看来是莎翁最好的悲剧之一——的高妙之处。其高妙之处，一部分关于政治，一部分关于心理。

《约翰王》向人们展示了在面临外部威胁时国内团结一致的必要性。"只要英格兰对它自己尽忠，天大的灾祸都不能震撼我们的心胸。"②《理查二世》则试图揭示，如果执政者有性格缺陷，在高难度的政治艺术中又没有受过良好训练，那么其治下的国家将要面临怎样的风险。优良的性格与充分的学习对一个统治者来说缺一不可，对一个运转良好的政府来说同等重要。

作为一个国王，理查失败是无可挽回的。他的挫败

---

① 原注：*Appreciations*，p. 210.
② 《莎士比亚全集》卷二，第 152 页。

可直接归因于他在精神与道德上的堕落，而其堕落又植根于他作为孤儿的成长经历：原生家庭关爱的缺失，躁动的、被挥霍了的青春岁月，长久的奢靡以及持续的自我放纵，缺乏控制的脾性，毫无节制的表达。总而言之，堕落源自其自我控制的彻底缺乏。瞧瞧他阴晴不定的情绪状态、莫名其妙的自信、一发不可收拾的多愁善感以及他那可怜的、令人鄙视的绝望模样。他并不缺少魄力，从1397 年的"政变"①就可以看出这一点，但其魄力虽有过恰如其分的显现，却无恒久的持续。没有人能比他更快地掌控君王所面临的戏剧化的处境，他也从不缺乏得体的语言，能够摆出合理的姿态。有时，他接近于体现真正的尊严，但一再发生的实际情况是，在我们寻求简约朴实之际，突兀的戏剧化处理破坏了一切，当我们最大的要求是"诚挚"时，他提供的却是某种耀眼夺目的姿态。这才是其性格特征中最为醒目、一以贯之的方面。他在本质上是一个装模做样者，而非真性情的汉子。

　　理查不仅是一个装模做样的人，还是一个感觉主义者，而且其感觉方式不比寻常，颇为标新立异。在感觉世界中，他豪奢无度，贪恋着各种类型的情感。他倾心于荣华富贵，但对厄运的享受也不差分毫。快乐与悲伤都能成就其反省的激情，他在二者之中均可寻获需要的食粮。他向自己的审美标准看齐，不仅让自己神魂颠倒，也让别人看得稀里糊涂。

---

① 指的是 1397 年理查二世针对上诉派贵族采取的一系列铲除行动。

　　一个装模做样者，一个感觉主义者，一个审美爱好者，与此同时，理查还是一个浅薄的半吊子。他没有任何精通的领域，无一专长。在战争艺术、和平之道、国家统治等各方面，他均未受过系统化的训练。在无论哪个"学校"，他都没有毕业。他绝不缺乏小聪明，他学会了，也能够口若悬河般地使用各种政治套语，比如国王是"经上帝抹油祝圣的"、"天界之代表"，抑或"我是天生发号施令的人，不是惯于向人请求的"①等等。然而，虽生来向人发号施令，但理查从未探究，更谈不上掌握那复杂的统治艺术。从始至终，他都只是一个业余级别的政治家。

　　那么，在英国人的眼中，理查因其种种不是而应被谴责吗？这样一种性格是其人民斥责他的理由吗？然而，长久以来，英国人不是一直对专家或专门人士抱有一种特别的不信任吗？这种不信任在政治领域中不是尤其明显吗？总体而言，大家就是这么看问题的，国家高层管理部门的配置就为这种意见提供了一定的支撑。

　　但在关注英国政制的最杰出的批评家中，有一位的看法却与此不同。罗威尔（A. Lawrence Lowell）校长②根据自己的研究坚信，英国政府的成功就在于其总是在专家与俗人之间、在地位稳固的高官与"普通人"之间建立联盟关系。③

---

① 《莎士比亚全集》卷二，第 334 页。
② 1909 至 1933 年任哈佛大学校长。
③ 原注：*The Government of England*, by A. L. Lowell, vol. I, ch. viii.

罗威尔博士的意见成立吗？英国行政体系的成功真的在于业余人士与专业人士之间的结合吗？授予业余人士哪怕是表面上的权力，这样的做法是明智之举吗？炫目的即兴式的工作是否值得被信任？这些大而难的问题在此无法得到解答。

自柯勒律治以降，伟大的批评家们都对《理查二世》中的政治智慧大加赞扬。这部剧作配得上这些赞美。但有必要考虑到克莱西格(Kreyssig)这位德国批评家的意见，他的意见也正是我想要推进的。无论在战时，还是在平时，德国人不会把业余人士派上用场，他们只相信经过训练的、专业熟练的专家。我们的行事作风则大不相同。在这样一个专业划分日益占主导的世界，是否应该循势而为？当然，此处三言两语也难说个究竟。

其实，大部分人在阅读或重读《理查二世》时，对其展现的政治价值观鲜有兴趣，人们更多地是在欣赏莎士比亚塑造这位倒霉君王的性格时的高妙笔法。理查这一人物形象，在当代编年史家与科学化的历史学家那里都不会受待见。对于前者来说，赞美一个倒台的君王毫无益处，而后者则倾向于严厉批评理查及其所代表的那种人所不耻的政府形式。专制政体的领导人在胜利了的民主制度中的历史学家那里，不会得到任何肯定，普兰塔琪纳特王朝的末代君王在兰开斯特时代的编年史家那里也不会受到赞美。但是，波尔多的理查对自己的批评才是最为严厉的、最为无情的：

　　啊,要是我把我的眼睛转向着自己,我会发现自
己也是叛徒的同党。①

堡垒应从内部被攻破,这才是莎士比亚悲剧的核心所在。
愤怒的石块与飞箭可用在外部的战斗中,外部的战争将
造成灾难,而灾难如何才能变成悲剧? 唯当外部攻击得
到了内部叛徒的响应。《理查二世》不缺乏这种悲剧的
核心元素,这位不幸的国王最大的敌人正是他自己,他已
经大方地承认了这一点。理查早已习惯了内省自观,在
自我分析上极为精准,他最终没有再掩饰自己的缺点。
他的性情值得考察。他应该是在自信中接受了现实。他
的生命在一个巨大的舞台上演绎出来,尽管代价巨大,但
最后的出口通道仍旧敞开。

---

① 《莎士比亚全集》卷二,第 395 页。

第四章

亨利四世不平静的岁月①:万恶的政客波林勃洛克②

> 上帝知道,我儿,我是用怎样诡诈的手段取得这一顶王冠;我自己也十分明白,它戴在我的头上,给了我多大的烦恼。③
>
> ——亨利四世

> 在我们的历代君王之中,没有谁的性格如此难以把握……在我们看来,他的一生由于意识到做了分外之事而倍感苦涩。他的良知,在沉睡多年之后终于使他痛楚难当,他明白在自己死时人们会对他做出严厉的审判。
>
> ——斯塔布斯主教

《理查二世》中有许多莎翁笔下最有趣、最精彩的片段,但作为一名剧作家,此时的莎士比亚仍处于他的起步阶段。与此不同,《亨利四世》已可看出莎翁笔力的醇

---

① 此处作者引用的是霍尔的编年史第三章的标题。
② 《莎士比亚全集》卷三,第20页。
③ 同上,第194页。

厚。大多数人都同意，这位诗人、剧作家中期的作品是最为杰出的，《亨利四世》与《亨利五世》同属这一阶段。正如维多利亚时期一位最优秀的诗人所言，在这一时期，"莎士比亚的语言最为澄澈，风格最为单纯，其思想在连贯、华丽的语言中得到清晰明确的表达。第一阶段作品中的那些华而不实与毛糙无度的表现已经得到了克服与摒弃，第三阶段作品中那些不时令人惊讶的艰涩与模糊在这完美的第二阶段尚未出现。要被表达的东西，没有超出表达的限度，激情与思想并未形成过度的纠缠而使语言表达受到挤压与破坏。这一阶段的表达，比所有其他人的言语表达都更强劲有力、微妙多义。"①《威尼斯商人》、《无事生非》、《皆大欢喜》以及《第十二夜》这四部伟大的喜剧也诞生于这一阶段，而《驯悍记》与《温莎的风流娘儿们》的成就更加无须多言。《温莎的风流娘儿们》写成于两周之内，据可信的传统说法，这部剧作由伊丽莎白女王赞助支持。女王陛下希望看到福斯塔夫坠入爱河的故事。除此之外，罗马剧、悲剧中的最佳作品也都出自这一创作阶段。

　　《亨利四世》上下两部分创作于1597至1598年间。上部于1598年2月25日出现在了伦敦书业公司的登记簿上，下部则在琼生（Jonson）②1599年的作品《各有幽默》（*Everyman in His Humor*）中被明确提及。

---

① 原注：Swinburne, *Op. cit.*, pp. 66—67.
② 即本·琼生。

作品所呈现的历史事件框架,包括细节上的一两个小错误,都来自霍林斯赫德。但莎士比亚也对另一部当时为人熟知的大约出版于1594年的作品《亨利五世的盖世大捷》(*The Famous Victories of Henry V*)①有所借鉴。他作为改编者的出色能力前文已有所提及,所以《亨利四世》的写作时间及素材来源对于我们来说没有什么解不开的疑问。

从历史纵向角度来看,《亨利四世》两部分与《理查二世》联系最为紧密。可以说,它们与《亨利五世》一同共同构成了关于兰开斯特家族1399年革命的四联曲。在某种意义上,这四联曲就是一部完整的戏剧,只不过为了表现上的方便而被分开。

一个机敏的观众,特别是一个仔细的读者,完全能注意到《理查二世》中包含的将为《亨利四世》所触及的议题。首先,大贵族们制造的寡头政治运动已被提及。理查王睿智地预测到,他的继任者将会同样遭遇到贵族们的阴谋暗算——他自己正是在这样的阴谋暗算中被逼下台的:

　　诺森伯兰,你是野心的波林勃洛克登上我的御座的阶梯,你们的罪恶早已贯盈,不久就要在你们中间造成分化的现象。你的心里将要这样想,虽然他

---

① 原注:这部更为早先的戏剧见于赫兹利特(Hazlitt)编撰的《莎士比亚的图书馆》(*Shakespeare's Library*), Part II, Vol. I.

把国土一分为二,把一半给了你,可是你有帮助他君临全国的大功,这样的报酬还嫌太轻;他的心里却是这样想,你既然知道怎样扶立非法的君王,当然也知道怎样从僭窃的御座上把他推倒。恶人的友谊一下子就会变成恐惧,恐惧会引起彼此的憎恨,憎恨的结果,总有一方或双方得到罪有应得的死亡或祸报。①

勇敢无畏的卡莱尔主教也曾对波林勃洛克发出过警告,提醒他谋反必将面对相应后果。王室之内的争端无一例外都将引发战争:

和平将要安睡在土耳其人和异教徒的国内,扰攘的战争将要破坏我们这和平的乐土,造成骨肉至亲自相残杀的局面。②

兰开斯特家族是如何登上王位的,也将不得不面对同样的历史轮回。潘西(Percy)将在华列克这位"帝王制造者"身上找到自己的榜样。今天反对理查独断专行的英格兰,明天又会哀叹亨利六世可怜的软弱,而约克家族又会取代兰开斯特家族,就像兰开斯特王权取代普兰塔齐纳特王权那样。

心理探究的步伐与政治关注的目光是同步延续的。

① 《莎士比亚全集》卷二,第400—401页。
② 同上,第392页。

在《理查二世》中，我们已经捕捉到哈里王子（Prince Hal）性格发展的蛛丝马迹。他的父亲海瑞福德一方面气急败坏地打听他的行踪与作为，另一方面又在其身上"可以看见一些希望的光芒"①：

> 谁也不知道我那放荡儿子的下落吗？自从我上次看见他一面以后，到现在足足三个月了。他是我唯一的祸根。……这简直是太胡闹了；可是从他的胡闹之中，我却可以看见一些希望的光芒，也许他年纪大了点儿，他的行为就会改善的。②

《亨利四世》上下两部以及《亨利五世》正展现了海瑞福德的这些希望变成现实的过程。

《亨利四世》上部所涉历史内容起始自 1402 年，结束于 1403 年 7 月 21 日爆发的索鲁斯伯雷战役，跨越了10 至 12 个月的历史时长；下部所涉历史则跨越了从1403 年到 1413 年国王去世的 10 余年时间。

当上部内容展开时，1399 年将亨利·兰开斯特推上王位的革命已经成功完成了，不过亨利很快就陷入到无法摆脱的个人与政治的困境中。他所面对的困境有一部分来自他的性格与权位，但更多地是来自使他称王的那场革命的特殊性质。

---

① 《莎士比亚全集》卷二，第 407 页。
② 同上，第 406—407 页。

当时人们的确会把亨利·波林勃洛克的成功更多地归推于其对手的无能与失德,而不是其自身的长处。编年史家哈代恩(Hardyng)这样写道:

> 亨利四世之被接纳君临英格兰,非其应得之功,非其才智所致,亦非他故,实乃理查恶行所遭愤慨使然。域内民心,乐见其退,齐奉亨利即位。盖其时恨理查之心为大,拥亨利之意次之。①

很难对亨利的人格与个性作出直截了当的描述。他在被压制的很长一段时间里,激发起了一种热望,但自登基之后,他又不得不面对声望的不断下降。从未有人诋毁过他的人格。"终其一生,"斯塔布斯主教写道,"他未改虔诚之心,生活纯粹,节而有制,谨言慎行,忠于教会,尊重教士,秉持传统,不忘初心,甘为东征事业而献身。"②詹姆士·拉姆塞爵士则赞赏其"不辞辛苦,热忱积极;恩慈有加,节制适度,一心为国;行走四方,不好战,不鲁莽;对文学艺术无过分偏好;亨利的个性与才华正属于卓越领袖所应该拥有的那种,其成就也不可小觑"。③

"他的性格,"桑福德(Sanford)认为,"似乎冰冷至极,毫无恻隐之心,缺乏慷慨的气度,但也很自然地与邪

---

① 原注:Hardyng, p. 409.
② 原注:*Constitutional History* III, p. 8.
③ 原注:*Lancaster and York*, I, p. 142.

恶阴险无缘……他的谨慎演变为一种怀疑,他的小心则降格为一种伪饰。"①

这种性格不能激发出热情。但亨利四世作为国王,其民众支持度的急剧衰减,首要原因不在于其个性,而在于其面临的局势的特殊性,在于兰开斯特家族起义的性质。

要懂得亨利的处境,就必须注意到,他既是一个篡权夺位者,又是一个保守派。的确,他从血脉传承的角度提出了继承要求,但很少有人真的认可其身份的有效性。对于他的夺权行为,人们采取的是默认态度。大家给予支持,是因为将他的行动看成是除掉那位危险的、不称职的君王的大好机会。但篡权行为仍然是篡权行为,篡权者需要用后续行动来为篡权正名。

亨利不仅是一个篡权者,也是一个复古派,他是在复古派一系列的抵抗行动中登上权力巅峰的。14世纪下半期,英格兰在许多方面都面临着革命爆发的隐忧。1349年的大瘟疫对建立在采邑制度上的社会系统形成了颇具破坏力的冲击。这一社会组织方式在1349年的危机出现之前,已经显露出亟待改革——如果不是解体——的征兆。以不动产权为基础的制度开始逐步替代过去那种封建主与佃农之间缺乏约束力的关系体系。封建主为了自己土地的收成,开始寻求解放劳动力而不是去维护佃农体系。传统的佃农们,如果还谈不上什么个

---

① 原注:*Estimates of English Kings.*

人自由的话,那也已经在快速获得某种农业生产上的独立性。这一社会进程因后来爆发的黑死病而被中断。劳动力极为短缺,土地无人耕种,封建主们试图恢复过去的制度,这正是 1381 年农民起义的导火索之一。

约翰·威克里夫的追随者们还在另一方面给动摇王权统治的社会革命添加弹药。一场宗教界的革命在威克里夫的主张——特别是其人生最后几年的主张——中已经初见端倪。对于这后一种革命运动,人们相信,理查二世是予以同情的,他与波西米亚公主的婚姻更加重了这一猜测。

上述猜测有无根据暂且不论。可以肯定的是,在第三个运动中,理查自己就是革命领导人。1397 至 1398 年的行动,正如我们在上一章看到的,以阻止代议制政府的建立为目标。上诉派贵族的动机可能只是实现寡头利益,而非以民主为导向,但国王想巩固的毫无疑问是独断专权。暂时性地,也可能是偶然性地,当时的上诉派贵族主张王权由议会限制,理查则代表着绝对王权理念。1399 年的革命则成功地维护了宪制原则。奥伦戴尔大主教曾极为凝重地强调了这场革命的这一意义。新制度将严格遵循宪政要求。他在对亨利治下第一届议会进行训示时说,上帝"派来一位明智的、审慎的统治者,在上帝的协助下,他也将受到这个国家的智者与古训的引导及建议"。新国王在统率政府时,不是依凭其个人的"自发目的或个人意愿,而是依凭着大家的建议、谋划以及支持"。

亨利四世真诚地渴望不仅在口头上而且实质性地履行大主教代表他所立下的诺言，这一点毋庸置疑。但1399 年事件中还有一重面向不可忽视。亨利·兰开斯特登上王座，不仅仅是作为受到约翰·保尔（John Ball）等人平均主义思想威胁的有产阶层的代表，不仅仅是作为受到约翰·威克里夫威胁的宗教传统的代表，也不仅仅是作为被波尔多的理查所蔑视的宪政的代表，他在更大程度上是过去 200 年间公开对抗王权的贵族寡头权力的代表。亨利四世不是西蒙·德·蒙特福德与爱德华一世的政治传人，他是签署 1215 年大宪章的权贵们的政治后代。他的背后是那些用"牛津条例"（Provisions of Oxford）来制约亨利三世、用《大宪章确认令》（Confirmatio Cartarum）来制衡爱德华一世的那些封建主，是托马斯·兰开斯特、贵族立法团①、老父亲约翰·刚特、叔叔托马斯·伍德斯托克以及上诉派贵族。亨利四世与 13 至 14 世纪寡头派政治运动的关联、他所受到的权贵们的恩惠——比如，潘西家族的支持——是理解其 14 年王权生涯为何麻烦不断的一个关键。

这与法国 1830 年 7 月革命之后路易·菲利普（Louis Philipe）的处境有些类似，与 1688 年英格兰光荣革命之后的情形则更为接近。1399 与 1688 年的革命，在严格意义上都不是一场大众运动，不是那种从民众中引发

---

① Lords Ordainers，14 世纪初叶，以制约爱德华二世的王权为己任的一批英国贵族，其成员中也包含教会人士。

出来的革命。在这两场事件中,人民大众都只是默许了由一小撮权贵发动的变革。在每一场变革中,将自己的代表人送上王座的权贵们都寻求获得相应的回报,但他们的企望均告破灭。这似乎是一种必然。

理查早已睿智地预见到了这一切:

> 你的心里将要这样想,虽然他把国土一分为二,把一半给了你,可是你有帮助他君临全国的大功,这样的报酬还嫌太轻。①

华斯特——潘西家族中最不起眼的那一位——在《亨利四世》中对国王的薄情寡义是最为不满的:

> 陛下,我不知道我们家里的人犯了什么大不敬的重罪,应该俯受陛下谴责的严威;陛下能够有今天这样巍峨的地位,说起来我们也曾出过不少的力量。②

随后,当叛乱渐成气候,他又为自己的谋反进一步辩护:

> 陛下不愿意用眷宠的眼光看顾我和我们一家的

---

① 《莎士比亚全集》卷二,第401页。
② 《莎士比亚全集》卷三,第15页。

人,这是陛下自己的事;可是我必须提醒陛下,我们是您最初的最亲密的朋友。……是我自己、我的兄弟和他的儿子三人拥护您回国……受了我们的培植,您却像那凶恶的杜鹃的雏鸟对待抚养它的麻雀一般对待我们。您霸占了我们的窠,您的身体被我们哺养得这样大,我们虽然怀着一片爱心,也不敢走近您的面前,因为深恐被您一口吞噬。①

政治生命就是这样循坏往复。如果有什么事情更可能造成朋友失和而不是相互支持,那就是给对方封官加爵。那些把荷兰总督引至英格兰的辉格党徒们终究竹篮子打水一场空②,因为国王明言,不会考虑给予他们额外的政治支持。这像极了1399年革命中贵族领袖与他们的代言人之间的关系。

给亨利·兰开斯特戴上王冠的那些贵族不会忘记,不久之前,他还是大家的朋友,他们当然不会对他明显的过河拆桥行为予以原谅。在亨利四世这边,他也决不会意识不到自己欠下的恩情,一定会对那些恩主高度猜疑。

这位兰开斯特君王还面临着其他困难与危险。奥伦戴尔大主教已经敦促他开启政治改革,然而,举国上下尚未就此做好准备。在一段时间之内,议会不再只是作为一个立法与征税机构,而是变成政府的一个直接组成部

---

① 《莎士比亚全集》卷三,第87—88页。
② 指1688年英国"光荣革命"。

分。这一政治改革,尽管使政治学研究者产生了极大兴趣,但在当时实为不成熟之举。在亨利四世的孙辈那里,它遭遇到了灾难性的失败。然而,亨利四世并非仅仅宣誓效忠于宪政体制,他也是宗教正统的维护者,而且还加入到了对罗拉德派的迫害中。在那之前,英格兰教会一直未遇到"异端"及"迫害"方面的问题。1379 年,惩治威克里夫"异教"立场的行动告以失败,但 1382 年一个新法规通过之后,不少人随之遭殃。新的举措令世人大为反感,各郡骑士强势介入,使得压迫性的法规被迫撤回,一轮迫害就此结束。

1399 年的革命给极端派带来了新的机会,他们也贪婪地利用了这个机会。一位名叫威廉·索特(William Sawtre)的罗拉德派教士被送上了主教会议,并且依王室法令被判处死刑。1402 年,著名的《火烧异教徒法》(De Haeretico Comburento)又被通过。奥伦戴尔的政策导向很快引发了反弹。1410 年,郡县的骑士们不仅请求对 1402 年的法案进行修正,而且还推出了一个部分没收教会财产的法案。

到下一段王朝历史,当我们探究亨利五世对法战争的诸般原因时,会更加详细地回到这一法案。目前只需明了这是给亨利四世的统治制造麻烦的因素之一。

反对罗拉德派的法令,在莎剧中未被提及。当然,我们也可以把改名换姓了的约翰·欧尔卡苏(John Oldcastle)①

---

① 罗拉德派的领袖之一。

爵士视为对轰动一时的、受人尊敬的罗拉德派的无声致敬。① 对当年反罗拉德派法令的任何一种暗示,都不符合这部戏剧取悦伊丽莎白时代观众的目标。但对此话题的回避,一方面是不得已,另一方面也因为有其他考虑。

很明显,莎士比亚希望聚焦于这段统治的另一个方面,即"篡位"的国王与那些"篡位"行动的支持者之间的矛盾。对于政权易位,他并没有作出任何具体评价,对于王位的合法继承事宜也未持任何具体立场。无论"篡权"一事是否得到正名,亨利·兰开斯特都需要竭尽其所能来应对政局中的各种难题:满足那些鼓动"篡权"的朝中元老的各种保守立场的诉求;接纳正统教派的主张,又要避免激怒下议院中那些罗拉德派的同情者;一方面要接受议会的控制权,但又不能使行政权受到严重损害;打压贵族阶层的蠢蠢欲动,又得与有恩于他的寡头们保持友谊。这些就是重压在亨利·兰开斯特肩头的任务。

剧作开篇就表现了国王在处理这些事情过程中体会到的艰难:

> 我们惊魂初定,喘息未复。②

尽管如此,亨利仍着手准备践行他关于圣战东征的诺言,

---

① 福斯塔夫形象以欧尔卡苏为原型,参见《莎士比亚全集》卷三,第214页注释。

② 《莎士比亚全集》卷三,第5页。

但是他无法真正兑现。消息传来,威尔士的首领奥温·葛兰道厄(Owen Glendouer)痛击由摩提默(Mortimer)率领的征讨大军,并使后者沦为阶下囚。这个被捉住的摩提默,其现实原型是爱德蒙·摩提默爵士,他是马契伯爵罗杰(Roger,Earl of March)的弟弟。罗杰乃克拉伦斯公爵莱昂内尔(Lionel,Duke of Clarence)之孙,按照女性家族血统,他曾被理查二世宣布为王位继承人。受到霍林斯赫德的误导,莎士比亚在整出戏中都将爱德蒙·摩提默爵士与其侄子马契伯爵爱德蒙①混淆了,后者当时只不过是个 8 岁的孩子。

苏格兰也传来了坏消息,霍茨波(Hotspur)被道格拉斯(Douglas)击败。但这些最初传来的消息有所不实。率领国王大军的霍茨波在霍美敦(Holmedon)大获全胜(1402 年 9 月 14 日),歼灭苏格兰士兵一万有余,俘虏了他们中的许多贵族头领。可谣言四起,有人称,潘西拒绝将俘虏道格拉斯伯爵兼法夫伯爵阿契包尔德(Archibald,Earl of Douglas and the Earl of Fife)交给国王。当被国王召见时,霍茨波激烈地否认了这一指控,但这一指控还是加剧了二者之间本已趋向尖锐的分歧。国君对亨利·潘西的嫉妒显而易见:

---

① 第四代马契伯爵罗杰之子。亨利四世罢黜理查二世时,罗杰已死,罗杰的儿子第五代马契伯爵爱德蒙就在血统上获得了王位继承权。因此,亨利四世要防范的正是第五代马契伯爵爱德蒙,而不是爱德蒙的叔叔爱德蒙·摩提默爵士。

他的名声流传众口,就像众木丛中一株最挺秀卓异的佳树,他是命运的娇儿和爱宠。①

潘西的勇猛和声望与年少的哈利亲王的不务正业形成的巨大反差,又加深了这一嫉妒:

当我听见人家对他的赞美的时候,我就看见放荡和耻辱在我那小儿亨利的额上留下的烙印。②

为了加强这一对比,莎士比亚将霍茨波塑造为王子的同龄人,而实际上,霍茨波比国王本人还要年长。

双方争执的另一原因在于,国王拒绝为霍茨波的姻兄爱德蒙·摩提默爵士支付赎金。正如我们所见,摩提默被葛兰道厄所俘,随后又娶了葛兰道厄的女儿为妻。被此婚事激怒的国王强烈指责"愚蠢的摩提默"③犯下了叛国罪:

这次跟随摩提默向那可恶的妖巫葛兰道厄作战的兵士,都是被他存心出卖而牺牲了生命的……难道我们必须罄我们国库中的资财去赎回一个叛徒吗?我们必须用重价购买一个已经失身附逆的人、留作自己心腹间的祸患吗?④

---

① 《莎士比亚全集》卷三,第7页。
② 同上,第7页。
③ 同上,第16页。
④ 同上,第16页。

这一证据不足、恶意满满的指责惹恼了霍茨波。他埋怨父亲、叔叔还有他自己为何当年合力做出蠢事:

> 把理查,那芬芳可爱的蔷薇拔了下来,却扶植起波林勃洛克,这一棵刺人的荆棘?①

当他的父亲斥责他"像一个老婆子似的唠唠叨叨"②,他虽接受了批评,但仍寻求道义上的认可:

> 嘿,你们瞧,我一听见人家提起这个万恶的政客波林勃洛克,就像受到一顿鞭挞,浑身仿佛给虫蚁咬着似的难受。③

在历史上,霍茨波与波林勃洛克二人之间的反差十分醒目,为满足戏剧需要,莎士比亚又将这一反差处理得更加夸张。两个角色都被塑造得很特别:波林勃洛克是狡猾的政治家、有权谋的外交家;霍茨波,实属鲁莽之徒、脾性暴躁之辈;一个勇气十足、不计小节,另一个诚实可信、真挚朴实。霍茨波与波林勃洛克之间,除了勇猛刚强这一点之外,几无共同之处,而霍茨波与亨利亲王之间同样有着巨大差异,后者曾极为不屑地这样谈到过霍茨波:"我还不能抱着像潘西,那北方的霍茨波那样的心理;他会在

---

① 《莎士比亚全集》卷三,第 19 页。
② 同上,第 20 页。
③ 同上,第 20 页。

一顿早餐的时间杀了七八十个苏格兰人,洗了洗他的手,对他的妻子说:'这种生活太平静啦! 我要的是活动。'"①

　　霍茨波的性格特征在其与妻子的关系上也可看出。关于潘西夫人,我们知道她的名字是伊丽莎白·摩提默(Elizabeth Mortimer),除此之外,我们从历史中一无所获。莎士比亚把自己最喜爱的名字凯蒂(Kate)分配给了这个角色,但只让她作为其雄心十足的丈夫的陪衬。夫妇二人对话的那一场戏就像是在简·奥斯汀(Jane Austen)作品中可以看到的那种喜剧:

　　霍茨波:……你怎么说,凯蒂?

　　潘西夫人:您不爱我吗? 您真的不爱我吗? 好,不爱就不爱;您既然不爱我,我也不愿爱我自己。您不爱我吗? 哎,告诉我您说的是假话还是真话。

　　霍茨波:来,你要不要看我骑马? 我一上了马,就会发誓我是无限地爱你的。可是听着,凯蒂,从此以后,我不准你问我到什么地方去,或是为了什么理由……今晚我必须离开你,温柔的凯蒂。我知道你是个聪明人,可是不论你怎样聪明,你总不过是亨利·潘西的妻子;我知道你是忠实的,可是你总是一个女人;没有别的女人比你更能保守秘密了,因为我相信你决不会泄漏你所不知道的事情,

————————————
① 《莎士比亚全集》卷三,第37—38页。

在这一个限度之内，我是可以完全信任你的，温柔
的凯蒂。①

　　这场戏是潘西叛乱的铺垫，在之后第三幕中，我们就
会看到主要的谋反者们——摩提默、葛兰道厄、"华斯特
叔叔"以及霍茨波本人——在班谷（Bangor）的会合。三
方达成了瓜分天下的协议，葛兰道厄将获得威尔士全境，
外加什罗普郡（Shropshire）、柴郡（Cheshire）以及斯塔福
德郡的一部分（Staffordshire）。当然，瓜分天下的细节仍
存巨大争论，这又引出了霍茨波与葛兰道厄之间的差异。
葛兰道厄是个典型的威尔士人，他刚愎自用、夸夸其谈、
笃信神鬼、不可信赖。至于按传统写法将葛兰道厄描绘
为迷信之人，莎士比亚追随的是霍林斯赫德的步伐，而霍
林斯赫德又是借鉴了同时代其他作家的写法。在写到
1400 年亨利对葛兰道厄的这次讨伐时，霍林斯赫德说：
"奥温躲进了深山密林之中，人们认为，他用魔法制造了
恶劣天气，兴起狂风、暴雨、大雪、冰雹等等来对付国王的
军队。国王大军被迫撤退，在此之前，大军已烧杀掳掠了
多地。"亨利的行动因为气候原因——斯诺登（Snowdon）
地区的大雪和暴风雨——严重受阻，这是不争的事实，而
这些天气状况产生于葛兰道厄的魔法，在当时的确有许
多人相信。
　　莎士比亚笔下的葛兰道厄也不推卸外界对他的这样

---

① 《莎士比亚全集》卷三，第 33 页。

一种认识。他对外宣称自己可不是个凡夫俗子：

> 在我诞生的时候，天空中充满了一团团火块，像
> 灯笼火把似的照耀得满天通红；我一下母胎，大地的
> 庞大的基座就像懦夫似地战栗起来。①

这一描写，在材料来源上仍可追溯到霍林斯赫德：

> 众人皆传，此人出生之际异象频出，当晚，厩中
> 之马无不浸于齐腹之血中也。

葛兰道厄出生时的"神奇"，延续到它对自己威力的
自吹自擂中：

> 我可以召唤地下的幽魂。②

同样令人印象深刻的是霍茨波不屑一顾的嘲讽：

> 啊，这我也会，什么人都会；可是您召唤它们的
> 时候，它们果然会应召而来吗？③

那些葛兰道厄出生时出现的异象，也不值得大惊

---

① 《莎士比亚全集》卷三，第53页。
② 同上，第54页。
③ 同上，第54页。

小怪：

> 要是令堂的猫在那时候生产小猫，这现象也同样会发生的，即使世上从来不曾有您这样一个人。①

葛兰道厄天花乱坠的奇谈令直来直去的潘西倍感无聊：

> 我宁愿做一只小猫，向人发出喵喵的叫声；我可不愿做这种吟风弄月的卖唱者。……啊！他正像一匹疲乏的马、一个长舌的妻子一般令人厌倦，比一间烟熏得屋子还要闷人。②

然而，不管怎样，葛兰道厄是一位勇士，也是"一位很可尊敬的绅士"。③ 潘西的高傲正需要葛兰道厄的幽默来调和。

反叛联盟的团结性在索鲁斯伯雷经历了考验。在那之前，莎士比亚插入了国王与威尔士亲王之间的那场著名谈话，但这场戏——第三幕第二场——在历史中并无依据。王子已经在与叛军奋力厮杀。对于这个年方十五并已在战斗中扬名立万的少年来说，父王的斥责并不特别合理。可是在这样一场戏中，国王有机会阐述有政治

---

① 《莎士比亚全集》卷三，第53页。
② 同上，第56—57页。
③ 同上，第57页。

抱负之人应当如何行事,亲王也有机会向其父王表达恭顺之意。当然,在父亲不够公允的指责下,在他与亨利·潘西之间令人不快的对比中,亲王有所爆发也在情理之中:

> 我要在潘西身上赎回我所失去的一切……总有这么一天,我要使这北方的少年用他的英名来和我的屈辱交换。①

但接下来的一席话却泄露了一个 15 岁的少年所不应有的算计:

> 我的好陛下,潘西不过是在替我挣取光荣的名声。②

这番话将在索鲁斯伯雷应验,但在剧中它被匆忙赶来的华特·勃伦特(Walter Blunt)打断。勃伦特禀报说,道格拉斯与潘西的军队已在索鲁斯伯雷集结。可国王早已知晓,"五天前就得到这样的消息"③,并已作出了部署。威斯摩兰伯爵以及约翰·兰开斯特王子已经向战场开拔。威尔士亲王两日之内也将前去,国王本人则延后一日出发。

---

① 《莎士比亚全集》卷三,第 64 页。
② 同上,第 64 页。
③ 同上,第 65 页。

第五幕把我们带到了索鲁斯伯雷。在关于战斗的描述之前,剧作安排霍茨波与华斯特对亨利四世提出了详细的指控。其中的要点都是我们熟悉的:亨利原先明言自己从流放中归国只是要收回家族遗产,但他却罢黜、谋害了理查;他拒绝赎回摩提默,并对潘西等人薄情寡义。关于这些指控,莎士比亚都与前人的重要著述保持了一致,但战争场景,特别是霍茨波在一对一的交战中死于威尔士亲王之手的战况,是他自己的杜撰。剧作第一部就结束于叛军在索鲁斯伯雷的溃败。

不过,《亨利四世》并非一部纯粹的"历史剧"、一部研究政治哲学的作品,它还包含了一些绝佳的、英国式的喜剧元素。这种不同戏剧成分的交融,从历史剧的进化角度来说十分惹人注目。这种融合在《约翰王》中已初露端倪,在《亨利四世》下部及《亨利五世》中得到延续——尽管喜剧色彩及应用效果有所减弱。公认的是,《亨利四世》上部代表着这种融合的最高水平。在作品中,来自于编年史的事件及人物,与诗人自创的场景交织在一起,其中,福斯塔夫当然是站在最前列的,他主宰了整个喜剧部分。

与福康勃立琪不同,福斯塔夫不是个改编性的人物,他是原创性的,是最上乘的文学形象之一。有人说,查尔斯·狄更斯(Charles Dickens)"喜爱从他的幻想中诞生出来的每一个孩童,但就像所有父母那样,他内心深处还是有一个最喜爱的,那就是大卫·科波菲尔"。我以为,约翰爵士之于莎士比亚也同样如此。一位杰出的莎评家曾这样坦率地指出,"莎士比亚的创造打破了他自己的平衡,读者们同样折服于那位胖硕老骑士的巨大魅力"。

这样的评论是否足够精确、足够到位？我们无法一锤定音地回答。因为很明显，福斯塔夫是令莎评者感到头疼的人物。"福斯塔夫，非出于模仿，也无法被模仿，福斯塔夫，我该怎样描述你！"约翰逊博士遇到的困难一直没人能解决克服。当代评论家们着意于历史剧中的那些历史，而不在意其中的喜剧部分。但有谁在距离约翰爵士仅一里之遥时，不想去和他热络一下呢？除了冷酷的、会算计的兰开斯特权贵，谁能对这位体态胖硕的老先生漠然无视呢？在踏入福斯塔夫影响范围之内后，谁不想探索他所释放的魔力的秘密呢？

塑造这一人物的雄心来自于任务的艰巨。表面上看，福斯塔夫——特别是以往的福斯塔夫——是一个粗俗的、大腹便便的老者形象，他因不符合年龄的荒唐、放纵而为老不尊。谁能否认这一点呢？从来没有哪位上了年纪的浑人能如此不知悔改。他言辞放荡，不知检点，嗜酒如命，贪吃嘴馋，满口谎言，大话连篇，偷鸡摸狗，择友不善，沉溺女色，甘与风尘女子、仆从、酒保为伍。这就是福斯塔夫，但他还有其他面向。关于他的上述表面印象不能说不准确，而是不全面。在他长长的缺点清单上，要不要加上"懦弱"这一条？一位 18 世纪的评论者曾用好几页篇幅来检视对福斯塔夫的这一批评是否成立。① 福

---

① 原注：参见 Maurice Morgan, "Essay on the Dramatic Character of Sir John Falstaff (1777)", 重印收录于 *Eighteenth Century Essays on Shakespeare* (ed. D. Nichol Smith)。

斯塔夫在某些时刻的表现确实应证了关于其懦弱的指责,但莫里斯·摩根(Maurice Morgan)较为成功地论证了,即便是在某些难以判断的情境下,真正决定福斯塔夫行为的,不是其道德与身体上的软弱,而是夸大了的常识意识以及极佳的幽默感。

这一辩护有哪些具体证据呢?福斯塔夫其实不缺少自我解剖的勇气。他评价自己时,从未宣称自己有超乎寻常的勇气。"虽然我不是你的祖父约翰·刚特,可是我还不是一个懦夫哩,哈尔。"①他不是在索鲁斯伯雷曾经为保命而装死吗?但是说实在的,为什么不这么做呢?生命并不是无价值的,这一点在亲王的哀悼中已经得到明示,而对福斯塔夫而言,运用此计保全性命要比无谓地死在战场更加合理、更加有趣。有哪位头脑清醒之人会怪罪于他呢?至于他在盖兹山附近遇到哈尔亲王与波因斯(Poins)袭击时丧胆而逃的行为,他幽默地解释说,那是因为他"基于本能而成为一个懦夫"。② 我们倾向于把这样一种解释视作一个精彩的玩笑,但在这嬉笑之中难道没有任何严肃的意味吗?即便是那位总是恶语相向的波因斯,也曾指出福斯塔夫与其他同伴的区别。他说,"我知道他们中间有两个人"——这应该指的是巴道夫(Bardolph)与皮托(Peto)——"是一对十足的懦夫;还有一个是把生命的

---

① 《莎士比亚全集》卷三,第28页。
② 同上,第43页。

安全看得重于一切的，要是他会冒险跟人拼命，我愿意从此以后再不舞刀弄剑"。① 我毫不怀疑，波因斯所说的"还有一个"指的就是福斯塔夫。福斯塔夫不是一个懦夫，只不过他的豪勇之气受制于他的理性的审慎。

不能否认，福斯塔夫满口大话与谎言，缺点一箩筐。但在其顽劣、不成体统的生活中，我们还是能感觉到他保持着一种绅士的本性。他确实成天撒谎，但谁敢妄言这些谎话真的意在欺骗呢？试将盖兹山的打劫与现代企业的营销作一比较。其中一方是不可救赎的，纯粹受到占有欲的支配，绝不考虑他人会遭受痛苦与损失，整个行动都有详细的规划。另一方体现的，则是欢快的情绪，一种对冒险与大展身手的喜好。亲王对这些没个正经的随从们的尊重程度也是不一样的。"他们坦白地告诉我，我不是一个像福斯塔夫那样一味摆臭架子的家伙。"②"摆臭架子的家伙"，这一描述暗示出了大家对福斯塔夫的一种顺从——如果谈不上尊敬——的态度。他允许好友们对他有一定程度的亲密，在大伙那里，他是"杰克·福斯塔夫"，但他坚持认为，"约翰爵士——全欧洲都知道这是我的名号"。③ 而无论对谁，他都是"端着的杰克（proud Jack④）"。

---

① 《莎士比亚全集》卷三，第13页。
② 同上，第34页。
③ 同上，第139页。
④ 朱生豪先生译作"摆臭架子的家伙"，但本书作者强调福斯塔夫其实有所矜持、自视甚高，一定程度上保持着绅士风度，这与朱译文"摆臭架子的家伙"体现的贬损之意有一定的出入，故此处权且改译为相对中性的"端着的杰克"。

此处我们不论及《温莎的风流娘儿们》以现实中约翰爵士为原型而呈现的闹剧。那出滑稽剧，基本无疑是莎士比亚依据伊丽莎白女王之命——女王陛下希望看到恋爱中的福斯塔夫——而创作的。它对骑士原型作了夸张怪诞的处理。至于《亨利四世》上下两部的细心读者，不会不同意我们前面提出的观点。他们很熟悉莎士比亚描画的那位年迈体胖的骑士的出身及其早年生活。他被明确表现为出身高贵；从小接受属于绅士的教育；曾在诺福克公爵托马斯·毛勃雷府上有过短暂经历——这本身就是上流社会身份的一个证明；以其卓越的战斗表现赢得骑士身份，并获得年金赏赐。如果不是少了那么一点点谨慎，如果不是幽默感爆棚，他完完全全配得上人们的尊敬。可是，假设他没有这份魔幻般的幽默感，又会留下多么大的遗憾！

这个人物绝对没有恶意，即便是缺点，他自己都会把它们放大。他不是假装得比自己的本性更好一点，从而向美德致敬，而是装作比真实的自己更差一点。就像莫里斯·摩根正确地指出的："他在不同的程度上，对所有通常所谓的名望都不屑一顾；在其无边的智慧中，无论是借钱、赖账、欺骗或是抢劫都不显得低下。笑声与赞许伴随着他的过分之举，因为他心无恶念或下作的算计，愉快与幽默才是其行为举动的根本。当然，因为放纵无度，他养成了不同程度的坏习惯，变得油腔滑调，体形也越来越臃肿，老年衰朽之相渐显，但本属于年轻人的轻浮与恶习在他身上未减分毫，那种既自娱又乐他的欢快情绪一如往昔。也就是说,他身上混合着青春与老年、进取之心与臃肿身材、智慧与愚蠢、贫穷与浪费、上流身份与下流说笑;他心眼单纯,却行为不端,未因恶念招致怨恨,也未因胆怯被人鄙视。因为一体两面,他既是个笑柄,又是个高人,成天没个正经,但的确富于幽默。他是一块试金石,同时又是被人取笑的对象;是一个爱开玩笑的人,但其本身就是一个玩笑。就福斯塔夫这一段被描绘出来的生活经历而言,他也许是古往今来最完美的喜剧形象。"①

不可否认,福斯塔夫对他的同伴们、读者们释放的特殊魅力,无论怎么予以解释都只是尝试而已。柯勒律治的点评——如同他在莎评中常常做到的那样——似乎更接近于最终答案:"他是一个具有如此杰出能力的人,他的能力使得他对于身边的人抱有一种深深的不屑。"我也确信,因其纯粹智性上的杰出,福斯塔夫获得了、也保持着他的超越地位。我们喜欢他,不是因其泼皮无赖,而是因为他身上那种少见的智慧、他超乎一般的泰然自若以及他在各个方面表现出来的机敏。他对自己充满信心,不会为任何一种缺点、劣势所困扰。我们看到,这样一种智性上自适,辅之以花言巧语及锦囊妙计,一次又一次不可思议地帮助其脱离困境。

这就是支撑《亨利四世》喜剧场景的核心人物的诸般面向。至于哈利亲王在这些场景中的表现,我将稍后予以论述。现在应重新拾起剧中事件的历史线索了。剧

---

① 原注:*Op. cit.*, p. 227.

作上部以霍茨波之死、哈利亲王在索鲁斯伯雷大捷而告终,下部则简略描写了亨利四世最后 10 年的岁月(1403—1413)。在形式上,下部与上部保持了一致,我们看到同样的历史剧与喜剧之间的穿插。但总体而言,虽然有些段落体现出少见的、难以被超越的诗学之美,下部还是比上部略显枯燥,其中人物形象的魅力也低了一个层次。

潘西叛乱的后续发展构成了前四幕的主要线索。叛军在索鲁斯伯雷已被击溃,但叛乱并未结束。霍茨波倒在了战场上,华斯特伯爵、西普布洛克(Shipbroke)的理查·凡农爵士(Sir Richard Veron)、理查·维纳布尔斯爵士(Sir Richard Venables)以及其他被俘者经过简单审讯都被处死。愤怒的苏格兰人道格拉斯伯爵受了重伤,也成了阶下囚,但因出身高贵,他以有尊严的方式被拘禁了起来。

葛兰道厄与法国的奥尔良派形成联盟,继续在威尔士抵抗,但参与叛乱的英国贵族们已经所剩无几。当亲儿子在索鲁斯伯雷激战时,诺森伯兰装病在家,所以后来被宽恕不咎,经过上议院的质询,他仅被确认有"冒犯"之过。1404 年 2 月间,在重新向国王宣誓效忠后,他躲过了所有惩罚。可是仅仅过了一年,他就签署了一份与葛兰道厄、爱德蒙·摩提默爵士平分天下的协议,并在毛勃雷与巴道夫的支持下再次掀起了叛乱。不过,他的立场始终游移不定,新叛乱的领导权就像莎士比亚暗示的那样,落入到一心搏杀的约克大主教理查·勒·斯克罗普(Richard le Scrope)手中。斯克罗普是博尔顿(Bolton)的斯克罗普男爵之子、威尔特郡伯爵理查之弟。① 威尔特郡伯爵理查在布里斯托(Bristol)死于波林勃洛克之手,所以斯克罗普决定要报此大仇。他列出十大罪状,将亨利斥为叛徒与篡权者。莎士比亚让这位大主教痛陈普罗大众在政治上的脆弱与摇摆:

> 民众已经厌倦于他们自己所选择的君王;他们过度的热情已经感到逾量的饱足。在群众好感上建立自己的地位,那基础是易于动摇而不能巩固的……当波林勃洛克还不曾得到你所希望于他的今日这一种地位以前,你曾经用怎样的高声喝彩震撼天空。②

如今,这些人又是多么希望把波尔多的理查送回王位。可惜,这些指责来得太晚了,因为发出指责的人当初正是作为核心权贵成员之一谴责了理查,并稳坐于亨利的左手边出席了后者的加冕典礼。

新叛乱过程中真正的战斗屈指可数。大主教与毛勃雷在希普敦·摩尔(Shipton Moor)遭遇了约翰亲王以及

---

① 原注:莎士比亚以霍尔为依据,将斯克罗普作为威尔特郡伯爵的兄弟来加以描绘,但这样的人物关系是否准确尚存争论。霍林斯赫德以及其他一些早先的史家(如沃尔辛厄姆[Walsingham])与霍尔的意见相左,但拉姆塞(J. H. Ramsay)爵士同意福斯(Foss)的看法,肯定了莎士比亚这一处理的历史准确性(*Lancaster and York*,i,87)。

② 《莎士比亚全集》卷三,第127—128页。

威斯摩兰伯爵。尽管人数占优,但大主教与毛勃雷一方却被诱导上了谈判桌,以致军队甫一解散,几位叛军首领便立遭逮捕并被押送至庞蒂弗拉克特(Pontefract)。虽有大主教奥伦戴尔极力反对,但这些人在约克还是作为逆臣被迅速处死了(1405 年 6 月 8 日)。国王本人此时身在北方,他亲自拒绝了对大主教予以宽恕。约克城打开大门迎接他的到来,诺森伯兰的城堡——沃克沃斯(Warkworth)、贝里克(Berwick)、阿尼克(Alnwick)——也相继投降。诺森伯兰本人,像以往那样撤退到了苏格兰,留下他的伙伴们去接受国王的严惩。莎士比亚对这位投机者的揭露可是不留情面的:

> 我的心正像涨到顶点的高潮一般,因为极度的冲激,反而形成静止的状态,决不定行动的方向。我渴想着去和那大主教相会,可是几千种理由阻止我前往。我还是决定到苏格兰去吧;在那里权且栖身,等有利的形势向我招手的时候再作道理。①

与此同时,朝中权贵们宣布诺森伯兰与巴道夫犯下了叛国罪,在二人缺席审判的情况下将其确定为叛国者(1406 年 12 月 4 日)。二人的财产也被宣布充公(1405 年 5 月 6 日)。

毛勃雷与大主教被处死后 3 年,诺森伯兰与巴道夫

---

① 《莎士比亚全集》卷三,第 142—143 页。

最后一次起兵,挑战那位被他们大费周章推上王位的国王。当发现自己在苏格兰不怎么受欢迎之后,此二人前往威尔士与葛兰道厄结为联盟,之后奔赴法国,最终途经荷兰又返回到了苏格兰。1408年初,他们越过边界,一度抵近至约克郡。然而,在2月20日的布拉汉姆·摩尔(Braham Moor)战役中,诺森伯兰战死,巴道夫也受了致命重伤。

潘西家族的谋反终于彻底失败了。但是镇压行动耗费了国王十四载在位生涯中的九个春秋,国内的分裂令其身心俱疲:

> 难道命运总不会两手挟着幸福而来,她的喜讯总是用最恶劣的字句写成的吗?她有时给人很好的胃口,却不给他食物,这是她对健康的穷人们所施的恩惠;有时给人美味的盛筵,却使他食欲不振,这是富人们的情形,有了充分富泽不能享受。①

亨利还身患癫痫,病情愈加频繁的发作使他深知自己时日无多。莎士比亚对其最后10年统治的描绘是极为简略的,但他十分细心地触摸到了历史情境的核心。莎士比亚不是在记录枯燥的历史事实,他是一个有想法的历史学家,一个要对历史作出评判的智者。他以宏观一瞥观照了全局,不拘泥于那些不必要的、令人厌倦的细节,

---

① 《莎士比亚全集》卷三,第188页。

以印象主义的笔法勾勒出最中心的部分,在轮廓清晰的
人物群像中寄托着历史研究所致力于发现的伦理及政治
真谛。

　　正如我们力证的,亨利·兰开斯特所获得的英国王
权,有一种自相矛盾的特点:它既代表着寡头利益,又包
含着君主立宪制的要求;亨利本人既是篡权夺位者,又是
保守派事业追求的代表人物;他既是一个成功的谋反者,
又是一个无情的镇压谋反者。他的统治注定不会安宁,
所有这些矛盾都将影响到他的命运。我们已经看到了他
与对手之间的一些恩怨,但他也有一些家族内部的"冤
家"。每一个君王都容易对家族继承人有所提防,通过
一场叛乱取得王位的君王则更易产生猜忌,亨利四世也
不例外。他对哈利王子的不信任,因对其浮躁性格的担
心而日益加深。① 幸运的是,王子能够说服其父王,使其
相信那些怀疑与担心并无道理。国王虽值壮年,但因多
年征战而伤痕累累,幸而仍能作出临终嘱咐。他没有忘

----

① 原注:剧中著名的传位场面,并不是对当时其他编年史材料的照搬。
莎士比亚的描绘,一方面借鉴了先前已经面世的戏剧作品,另一方面
则是受到霍林斯赫德一段文字的启发,而霍林斯赫德又是以霍尔为依
据的。威尔士亲王在其父亲病榻旁守护,并得到父亲临终一吻以及祝
福,这应该不是杜撰。对此继位场面最早予以记录的是法国史家蒙斯
特莱(Monstrelet)。考特莱(Courtenay)说,蒙斯特莱的场面描写是以这
样一段文字开头的:"这个国家的风俗是,每当国王重病,就要把王冠
放在其卧榻旁的软椅上,以便继承人在其死亡时取得"(i, 49)。霍尔
与霍林斯赫德毫无异议地接受了这一描述,本就喜欢添油加醋的戏剧
家——即便史实存在争议——当然也欣然接受。作为历史学家,莎士
比亚有充足证据来支撑这个场景描写,就算是历史证据不足,他作为
剧作家也有这样表现的理由。

记对王子发出警告,提醒他兰开斯特王权得自于叛乱:

> 上帝知道,我儿,我是用怎样诡诈的手段取得这
> 一顶王冠;我自己也十分明白,它戴在我的头上,给
> 了我多大的烦恼。①

尽管如此,亲王仍将以世袭身份登上王位,而且

> 更安静更确定地占有它。②

可是棘手的问题不会就此消失:建立新秩序需要时间,新
潮的君主立宪实验也需要通过实践正名。与此同时,王
子也得到了有力的建议:

> 你的政策应该是多多利用对外的战争,使那些
> 心性轻浮的人们有了向外活动的机会,不至于在国
> 内为非作乱,旧日的不快的回忆也可以因此而
> 消失。③

这其中道理应该只有聪明人能够听懂。具体如何践行,
我们下章即见分晓。

　　第四幕的结尾给亨利四世的统治画上了句号。到第

---

① 《莎士比亚全集》卷三,第 194 页。
② 同上,第 194 页。
③ 同上,第 194 页。

五幕中亨利王子成为了新一代君王。莎士比亚为何不以
老国王的去世来结束此剧呢？为何要把新君即位初年的
事情作为《亨利四世》上下两部的尾声呢？约翰王子的
一番言语向我们显示，莎士比亚已经在考虑历史的下一
个章节了：

　　　　我可以打赌，在这一年终结以前，我们将要把国
　　　内的刀剑和民族的战火带到法国去。我听见一只小
　　　鸟这样歌唱，它的歌声仿佛使王上听了十分快乐。①

很显然，《亨利五世》的主旨已经在诗人的心中开始得到
酝酿。从尾声的内容来看——如果这个尾声的确是莎翁
所作——莎士比亚准备在《亨利五世》中让福斯塔夫登
场。如果这确实是他想做的，我们不得不说女王陛下的
意见让他分了神。② 但《温莎的风流娘儿们》把一部伟大
的史诗从堕落无羁的福斯塔夫形象中解救了出来，因为
《温莎的风流娘们》中的那位风流成性的福斯塔夫不可
能以脱胎换骨的面目继续出现在《亨利五世》这部爱国
情怀如此明显可感的诗剧中。将福斯塔夫移植入《亨利
五世》，这样的念头在诗学意义上毫无恰当性可言。他
如果在《亨利五世》中出现，与《亨利四世》第五幕的内容
也将形成不一致。事实就是，在历史剧中，关于福斯塔夫

---

① 《莎士比亚全集》卷三，第 212 页。
② 本书作者已提出，《温莎的风流娘儿们》一剧是在伊丽莎白女王的授意
　　下写成的。

的消息依然还有,但他的登场亮相则被取消了。至于他消失的方式,我们留至下一章再作考察。

关于《亨利四世》最后再补充几句。尽管不及自己儿子那么有趣,波林勃洛克这一角色的性情仍旧值得仔细琢磨。他具备了很多能够达到政治成功的能力与素质。他勇敢、谨慎、有毅力,善于逢迎讨好,遇事当机立断。理查早就说过:

> 他向平民怎样殷勤献媚,用谦卑而亲昵的礼貌竭力博取他们的欢心。①

不善猜忌与算计的旁观者约克也曾有过同样的描述:

> 那位公爵,伟大的波林勃洛克,骑着一匹勇猛的骏马,它似乎认识它的雄心勃勃的骑士,用缓慢而庄严的步伐徐徐前进,所有的人们都齐声高呼,"上帝保佑你,波林勃洛克!"……他呢,一会儿向着这边,一会儿向着那边,对两旁的人们脱帽点首,他的头垂得比他那骄傲的马的颈项更低,他向他们这样说,"谢谢你们,各位同胞";这样一路上打着招呼过去。②

---

① 《莎士比亚全集》卷二,第347—348页。
② 同上,第402—403页。

波林勃洛克的确野心十足,但其野心并没有脱离实际,恰如道登(Dowden)教授所言,其野心不是"理查三世身上那种向世界施加意志的超常欲望、那种不可控的能量;它是一种有具体目标的野心,可以根据目标是否能够实现而收放自如"。①

然而,亨利四世并不可爱,他可以赢得尊重,但无法获得爱戴。没有人会像霍茨波评价理查、哈利王子评价福斯塔夫那样评价他。他不会动情落泪,他就是一名杰出的、专业的政客,虽不像霍茨波说的那么"万恶",但确实强悍过度而不招人喜欢。他不太会算计如何利用机会,可是也从未失手;他会等待观察;他在宗教上不及儿子那么虔诚,但深知为人处世的方式所具有的政治价值;在打击对手与敌人时,他毫不留情,但又不是残酷成性。他的个人生活状况,我们在莎剧中几乎未见,在其他史料中也很难觅得。我们只是看到他在国事重压之下艰难喘息,看到他在孤单寂寞、无人关爱、幻想破灭中壮年早逝。

关于剧中其他主要人物,我们已经作了足够的论述,哈利王子的宏图大业及其性格则留待下一章细说。不过,也不要忘了那些次要角色各自不同的形象:计划周密、反心十足的华斯特;霍茨波忠诚的、勇猛的战友道格拉斯伯爵;自信满满的葛兰道厄;胖爵士的那些性格鲜明的同伴;乡村法官、赛伦斯(Silence)以及夏禄(Shallow)。这些都是细心的读者不会忽略的角色。

---

① 原注:*Mind and Art*, p. 245.

然而,除了出色的性格描绘、超凡的喜剧幽默性,《亨利四世》对于政治专业的学生还有另一种极强的吸引力。在现代史家们看来,亨利四世统治的一个显著之处就在于其所开启的令人关注的宪制改革。1399 年的"革命"将议会推到了一个前所未有的高度,议会再次到达这个高度就要到 1688 年光荣革命之后了。大主教奥伦戴尔领导的改良派试图将议会转换为政府的一个直接组成部分,或者说,试图使立法单位获得对行政单位的一定程度的控制权。这一尝试未能成功,整个国家还没有为此做好准备。以议会为主导的行政机制,须以政治教育的充分发达为基础,而行政管理的高效率一部分取决于政府,最根本的,还是取决于国家秩序的建立。这些条件在 15 世纪的英格兰无一具备,至亨利六世时期,情况会更加糟糕。王权在资金上长期匮乏,政府执行能力低下,"管理"简直就成了混乱与腐败的代名词。以后当我们考察更加无序的亨利六世时代的时候,会再看到主要是由亨利四世的改良实验所导致的社会混乱。

无须多言,宪制改良带来的好处并不是莎士比亚关注的重点。作为戏剧家与心理探究者,他所感兴趣的是各种个体之力的交织纠缠。他能够深深体会到亨利四世所面临的困难与焦虑,而为了服务于戏剧,这些必须借助于个体之间的冲突得以展现。对于哲学化的历史学家而言,抽象的梳理就已经足够,但戏剧的追求在于具体。很少有人像莎士比亚那样懂得这一道理,但在戏剧允许的范围内,在尊重戏剧限度的前提下,他还是力图传达一些适合所有时代以及大多数情况的政治教训。鲜有其他作品所提供的政治教训在价值和影响力的持久上能够超过《亨利四世》。"戴王冠的头是不能安于他的枕席的。"①如果王冠是篡夺而来的,则会更加令人难以入眠,即便篡夺行为得到了普遍支持和最终正名。叛乱的制造者,尽管善于煽动民意,尽管带着宪政目标,最终还是会在前进的途中步入深渊。后续的时代在变乱之后可能会享受到成果,但罢黜君王——虽然他在国事重任上疏忽了职守——这样的行为,颠覆秩序——尽管千疮百孔——这样的做法,一定会引起动荡,并对国家的稳定及安全造成极大危险。1399 年的事件给国家造成的失序、扰乱,相较于历史上大多数的变乱都算是小的,即便如此,其领头人还是不能躲过此类情况中与成功如影随形的报应,而亨利·波林勃洛克取得王位的"诡诈的手段"②也决定了他不可能免于报应。对于百姓来说,这个时代并不平安,对于君王来说,也无安宁与快乐。波林勃洛克在衰年之中的唯一安慰,就是寄望儿子能够"更安静更确定地"保住王位。这一希望的实现下章可见。

---

① 《莎士比亚全集》卷三,第 157 页。
② 同上,第 194 页。

第五章

亨利五世:胜利中的英格兰之魂

哦,这些英国人的

事迹何时能见诸笔端?

英格兰何时才能再哺育出

这样一位亨利王?

——德莱顿①

凭着我是个军人——这称呼在我思想中跟我最

相配。②

——《亨利五世》

现在,我知道耶和华救护他的受膏者,必从他的

圣天上应允他,用右手的能力救护他。

有人靠车,有人靠马。但我们要提到耶和华我

们神的名。

——《圣经·诗篇》第二十章

---

① 即与莎士比亚同时代的诗人、剧作家迈克尔·德莱顿(Michael Dray-
ton)。此处引文出自其诗作《阿金库尔之歌》(*The Ballad of Agin-
court*)。

② 《莎士比亚全集》卷四,第148页。

无论就创作时间而言,还是按照所涉历史年代顺序,《亨利五世》都紧随在《亨利四世》之后。《亨利四世》上下两部写于 1599 年之前,可能介于 1597 至 1598 年之间,而《亨利五世》则应完成于 1599 年,这从第五幕开始前的"序曲"中便可找到线索:

> 再举个具体而微、盛况却谅必一般无二的例子,那就是我们圣明的女王的将军去把爱尔兰征讨,看来不消多少周折,就能用剑挑着被制服的'叛乱'回到京城;那时将会有多少人离开那安宁的城市来欢迎他![①]

此处字里行间明显可见爱塞克斯伯爵(Earl of Essex)[②]对爱尔兰的征讨。爱塞克斯在莎士比亚的好友、赞助人南安普敦勋爵(Lord Southampton)的陪同下,于 1599 年 3 月 27 日离开英格兰,同年 9 月返回。不过,他未能"用剑挑着被制服的'叛乱'回到京城"[③],相反,因为骄傲或其他问题,他完败于蒂龙(Tyrone)[④]的高明策略。回到英格兰后,他又以反叛来报偿女王陛下对他的恩宠。

所以,《亨利五世》必然完成于 1599 年夏天。在写作中,莎士比亚借用了前人作品《亨利五世的盖世大

---

① 《莎士比亚全集》卷四,第 202 页。
② 伊丽莎白女王手下重臣。
③ 《莎士比亚全集》卷四,第 202 页。
④ 蒂龙伯爵,当时爱尔兰反抗英国统治的首领。

捷》——已经为《亨利四世》所用——中有价值的部分,其他的历史参考则来自于霍林斯赫德。

《亨利五世》的开头部分极为重要:

> 啊！光芒万丈的缪斯女神呀,你登上了无比辉煌的幻想的天堂。①

这些文字似乎显示,对自己在《亨利五世》中设定的任务目标,莎士比亚心有疑虑。他的笔力已经完全成熟,技艺已达至精湛,尽管如此,他还是表达了即便在其青涩时期都不曾有过的担忧。我们应如何理解这种突然而来的不自信呢?

我认为,这并不完全是因为开幕致辞者所提及的舞台调度上的困难:

> 难道说,这么一个'斗鸡场'容得下法兰西的万里江山? 还是我们这个木头的圆框子里塞得进那么多将士? ——只消他们把头盔晃一晃,管叫阿金库尔的空气都跟着震荡! 请原谅吧！可不是,一个小小的圆圈儿,凑在数字的末尾,就可以变成个一百万;那么,让我们就凭这点渺小的作用,来激发你们庞大的想像力吧。②

---

① 《莎士比亚全集》卷四,第 107 页。
② 同上,第 107 页。

当时的环球剧院的体量——"圆框子"①可能指的就是剧
院的圆形结构——当然无法像现代舞台那样能够呈现
《亨利五世》这种剧作所表现的宏大战争场景。

　　不过，我们确信，莎士比亚所考虑的不仅仅是舞台表
现的物质条件。他正在接近他对英国君王的系列研究的
顶点。他描绘了一个无能的圣徒亨利六世；一个马洛式
的超级恶棍理查三世；一个既愚蠢又残酷、缺点无数、胸
无信念的约翰王；一个雄心十足但成就有限的"万恶的
政客"波林勃洛克。以上描绘，表现了瓦特·佩特
（Walter Pater）所说的"对王权的讽刺"。这些君王身上
都有一些通向成功的要素，但又都极为欠缺使成功真正
得以实现的特质。他们中没有任何一个能够使整个英格
兰心悦诚服，没有谁可被视为理想的统治者，也没有哪位
能够保证国内的安宁与快乐，或是在国外树立崇高的威
望。他们或许能够激起怜悯，但无人可以同时赢得尊敬
与爱戴。

　　在《亨利五世》中，莎士比亚终于能够提笔描写一位
理想的基督教骑士，一位既受欢迎又成功的统治者，一个
人们不仅爱戴而且尊羡的人。

　　除此之外，摆在面前的是编写一部伟大的民族史诗
的绝佳机会。作为英国历史中最伟大的、最成功的——
考虑到各种艰难险阻——时代之一，都铎王朝曲终奏雅
的末年岁月正配得上这样一部史诗。不过，在其所有关

---

① "圆框子"对应的莎剧英语原文为字母"O"。

怀国家的剧作中,莎士比亚都严格遵守这门艺术各条准则中最重要的那一条:非直接性。虽迫切地想要向伟大的女王陛下致敬,想要庆贺同时代人的英雄事迹,但凭借高超的技艺,莎士比亚总是通过某段足够久远的过去、某些古人事迹来寄托心之所思。也正因为此,他提供的政治教训一方面有些模糊不清,另一方面反倒更加有效。

在《亨利五世》中,莎士比亚达到了他的爱国戏剧的顶峰。凭着娴熟的技艺、广受赞颂的智性能力,他是否相信自己能够完成那登顶的一步?

> 啊!光芒万丈的缪斯女神呀,你登上了无比辉煌的幻想的天堂。①

他可能已经唤醒了缪斯,而缪斯将怎样回应?

如果纯粹将之视为一部舞台上演出的戏剧,那么《亨利五世》并不算莎剧中的上乘之作,在历史剧系列中,它也不属于最好的。就演出性而言,它明显不及《亨利四世》或《理查三世》。它的结构有误,内在的戏剧性不够严整,一些基本的构思原则都没有得到很好的遵行。对比法的使用明显缺席。弗鲁爱林(Fluellen)的夸夸其谈提供了一点真正的喜剧元素,但总体而言喜剧场景缺乏多样性,比之《亨利四世》要逊色很多。至于胖骑士②,

---

① 《莎士比亚全集》卷四,第107页。
② 即福斯塔夫。

尽管莎士比亚让其归天乃正确之举，人们对这一角色的思念却丝毫未减。

然而，不应仅仅将《亨利五世》视为戏迷们的消遣，它更是一部采用了戏剧形式的伟大的民族史诗，从这一角度来说，它是非凡的、无可挑剔的作品。在莎士比亚的其他作品中，很难找到这么多荡气回肠、雄辩的段落，很难觅得对骑士精神与爱国主义如此激动人心的展现。在其他诗人的作品中就更难见到了。

上述精神气质在国王的性格中得到了体现。亨利国王一般被认为是莎士比亚心目中"敢于行动的理想英雄"，这样的观点无疑是正确的。但莎翁笔下的亨利五世，并非一个不可企及的英雄，他仍是个凡人，其身上的不完美及局限之处一望便知。他基本可算是一个战士型的君王：

> 我是个军人——这称呼在我思想中跟我最相配。①

作为伟大的领军者，他心系自己部队的安危，做事细致周到、深思熟虑：

> 现在，他珍惜时间，连一刻都不轻易放过。②

---

① 《莎士比亚全集》卷四，第 148 页。
② 同上，第 139 页。

他明白战争的残酷,绝不能视之为儿戏:

> 在太平的年头,做一个大丈夫,首先就得讲斯文、讲谦逊;可是一旦咱们的耳边响起了战号的召唤,咱们效法的是饥虎怒豹,叫筋脉贲张,叫血气直冲,把善良的本性变成一片杀气腾腾。叫两眼圆睁——①

然而,虽然他在战斗中勇猛异常,但胜利之后却能保持仁慈。他命令叔叔爱克塞特(Exeter)在进入降城哈弗娄(Harfler)时"对全城人民放宽大些"②;对于赤手空拳的民众,他不吝体恤关切:"我曾经晓谕全军,英国军队行经法兰西的村子,不准强取豪夺,除非照价付钱,不准妄动秋毫;不准出言不逊,侮辱法国人民。"③这些政策体现出真正的人性,实乃明智之举:"要知道,在'仁厚'和'残暴'争夺王业的时候,总是那和颜悦色的'仁厚'最先把它赢到手。"④

他的虔诚作风与其正统的宗教信仰都不是逢场作戏。他这样关照大家,"别羞辱了你们的母亲"⑤,同时要依靠上帝取得和平:

---

① 《莎士比亚全集》卷四,第 142 页。
② 同上,第 149 页。
③ 同上,第 158 页。
④ 同上,第 158 页。
⑤ 同上,第 143 页。

每个臣民都有为国效忠的本分,可是每个臣民的灵魂却是属于他自己掌管的。所以,每个在战场上的兵士,好比在床上的病人,就该把自己良心上的每个污点都洗雪了;像这样死去,死对于他就是好处;如果不死,为了做好这样的准备费去这些时间,也十分值得。凡是逃过这道生死关口的人,如果有下面这种想法,那也不算罪过:他已先向上帝做了毫无保留的贡献,上帝却让他在那样的一天活了下来,为的是要他看到上帝的伟大,将来好教给旁人该怎样替自己准备。①

恰似所有那些和平年代或战争中的伟大领袖那样,他体现出完美的直率与尊严,同时带有极强的个人魅力:

他就这样巡逻,这样访问,走遍全军,还用和悦的笑容,问大家早安,拿"兄弟"、"朋友"、"乡亲"跟他们相称。尽管大敌当前,受到了围困,看他的面容依然是声色不动;连日辛苦和彻夜不眠,不曾叫他失去一点儿血色,露一丝疲劳的痕迹——他总是那么乐观,精神饱满,和悦又庄重。那些可怜虫,本来是愁眉苦脸的,一看到他,就从他那儿得到了鼓舞。真像普照大地的太阳,他的眼光毫不吝惜地把温暖分送给每个人,像融解冰块似的融解了人们心头的恐

---

① 《莎士比亚全集》卷四,第175页。

慌。那一夜,大小三军,不分尊卑,多少都感到在精神上跟亨利有了接触。[1]

然而,我要再次强调,他并不是不可企及的英雄或圣人。他不是上帝而是凡人,就某些方面而言,他与其父王如出一辙。亨利四世将哈利王子描述成"我的青春的高贵的影子"[2],此一说法令我们非常反感,但未必不是实情。作为"万恶的政客"波林勃洛克的儿子,亨利五世始终不乏各种谋略与算计,并在其中获得了成功。

他的首次长篇独白(《亨利四世》上部,第一幕,第二场)就显示了家族品性的遗传:

> 我完全知道你们,现在虽然和你们在一起无聊鬼混,可是我正在效法着太阳,它容忍污浊的浮云遮蔽它的庄严的宝相,然而当它一旦穿破丑恶的雾障,大放光明的时候,人们因为仰望已久,将要格外对它惊奇赞叹。要是一年四季,全是游戏的假日,那么游戏也会变得像工作一般令人烦厌;惟其因为它们是不常有的,所以人们才会盼望它们的到来;只有偶然难得的事件,才有勾引世人兴味的力量。所以当我抛弃这种放荡的行为,偿付我所从来不曾允许偿还的欠债的时候,我将要推翻人们错误的成见,证明我

---

① 《莎士比亚全集》卷四,第 168 页。
② 《莎士比亚全集》卷三,第 187 页。

自身的价值远在平日的言行之上；正像明晃晃的金
银放在阴暗的底面上一样，我的改变因为被我往日
的过失所衬托，将要格外耀人眼目，格外容易博取国
人的好感。我要利用我的放荡的行为，作为一种手
段，在人们意料不及的时候一反我的旧辙。①

有一派评论者对这一独白赞赏有加，但我认为，大多
数人读到此处会心生不安。我们一度觉得，他与福斯塔
夫一起做的荒唐之事纯粹发乎自然，展现的是不羁的精
神而非恶习，体现的是青春的激动以及身强力壮带来的
快乐。然而，令人大出意外，所有这些不过是如其父那般
狡诈的政客才能做得出的算计。也许，正如一些批评者
暗示的，莎士比亚希望纠正那些闭门造车的编年史家的
做法——他们试图将顽劣不堪的王子与严肃明智的王子
区分开来，表现神奇的宗教皈依所带来的巨变。莎士比
亚应该是想勾勒出性格上的连续性，想表现出当年那位
王子与虔诚的基督教骑士之间内在的不可分关系。但其
实我不愿面对这一事实，如果可以，我宁愿相信宗教角度
的说法，宁愿相信他奇迹般的变化，而不愿看到他在政治
及伦理得失上的老谋深算。然而，上引长篇独白中鲜明
的自我意识正标志着一种与福斯塔夫的切割，一种为了
成全哈利王子自身而进行的对亲近关系的破坏，一种从
顽劣鲁莽到少年老成的转变。

---

① 《莎士比亚全集》卷三，第14页。

另有一种解释值得稍加留意。剧中的"算计"也许不属于王子,而只是莎翁自己的一种表达策略? 哈利的独白会否是对马尔普雷莱特(Marprelate)清教徒①的一种政治妥协呢? 如果是,它会否被迅速遗忘和否定呢? 而且,我们又当如何理解《亨利五世》开幕第一场中伊里(Ely)主教与奇切利(Chichele)大主教②的对话呢?

> 他的父王才断了气,他那份野性仿佛也就遭了难,跟着死去;对,就在这时候,"智慧",真像天使降临,举起鞭子,把犯罪的亚当驱逐出了他的心房;从此,那一座"乐园"尽是纯洁的精灵在里面栖息。从来没看见谁一下子就变得这样胸有城府——这样彻底洗心革面,像经过滚滚的浪涛冲洗似的,不留下一点儿污迹。也从来没听到谁把九头蛇那样顽强的恶习,那么快,而且是一下子给根除了——像当今的皇上那样。③

格维努斯直截了当地表示:"无动于衷地,甚至带着几分任性,他(哈利王子)支持各种不成体统的行为,因为他对人性非常了解。他与大众的意见站在一起因为他随时可用谎言对之加以操控。"

---

① 1588—1589 年,英国部分清教徒通过小手册的秘密发行,攻击主教制。手册上常常署名 Marprelate 为作者,但真实作者身份很难确定。
② 即剧中的坎特伯雷大主教。
③ 《莎士比亚全集》卷四,第 110 页。

　　情况可能确实如此。但在减弱对他的喜爱的同时，我们是否也增加了对其作为政治家的尊敬？难道我们必须把亨利王子贬得一无是处吗？我个人还不打算就此放弃自儿时就在我心中占据一席之地的这位英雄。

　　然而，心中的疑虑难以一扫而空。亨利王子登基之后的政策证实了他的政治算计。他的初步行动之一就是发动一场服务于政治目的、本身并不正义的战争。绕过战争属性的争议，莎士比亚将战争的责任推到了国王背后进言献策的教会人士身上。亨利五世是一个虔诚的教徒，没有教会的支持允许，他不会采取任何行动：

　　　　我提出这继承权，可是名正言顺，对得起自己的良心？[1]

教会的首脑们早就明确了意见，国王不仅是可以发动，而且必须发动这一场战争。教会树敌众多，保证安全的途径之一就在于一场与外国的战争，它可将敌人的注意力从国内政治上分散开来。剧作开篇的场景就泄露了教会高层的忧虑：

　　　　如今这一个提案，早在先王治下第十一年就提出来过，当时就有可能通过，而且也当真通过了，存

---

① 《莎士比亚全集》卷四，第114页。

心要跟咱们捣蛋；幸亏那是个兵荒马乱的年头，这个
提案后来就搁了起来，没有进一步予以考虑。①

大主教此处提到的"提案"涉及一个力度很大的财产充
公的措施。这样的提案在历史上不乏先例。威廉·怀克
姆（William of Wykeham）②这位重要的教会人士就曾经
压制各类宗教基金，从而为两所圣玛丽温顿学院（St.
Mary Winton College）提供资助。威廉·韦恩弗利特
（William of Waynflete）③为了自己的圣玛丽莫德琳学院
（St. Mary Magdalen College），也采取了与导师类似的做
法。外国修道院资产（Alien Priories）在爱德华三世时期
就已经受到了必要的查没，剧中提及的这一轮对教会财
产的查没则更为严厉。各郡的骑士建议，主教们以及宗
教组织的土地都应充公，以为其他所需之处提供资助。
奇切利大主教对形势了如指掌：

　　　这笔财产可以让国王足足供养 15 个伯爵，1500
　　个爵士，6200 个绅士。还有……可以维持 100 个赈
　　济所。④

除此之外，还有两万镑要献给国王。正如斯塔布斯主教

---

① 《莎士比亚全集》卷四，第 109 页。
② William of Wykeham（1320—1404），英国政治家，曾任温彻斯特主教。
③ William of Waynflete（1398—1486），英国政治家，曾任温彻斯特主教、伊
　　顿公学教务长。
④ 《莎士比亚全集》卷四，第 109 页。

所言,这一提议自身的荒唐与夸张决定了它无法得到认可。但教会首脑们心知肚明,教会本身并无足够力量来抵抗这一攻击。

在漫长的中世纪岁月中,英格兰教会在15世纪获得的大众支持是最少的。亨利八世的改革如果放在一个世纪之前,遇到的抵抗可能要小得多,改革对教会组织甚至是教会律令产生的影响可能都会更加剧烈。各方面因素共同导致了人们对教会的关心在15世纪出现衰退。教皇被俘,教廷被挟持至阿维尼翁的70年历史,以及随后出现的令人遗憾的、耻辱至极的教皇权力的分裂,所有这些恰如马考雷在这样一段著名的文字中所概括的:"两个教皇,各自号称正统,却让彼此之间的恶意谩骂响彻在全欧洲的上空……卑劣的双方在各种论战中相互诅咒、攻击,这使得从小就被教育要与教会领袖建立共同体的单纯的基督教徒们根本无法找到正确的归属。"①英法百年战争与教皇被俘重叠在一起,再加上教廷从罗马迁往法国,这必然在英格兰激起反对教皇的情绪。一时之间,教皇的权威不再是一种超国家的力量。然而,超国别地位的丧失,并没有减弱其在精神上的自鸣得意以及财政上的各种要求。教廷在阿维尼翁的侨居时期,教皇高高在上的姿态、教会对忠诚信徒的经济剥削是史上最为严重、最令人不齿的。威克里夫对教皇特权的攻击,正是以英国大众的普遍支持为基础的。但这一支持,后来因为

---

① 原注:*Essays*, i, p. 219.

他对天主教教义的攻击而受到减损。导致支持度降低更为可能的原因在于贫困的教士阶层与 1381 年劳苦平民起义军首领之间的结盟。

教会在战术上充分利用了威克里夫的鲁莽,但忽略了罗拉德派运动背后真正的支持力量。兰开斯特家族的起事一方面是宗教变革的结果,另一方面也是宗教变革的起因。亨利四世在国事上,正如他在宗教上,对大主教奥伦戴尔深深依赖。亨利五世上台之后的举措之一便是罢免他父亲任命的这位"掌玺顾问",但相应职权很快又转移到亨利·温彻斯特(Henry of Winchester)主教身上。在兰开斯特时代,英格兰教会在正统性上达到了顶峰,其领导人的政治影响力也同样如此。他们史无前例地居高临下,以前所未见的力度控制着人民大众,缺乏同情与关怀。

奇切利于 1414 年接替奥伦戴尔担任坎特伯雷大主教,他在剧中表现出来的焦虑不是没有来由的。当然,不应匆忙之间就推论说,高层教职人员是对法战争重新爆发的始作俑者。莎士比亚追随了霍林斯赫德的做法,将战争的爆发归咎于教士,而霍林斯赫德效仿的又是霍尔。霍尔第一个将罪责推到了教士阶层身上。倘若再往前追溯,情况又会如何?霍尔所提供的莱切斯特(Leicester)议会的讨论意见显然不够准确,奇切利当时还未当上大主教。正如斯塔布斯主教指出的,霍尔归在大主教以及威斯摩兰老伯爵名下的演说辞都带有明显的后代伪造的印迹。然而,不论怎样,教士们即便没有直接挑起战争,但必定非常积极地支持了亨利五世对法国王权的认领以及后续的军事抢夺计划。

暂且不论历史证据是否充分，莎士比亚将相关责任从心目中的英雄的肩头转移到不受大众欢迎的人士身上，着实体现了他作为戏剧家的作派。完美君王身上的两处污点就这样被抹去了其中一个。

另一个污点是对罗拉德派的残酷镇压。奥伦戴尔大主教对约翰·欧尔卡苏爵士——罗拉德派的一位领军人物——的迫害是罗拉德派在伦敦大规模骚乱的主要起因。由于政府反应迅速，罗拉德派的准备工作被破坏，骚乱很快得到平息。

1414 年 1 月间，69 人被控叛国，其中 37 人被处以绞刑。可剧作对此只字未提。尽管身处 16 世纪末写作此剧，莎士比亚仍旧小心翼翼地避免卷入这一斗争。基于明摆着的原因，他选择将观众的注意力集中到阿金库尔战役上。战役前的所有事情，责任都在于教会。

不过，莎士比亚也曾力图使我们能够记住波林勃洛克在临终前对儿子的建议：

> 你的政策应该是多多利用对外的战争，使那些心性轻浮的人们有了向外活动的机会，不至于在国内为非作乱，旧日的不快的回忆也可以因此而消失。①

---

① 《莎士比亚全集》卷三，第 194—195 页。

必须承认,父亲的建议与儿子的行为之间有着明确的、多多少少令人不齿的呼应。

此外,还有一项针对亨利·蒙穆斯的最为严肃的指控——我们是否同意、能否原谅他对福斯塔夫突然的抛弃?

在我们这位戏剧大师卓越的艺术处理中,这一令人遗憾的情节在《亨利四世》的最后一幕被一笔带过。福斯塔夫不能被允许横亘在《亨利五世》这样一首爱国诗作的面前,他必须消失。我们仍能听到关于他的消息,人们对他在病榻上的情况有详细的介绍,尽管如此,自《亨利四世》最后一幕被捕之后,他就退出了舞台。

与他的失势相联系的一些背景情况必须简要回顾一二。加冕大礼刚刚结束,皇家仪仗队从教堂里浩荡而出。得知亨利四世归天、哈利王子继位消息的福斯塔夫日夜兼程、风尘仆仆地从葛罗斯特郡(Gloucestershire)赶到威斯敏斯特,为刚刚走出教堂的新君送上欢呼。福斯塔夫心诚意足、兴奋不已,以至于在向昔日的老友欢呼时都忽略了应有的礼数:

> 上帝保佑陛下,哈尔吾王! 我的庄严的哈尔!①

毕斯托尔也随声附和:

---

① 《莎士比亚全集》卷三,第210页。

> 上天呵护你照顾你,最尊荣高贵的小子!①

福斯塔夫紧接着高呼:

> 上帝保佑你,我的好孩子!②

热情的拥护与言语中的放肆,居然同样诚恳。与新君加冕如此不合拍的表达可谓绝无仅有。亨利五世在万众瞩目之下,刚刚经由庄严的仪式完成了加冕,仍需应对辉煌典礼的其他部分。这对于他这样一个虔诚的基督教徒来说意义重大,但他却突然遭遇了自己在放荡的青春岁月一同玩耍的那位行为不检点的老友。值此治国大业即将展开之际,虽已下定决心要为崇高的目标而奋斗,他能否真的与过去的自我诀别? 事实上,他的一番言语不仅令福斯塔夫胆战心惊,而且也震撼了过去 300 年间关注到这段戏的读者与观众:

> 我不认识你,老头儿。跪下来向上天祈祷吧;苍苍的白发罩在一个弄人小丑的头上,是多么不称它的庄严! 我长久梦见这样一个人,这样肠肥脑满,这样年老而邪恶;可是现在觉醒过来,我就憎恶我自己所做的梦。从此以后,不要尽让你的身体肥胖,多多

---

① 《莎士比亚全集》卷三,第 210 页。
② 同上,第 210 页。

勤修你的德行吧;不要贪图口腹之欲,你要知道坟墓
张着三倍大的阔口在等候着你。现在你也不要用无
聊的谐谑回答我;不要以为我还跟从前一样,因为上
帝知道,世人也将要明白,我已经丢弃了过去的我,
我也要同样丢弃过去跟我在一起的那些伴侣。[1]

这一庄严的表态乃必然之举,作为国君,他不可能不
这么做。福斯塔夫虽然被惊得目瞪口呆,但却能够从容
大度地接受这一现实。他安慰自己,认为好朋友一定会
很快对公开场合的严厉态度、政治上的划清界限进行弥
补。他对夏禄说:"您刚才所听见的话,不过是一种烟
雾"[2],不久,"他就会暗地里叫我去见他的。您瞧,他必
须故意装出这一副样子,遮掩世人的耳目"。[3]

然而,福斯塔夫只看到了亨利性格的一个侧面,远没有
由表及里。"今晚我一定会被迫召进宫。"[4]与此料想不同,
大法官带着命令前来,将他与同伴们送进了弗利特监狱。

我们要如何来评判?莎士比亚希望我们作出怎样的
评判?我们必须为新君的举动鼓掌吗?抑或我们应该倍
感愤怒,他怎么能对老朋友这样过河拆桥、利尽交疏?布
拉德雷(A. C. Bradley)先生曾对此有过精彩的分析,他
提出,尽管与福斯塔夫撇清关系势在必行,但亨利本可以

---

① 《莎士比亚全集》卷三,第 211 页。
② 同上,第 212 页。
③ 同上,第 211 页。
④ 同上,第 212 页。

免于对后者予以追究。这真的有些莫名其妙,逮捕福斯塔夫这一粗暴行径实属多余。这样冷酷无情、自私自利的行为最终寒了老骑士的心。我们可从三个人的证言中得知这一点,而且恰如布拉德雷先生指出的,此三人绝非多愁善感之辈。老板娘说:"是皇上使他心碎了呀!"①尼姆说:"当今皇上对爵士发了一阵脾气,把他气坏了——就是这么一回事儿。"②毕斯托尔也同意:

> 尼姆,你这话说得对,他的心是东拼西凑,缺了一只角啦。③

我们不能轻视这些意见,它们向我们确证了一些事情。我们知道,这些平民百姓没有在胡说八道。福斯塔夫跟随亨利,并不是为了从王子那儿得到些什么,而只因为与这位年轻人意趣相投。但这种好感可不是双向的。如果说王子可以被相信,那么我们也只能相信他对福斯塔夫的友情不过是其谋略的一部分。

对亨利的所作所为一点都不感到愤慨看来不太可能,但我们也不应感到特别意外。布拉德雷认为,如果我们觉得意外,那不外乎两个原因。第一,福斯塔夫对于我们以及他自己的创造者都具有强大的魅力;第二,我们没有顾及莎士比亚给出的明确提醒,以至于对亨利·蒙穆

---

① 《莎士比亚全集》卷四,第 126 页。
② 同上,第 127—128 页。
③ 同上,第 128 页。

斯的品性形成了片面理解。亨利本人早就提醒我们，"那邪恶的事物里头，也藏着美好的精华"。① 反之亦然，在亨利五世近乎完美的性情中也深藏着冷酷与计谋。②

莎士比亚对人物的刻画并没有出现自相矛盾之处，而且他的刻画与当时人们的主要看法保持了一致，与当今批评家们的看法也基本吻合。两方面各举一例便足以证明。蒙斯特莱（Monstrelet）写道："亨利五世在所有他愿意处理的事情上，都表现得很聪明、老道，并且抱有一种高贵的意志。事实上，他的皇族兄弟、部下都对他敬畏有加，唯命是从。即便是那些亲近他的人、受其恩宠的人也都不敢不遵循他的旨意……违抗其命令者，在被惩罚时不会受到任何怜惜。"③

据其他史家所记，亨利在登基时将旧日的伙伴召集在一起，相当坦率地将计划中的改革告知了他们，并赏赐给他们一些精致的礼物，但禁止他们再在自己的面前出现，直到他们扎扎实实地在性格与行为上完成了与自己同样的改变。斯塔布斯主教以华丽的文字对亨利五世作出了如下评判：

> 如果暂时不考虑他以国民福祉为代价发动了非正义的侵略战争，暂不考虑他的宗教迫害行为，亨利

---

① 《莎士比亚全集》卷四，第168—169页。

② 原注：布拉德雷关于《福斯塔夫之被弃》（*The Rejection of Falstaff*）——首先发表于《双周评论》（*Fortnightly Review*）1902年5月号——的杰出讲座对我的启发显而易见，在此深表敬意。

③ 原注：Mostrelet, *Chroniques*, liv, i. e., p. 275.

五世可谓是英国历史上最伟大、最率真的人物之一，他完全可与爱德华一世比肩而立。没有哪代君王像他那样获得同时代作家们的一致赞扬。他笃信宗教，为人率真，温和适度，开明豁达，小心谨慎；另一方面又战果辉煌，仁慈大度，不事虚假，广获推崇；正所谓'言辞诚挚、集思广益、审慎英明、谦谦君子、宽宏大量'。他是一位出色的战士、成功的外交家、有能力的组织者，也是能够号令天下的统帅。他重振了英国海军，创建了军事、外交以及航海方面的各项法令。他是一个真正的英国人，体现出了普兰塔琪纳特家族所有的伟大品性而非缺点。他就是一个典型的中世纪英雄。与此同时，他又是一个勤勉的生意人，一个不图安逸、坚韧刚强的战士，一个博学的学者，一个虔诚纯洁的基督教徒。

如果福斯塔夫被允许继续与其作伴，那必然出现混乱与不协调。莎士比亚对协调感的把握是无人能及的。对福斯塔夫结局的描述混合着幽默与同情，个中韵味恰到好处。毕斯托尔给大伙带来了消息：

> 巴道夫，振作些；尼姆，你一个劲儿地吹你的牛吧；童儿，摆出些勇气来；因为福斯塔夫已经死啦，叫人好不悲伤。①

---

① 《莎士比亚全集》卷四，第134页。

巴道夫听闻消息后难掩心情的表达也是出自肺腑:

> 但愿我常跟他在一起——不管他在哪儿,天堂
> 还是地狱![1]

老板娘则纠正了巴道夫的话:

> 不,他当然不在地狱里! 如果也有人进得了天
> 堂,他准是在天堂上亚伯拉罕老祖宗的怀抱里。他
> 是好好儿地死的,临死的当儿,就像是个没满月的小
> 娃娃。不早不晚,就在 12 点到 1 点钟模样——恰恰
> 在那落潮转涨潮的当儿,他两腿一伸,"动身"了。
> 他倒还在摸弄着被褥,玩弄着花儿呢,等会儿又对着
> 自个儿的手指尖儿微笑起来了;我一眼看到这个光
> 景呀,我就明白啦:早晚就是这一条路了;因为他的
> 鼻子像笔那样尖,脸绿得像铺在账桌上的台布。[2]

福斯塔夫就这样与大家告别了,剧中的喜剧意味也
随之淡化。剩下的喜剧元素来自于一个热心肠的、爱卖
弄学问的威尔士人,一个不苟言笑的苏格兰人以及一个
好脾气的爱尔兰人。我们终于可以集中注意力来看这部
伟大的史诗剧的政治面向。

---

[1] 《莎士比亚全集》卷四,第134页。
[2] 同上,第134页。

亨利之所以能大功告成，首先就在于他为自己的计划确立了牢靠的伦理道德基础：

> 渊博的大主教，我请求你讲一讲——要公正、虔诚地讲——法兰西所奉行的"舍拉继承法"究竟应当还是不应当剥夺我们的继承权……所以你得郑重考虑。你这是在把我们的生命做赌注，你这是要惊起那睡着的干戈。我凭着上帝的名义，命令你郑重考虑。像这样两个王国，一旦打起仗来，那杀伤决不是几十个人或几百个人。在战争里流出的每一滴无辜的血……只要记着这庄重的祈求，你就说吧，大主教；我们要好好地听着、注意着你的一番话，而且深深相信，凡是你所说的，都出自一颗洁白得就像受过洗礼、涤除了罪恶的良心。①

对于此事，大主教用令人疲倦的细节化的论证作出回应，但其结论是直截了当的：

> 要不然，让罪孽降临到我头上来吧，万众敬畏的皇上！在《民数记》上写得分明：人若死了，没有儿子，就要把他的产业给他的女儿。英明的皇上，保卫自己的权利，展开你那殷红的军旗。②

---

① 《莎士比亚全集》卷四，第112—113页。
② 同上，第114—115页。

至此,国君在战争的理由上得到了支撑,其内心的包袱也随之放下:

> 重重疑虑如今是全都消释了;凭着上帝,和你们各位的大力帮助——法兰西既然是属于我们的,那我们就要叫她向我们的威力降服;要不,管叫她玉石俱焚。若不是我们高坐在那儿,治理法兰西的广大土地和富敌王国的公爵领地……①
>
> 告诉皇太子吧:我就来了,跟他算账来了——我理直气壮地来了,来干我正大光明的事业。②

也许正像一位现代史家所说的那样,亨利的"良知就是他自己的同谋,而不是他的指引者"。这很可能就是莎士比亚对亨利性格的理解。从这一角度来理解第一幕中的这一场景,也不会损害全剧在总体上呈现给读者并希望读者能够体会到的那种高尚纯真的爱国情怀。

在远征尚未开始之前,我们就已经得知了福斯塔夫去世的消息。密谋颠覆王权的阴谋也遭暴露,当事人受到严惩。

叛乱阴谋在 1415 年 7 月间被发现,当时国王身在南安普敦(Southampton),正准备出发征讨法国。叛乱者中有剑桥伯爵理查,他是约克公爵——《理查二世》中那位

---

① 《莎士比亚全集》卷四,第 118 页。
② 同上,第 121 页。

形象有趣却不够光明磊落的人物——的次子，是本剧
《亨利五世》中的约克公爵爱德华的兄弟。参与叛乱阴
谋的还有马沙姆（Masham）的第三代勋爵斯克鲁普
（Scrope）——斯克鲁普大主教的外甥——以及希顿
（Heaton）的托马斯·葛雷（Thomas Grey）爵士。他们的
计划是，伺等亨利国王登船前往法国，他们就拥立剑桥伯
爵的姻兄马契伯爵爱德蒙以克莱伦斯公爵莱昂内尔继承
人的身份登临大宝。阴谋泄露后，一干人等迅速被逮捕
和处决。亨利原本比较宽容，但真的要行动时，也绝不会
手下留情。在镇压了任上唯一的这一次叛乱后，他终于
安心地踏上了前往法国的征程。

　　亨利的皇家舰队于 1415 年 8 月 11 日登陆，14 日进
入距哈弗娄（Harfleur）三英里之遥的地界，17 日开始攻
城。亨利带到法国的猛将来自三教九流，其中有令人敬
佩的托马斯·欧平汉爵士（Thomas Erpingham），也有一
心惦记着战利品的巴道夫、尼姆以及毕斯托尔之流，还有
其他各路英格兰人、威尔士人、爱尔兰人以及苏格兰人。

　　哈弗娄城堡在英军的强攻之下，于 9 月 18 日许诺，
如果 4 日之内战局未得到缓解就缴械投降。因为没有法
国军队前来解围，亨利在 9 月 27 日进入了城堡。他的军
队已经受到了疾病的侵袭，许多病患被送回了英格兰。
安排好驻扎哈弗娄的兵力后，亨利率余下部队直奔卡莱。
前进之路上，他将遭遇兵力三倍于己的法军，他能否再次
破敌制胜？

　　国王重任在肩，他自己的责任意识又特别强烈。在

攻下哈弗娄打通了前往卡莱之路后,亨利本来很愿意与法王谈判,因为:

> 我手下的人,有好一些害了病,力量大大削弱了,数目也减少了,而留下来的为数不多的人,又几乎并不比那许多法国人高出一筹。①

但法国人开出的条件过于苛刻,亨利与其受折损的军队们似乎必须乞怜于对方的仁慈。在此情况下,只能奋力一战。

接下去几幕场景的高妙,在英国文学中可谓冠盖绝伦。首先是对法方阵营的描写,夸夸其谈、淫秽下流、任性无序明显可见于那些

> 法兰西将士……满以为这一回准能旗开得胜,心情是多么轻快。②

与法国人截然不同,

> 那些该死的可怜的英国人,真像是听凭宰割的牺牲,耐心地坐对着篝火,在肚子里反复盘算着,明天天一亮,危险就要来临。③

---

① 《莎士比亚全集》卷四,第 159 页。
② 同上,第 167 页。
③ 同上,第 167—168 页。

亨利对战斗的危险有着充分的认知,他不欺骗自己,也不糊弄手下的将官:

> 葛罗斯特,我们当真是十分危险呢,所以我们应当拿出十二分的勇气来。①

但是,不眠之夜注定他一个人来承担,因为无人能够分担其肩头的重任:

> 我要独个儿思考一番,暂时不要人做伴。②

然而,乔装打扮之后,他与士兵们交流甚欢,在深夜时分听到了许多肺腑之言。他对士兵的兄弟之情清晰地表达了出来,尽管语带讽刺:"虽则我这话是对你们说——皇上就跟我一样,也是一个人罢了。一朵紫罗兰花儿他闻起来,跟我闻起来还不是一样;他头上和我头上合顶着一方天;他也不过用眼睛来看、耳朵来听啊!"③而士兵们则不管不顾地将责任全都放在国王身上。有人说,"即使他是站在理亏的一边,我们这些人是服从我们的国王,那么也就消除了我们的罪名"。④ 另一位也认为,"如果这不是师出有名,那么国王投诉的这笔帐可有得他算了"。⑤ 这

---

① 《莎士比亚全集》卷四,第 168 页。
② 同上,第 169 页。
③ 同上,第 172 页。
④ 同上,第 173 页。
⑤ 同上,第 173 页。

种逻辑对敏感的亨利形成了极大的刺激：

> 　　要国王负责！那不妨把我们的生命、灵魂，把我
> 们的债务、我们的操心的妻子、我们的孩子以及我们
> 的罪恶，全都放在国王头上吧！他得一股脑儿担当
> 下来。随着"伟大"而来的，是多么难堪的地位啊；
> 听凭每个傻瓜来议论他——他们想到、感觉到的，只
> 是个人的苦楚！做了国王，多少民间所享受的人生
> 乐趣他就得放弃！而人君所享有的，有什么是平民
> 百姓所享受不到的——只除了排场，只除了那众人
> 前的排场？①

更能显示其性格特征的是他为了胜利所作的祷告，使我
们看到了这位伟大的信徒在思想上是何其依赖忏悔与事
工的作用：

> 　　啊，战神！使我的战士们的心像钢铁样坚强，不
> 要让他们感到一点儿害怕！假使对方的人数吓破了
> 他们的胆，那就叫他们忘了怎样计数吧。别在今
> 天——神啊，请别在今天——追究我父王在谋王篡
> 位时所犯下的罪孽！我已经把理查的骸骨重新埋葬
> 过，我为它洒下的忏悔之泪比当初它所迸流的鲜血
> 还多。我长年供养着五百个苦老头儿，他们每天两

---

① 《莎士比亚全集》卷四，第176—177页。

次,举起枯萎的手来,向上天呼吁,祈求把这笔血债
宽恕;我还造了两座礼拜堂,庄重又严肃的牧师经常
在那儿为理查的灵魂高唱着圣歌。我还准备多做些
功德! 虽说,这一切并没多大价值,因为到头来,必
须我自己忏悔,向上天请求宽恕。①

在双方正式交战之前,我们可以看到双方的不同状
态。法国人充满自信:

我们只消每人向他们吹口气——把勇敢化作烟
云——那我们也就吹倒了他们!②

英国人则自知己方在兵马数量上处于劣势,不过他们坚
信此次征战的正当性:

愿上帝站在我们这一边吧! 这是个众寡悬殊的
局面。③

而国王本人虽自觉胜算不大,但也不像其姑丈威斯摩兰
那样乞求拥有更多的人马:

不,说真话,姑丈,别希望从英格兰多来一个人。

---

① 《莎士比亚全集》卷四,第178页。
② 同上,第180页。
③ 同上,第181页。

天哪,我不愿错过这么大的荣誉,因为我认为,多一个人,就要从我那儿多分去一份最美妙的希望。啊,威斯摩兰,别希望再多一个人吧!你还不如把这样的话晓谕全军:如果有谁没勇气打这一仗,就随他掉队,我们发给他通行证,并且把沿途所需的旅费放进他的钱袋。我们不愿跟这样一个人死在一块儿——他竟然害怕跟咱们大伙儿一起死。今天这一天叫做'克里斯宾节'……那个故事,那位好老人家会细细讲给他儿子听;而克里斯宾节,从今天直到世界末日,永远不会随便过去,而行动在这个节日里的我们也永不会被人们忘记。我们,是少数几个人,幸运的少数几个人,我们,是一支兄弟的队伍——因为,今天他跟我一起流着血,他就是我的好兄弟;不论他怎样低微卑贱,今天这个日子将会带给他绅士的身份。①

国王的自豪与自信在现实中获得了确证。但大获全胜之后,他想到的却是:

　　啊,上帝,在这儿你显出了力量!我们知道,这一切不靠我们,而全得归功于你的力量!②

―――――――――

① 《莎士比亚全集》卷四,第182—183页。
② 同上,第199页。

卡莱尔(Carlyle)准确地把握到这幕场景的内涵,他的评论值得引述:"阿金库尔一战的场景对我震撼极大,它是莎翁此类场景描写中最完美的一个……这其中有一种高贵的爱国主义,没有那种有时被归推在莎翁身上的冷漠感。我们听见一个真正的英国人的心跳,他自始至终冷静而坚强,不喧闹,不过度,卓尔不凡。在其行事中,可听见钢铁之音。他做到了内圣而外王。"①

此一战英方以极小代价取得了胜利。霍林斯赫德提到了关于英军伤亡的两种估算。这位编年史家倾向于同意伤亡数字较大的一种估算:500 至 600 名英军牺牲。而莎士比亚则采信了伤亡数字较低的估算:仅 25 名英军伤亡。然而,这场胜利的光辉,因为一场连史家也不甚了解的事件而受到了减损。能够确定的是,亨利下令处死了那些法国战俘。他为何有此决定?霍林斯赫德提及了两种解释。其一,法国人在主要战斗失利后重新集结并预备营救被俘人员,这致使亨利决定处死手中的战俘,并威胁以同样方式对待那些今后可能被俘的法军。其二,法军阴险无耻地偷袭了照管英军行李的杂役人员及孩童,致使亨利作此决定以为报复。莎士比亚将这两种解释杂糅在了一起,并未从中进行鉴别选择。剧中两个威尔士莽夫的谈话接近于第二种解释:

弗鲁爱林:把看管辎重的孩儿们都杀了!这分

---

① 原注:*Heroes*, p. 102.

明是违反了战争的规矩。哪儿看见过——你听着——这样卑鄙无耻的勾当！你凭良心说句话,看见过没有?

高厄：还有什么好说的,一个孩子都没能逃过这场屠杀;这就是那班从战场上脱逃的、怯懦的流氓干的好事。这不算,他们还放火烧了皇上的营帐,把帐里的东西搬了个空;皇上一怒之下,就命令每个兵士把他们的俘虏全杀了。啊,真是个有作为的皇上!

弗鲁爱林：呃,他是生在蒙穆斯的,高厄上尉。①

亨利王自己的言辞则更倾向于第一种解释:

> 在押的俘虏,(我们)全都要杀掉——而我们还准备抓到一个杀一个,一个都不饶恕。②

莎士比亚作为一个虔诚的作传者,不会忽略这场事件,但他也不会像挑剔的历史学家那样在大家熟知的故事中焦虑地寻找某种所谓准确的真实。

在最后一幕中,我们看到了对事件的精简处理。合唱队描绘了君王带着胜利返回伦敦,群臣准备以凯旋式欢迎他的到来,但是

---

① 《莎士比亚全集》卷四,第190页。
② 同上,第192页。

> 他不答应；他没有虚荣，没有那目空一切的骄
> 傲；他放弃了那耀武扬威的凯旋，把光荣归给了
> 上帝。①

不过，他不会将百姓们拒于千里之外：

> 市长和他全体的僚属穿上了盛服，就像古罗马
> 的元老走出城外（黑压压的平民跟随在他们的后
> 面），来迎接得胜回国的恺撒——②

虽然合唱队将我们带回到英格兰，第五幕的主要事件却
都是发生在法国。双方在特洛华（Troyes）的会谈、亨利
与法国公主凯瑟琳（Katharine）的婚姻等等紧随在阿金
库尔战役之后相继登场。这些事件以如此紧凑的方式出
现，就戏剧表现而言无可厚非，与历史实情也无重大违背
之处。阿金库尔战役与特洛华协定之间，的确相隔5年，
但总是被当作因果相连的两件事。莎士比亚将它们紧凑
地并置在一起有其充分依据。当然，他混淆了1419年5
月亨利与勃艮第公爵在靠近默朗（Meulan）的塞纳河上
的会谈与一年之后的特洛华会谈，他也把当时身在英格
兰的贵族搬到了法国场景中。但我们看莎士比亚不是看
这些历史细节，他是让历史为戏剧服务。尽管他会压缩、

---

① 同上，第201—202页。
② 同上，第202页。

精简、不顾细节,但在主要事实上,他从未歪曲杜撰,也未曾作出错误的引导。史家所要尽现于笔下的很多东西,都是戏剧家根据戏剧要求不予采纳的。莎士比亚所关注的是法国战场上未见曙光的胶着,是西吉斯蒙德(Sigismund)大帝①在英法之间的调停努力,是西吉斯蒙德、亨利、勃艮第公爵以及法方在卡莱举行的失败的谈判(1416 年 9 月),是 1417 年对法战争的重燃以及诺曼底战役之捷,是 1419 年对鲁昂(Rouen)的占领以及法国内部的分裂,是法国王太子对勃艮第公爵的谋害,是亨利与年轻的勃艮第公爵好人腓力(Philippe Le Bon)开启的新会谈,是查理六世对亨利所提条款的接受以及双方特洛华协定的达成。双方要达成"美好的和平与迷人的和谐"②,让凯瑟琳公主在亨利面前施展魅力是一个上佳之策。亨利王为公主的魅力所俘获,不过他并没有放松对失败了的敌人的要求:

> 勃艮第公爵,假如你们需要和平,失去了她,就招来了像您所说的种种祸害,那么你们必须全部接受我们的公平合理的要求来把和平交换。③

亨利将在查理六世在世期间担任摄政王,并在后者去世后继承王位。但法国许多地区都不归法王所有,法王根

---

① 西吉斯蒙德为神圣罗马皇帝查理四世之子,后也登基称帝。
② 原注:Holinshed, p. 108.
③ 《莎士比亚全集》卷四,第 208 页。

本无权支配,所以特洛华协定更像是一纸空文。不过,双方的婚姻关系是实实在在的。亨利与凯瑟琳于 1420 年 6 月 2 日圣三一周日(Trinity Sunday)在特洛华喜结连理,1421 年 2 月前往英格兰。2 月 23 日,王后在威斯敏斯特获得加冕,随后立即陪同国王前往中西部地区开启皇家巡礼之程。但高扬的兴致被来自法国的坏消息打断,亨利王不得不再次亲赴战场,结果于 1422 年 9 月命丧法兰西。在此过程中,一位未来的皇室继承人在温莎出生(1421 年 12 月 6 日)。

至于特洛华协定之后的事情,莎剧则未再涉及。在婚礼圣洁的钟声敲响之际,在对婚礼的迎接与注目中,莎士比亚垂下了帷幕:

> 上帝,是他成全了普天下的婚姻,把你们俩的心合而为一颗,把你们俩的疆土合并为一个吧![1]

对于一首伟大的史诗而言,这样的结尾恰如其分。就此而论,似乎不太有必要再去对剧中的喜剧场景详加论说。与《亨利四世》不同,喜剧场景在此剧中总是被用来服务于主要行动。甚至有意见认为,剧中由苏格兰人、威尔士人以及爱尔兰人的奇谈怪论构成的喜剧性场景,也不过是为了支撑一种政治理念——在真正的国家领袖的领导下,军队中的各民族士兵形成了紧密的团结。这样一种

---

[1] 《莎士比亚全集》卷四,第 219 页。

说法也许是成立的,但明显体现出喜剧感在历史感面前的附庸地位。莎士比亚在《亨利五世》中达到了爱国主义戏剧创作的最高峰。在临近写作生涯结束的《亨利八世》中,他会再度展现这种爱国热情,但从写作时间与历史顺序来看,《亨利八世》与本系列其他剧作不免有些脱节。如果我们暂时可以把几部英国历史剧看作为前后相连的一部民族史诗的话,《亨利五世》无疑是其中的高潮与顶点。

若视《亨利五世》为此创作系列的高潮,特洛华协定就是《亨利五世》中的高潮。亨利五世就在这份协定中达到了其个人威望、政治生活的最高点。在法国,他的统治地位被接受了,尽管人们有些不情不愿。在英格兰,他的民意支持则因国内的不和谐而受到影响。诚然,其父在成功之路上的所作所为都已归于尘土,在一段时间内,兰开斯特政权外获大捷、内获拥戴,赢得了绝大多数英国人的支持。但这种盛况只是暂时性的。君王个人的威望遮蔽了王室的不和,掩盖了作为兰开斯特王权立身之本的宪制改革的缺陷。在亨利·蒙穆斯战功的光芒消散之后,乌云又迅速笼罩在出生在温莎的小亨利身上。

有不少观点认为,亨利五世其实是莎评家们而非莎士比亚本人心目中的"理想英雄"。这类观点有一定的依据。莎士比亚绝非一个歌功颂德的艺术家,而是一个铁面无私的性格考察者。他看到什么就记录下什么,以完整的呈现交付研判。就像其他人一样,他的确被亨利性格的某些方面强烈吸引,但也不可忽视《亨利五世》的创作及演出动机。作为一个戏剧家、一名爱国者，莎士比亚希望找到一个主题，通过这个主题去呼应伊丽莎白女王统治末年全社会高扬的爱国热情。那是一个属于伟大人物与伟大事件的时代。莎士比亚想把时代的精神阐发出来，而他的方式如同以往那样绝不是单刀直入，他要传达的教训也不是教条式的。带着自己的目标，莎士比亚对亨利五世的主要生平进行了精湛的改编与使用。这部剧作无疑是对荣耀之治的精确呈现，是对人物性格的深刻分析，它完全称得上是爱国主义类诗作的典范。它兼具品味与智慧，韵味高远，闪耀着诚挚的国家情怀所散发的光芒。

第六章

王室分裂:兰开斯特与约克—亨利六世与爱德华四世—玫瑰之战

啊!要是你们帮助一个王族中人倾覆他的同族的君王,结果将会造成这被诅咒的世界上最不幸的分裂。[1]

——《理查二世》卡莱尔主教

玫瑰战争被认为是贵族集团之间的斗争。正如柯米尼斯(Comines)指出的,从圣·奥尔本(St. Albans)到图克斯伯雷(Tewkesbury),这些贵族和他们的支持者们都亲赴战场,刀兵相见。但这样表面的认识忽略了残酷战争背后的深层原因,也未能揭示出斗争引发的结果。

——史密斯(A. L. Smith)

当然,倘若没有杰出大臣的辅佐,他们不会多么强大。

——福特斯古(John Fortescue),《君主论》(De Monarchia)[2]

---

[1] 《莎士比亚全集》卷二,第392页。
[2] 福特斯古(1394—1476),英国法学家、政治理论家。

　　正是这些家族之间的争端不和,而非次要的王权问题,将英格兰分裂成了对立的两大阵营。

　　　　　　　　　　　——弗莱彻(C. R. L. Fletcher)

　　亨利五世治下,兰开斯特家族的运势到达了顶峰。但正统的信仰、彻底的虔诚、战场上的胜利、胜利之后的谦和,都无法帮助这位名副其实的骑士摆脱笼罩在勃林波洛克篡位行为以及其后兰开斯特家族各项行动之上的命运的诅咒。卡莱尔主教的预言终于要实现了:

　　啊!要是你们帮助一个王族中人倾覆他的同族的君王,和平将要安睡在土耳其人和异教徒的国内,扰攘的战争将要破坏我们这和平的乐土,造成骨肉至亲自相残杀的局面。①

　　在《亨利六世》上中下三部以及《理查三世》——即约克家族四联剧,如果可以这么说的话——中,我们看到当年的谋反会遭致如何的报应。必须把这几出戏紧密联系在一起予以考察,本章及下一章将聚焦于此。

　　莎评家们在《亨利六世》三部曲中得出了各种难分彼此、颇具争议的结论。有鉴于此,某些基本情况容先交代一二。

---

① 《莎士比亚全集》卷二,第392页。

关于《亨利六世》上部,自马洛恩(Malone)①起,批评家们的意见就特别一致。除了哈利维尔·菲利普斯先生,其余批评者都不认为上部出自莎翁之手。不过,哈利维尔·菲利普斯先生也只是认为上部"很可能是莎翁笔下最早成型的戏剧作品"。② 然而,批评界主流意见与此相反。戴斯(Dyce)写道:"在这部戏中,基本看不到莎士比亚的文风",但他承认,这部戏能够被收入"第一对开本"③中,这本身就说明莎士比亚与此剧本有一定的关联。弗尼瓦尔(Furnivall)先生则自信地表示,"唯一可能出自莎翁之笔的部分是威斯敏斯特寺院那一场戏"。爱德华·道顿教授则认为,《亨利六世》上部属于莎翁在1588 至 1591 年间涉猎的前莎士比亚时代的作品——这些作品"血腥、暴力、充满刀光火影,此剧正体现了前莎士比亚时代戏剧的这些特征,但同时也可见出莎翁对它的改写。他虽处于练笔阶段,但已具备了着手成春之力"。被认为是总结了德国人看法的格维努斯持类似观点,他说:"要说明莎士比亚绝不会用哪种风格来创作,这出戏可谓是一个绝佳例证。"④关于这一问题的终极论述,如同在其他莎评问题上那样,在我看来还是得看柯勒律治的意见:

---

① Edmond Malone(1741—1812),爱尔兰人,莎剧批评家。
② 原注:*Outlines*(ed. 1883), p.89.
③ 第一对开本(First Folio)是莎翁去世 7 年后面世的其作品合集。
④ 原注:*Commentaries*, p.114.

　　朗读两三段莎翁早期作品——如《爱的徒劳》、
《罗密欧与朱丽叶》——中的无韵体段落,复诵这
(起始处)注重音步的措辞,君若仍不见后者非莎翁
作品,我可断言,君有耳——如动物亦有耳——然实
无耳矣。①

　　虽带有疑问,哈勒姆仍将《亨利六世》上部归于格林
的作品,其他人则发现了作品乃合作而成的证据——马
洛与皮尔抑或洛奇与纳什(Nash)的合作。关于这一问
题的讨论,不在本书研讨范围之内,也非本书作者所能解
决。只需知晓,通行的意见认为《亨利六世》上部非莎翁
原作,他不过是对原作进行了改动,甚至只是极其微小的
改动,尽管他的确将这上部当作了后两部的前奏。

　　后两部的情况则与上部完全不同。虽然仍有一些不
明之处值得探究,但基本上它们就是莎士比亚对一些早
先存世作品的改编。《亨利六世》中部是对发表于1594
年、再版于1660年的作品②的改编。那部作品题为《约
克与兰开斯特两大家族斗争大事记:亨弗雷公爵之死,萨
福克公爵的放逐与死亡,骄傲的红衣主教温彻斯特的悲
惨结局,杰克·凯德的高尚的起义以及约克公爵首次登
基》(1594)。《亨利六世》第三部所改编的剧本题为《约
克公爵理查的悲剧,亨利六世之死以及兰开斯特、约克两

---

① 原注:*Literary Remains*, ii, p.184.
② 原注:博德利(Bodleian)图书馆存有这些版本的图书。

大家族的斗争,曾由尊贵的彭勃客伯爵的剧团演出》(1595)。①

　　很少有人怀疑,这几部戏的写作都有马洛的参与。而史文朋找到了"确凿无疑、绝对真实"的证据,认为它们都是至少由两位作者共同完成的。史文朋还认为,莎翁对马洛的写作只是"稍加修改",对"其他人的"则是"应改尽改"。到底有多少个"其他人",格林是不是主笔人,格林是否仅仅参与了马洛的创作,洛奇与皮尔有无参与相关写作,这些并不是我想讨论的话题。关于《亨利六世》中、下两部的创作情况交代至此已经足够了,无论如何,莎士比亚是主要作者之一。至于莎翁对早先作品进行了哪些改动,可参阅亨利·莫雷(Henry Morley)教授编辑的版本,莎翁的相关改动在这一版本中都得到了标明。

　　无论批评家们就作者身份问题得出怎样的结论,作者们寻取材料的渠道不存在疑问。霍林斯赫德提供了几乎全部的材料,他的编年史记录有时仅在措辞用字上稍加改动就被直接搬到了剧本中。但不得不说,历史事件被"自由"使用的程度实在太大。不仅仅有戏剧呈现历史时所必须进行的历史压缩与精简,还有许多混作一团无法厘清的年份错误。剧中奥尔良公爵(Duke of Orleans)在圣女贞德向勃艮第公爵请求之下获释,事实上是

---

① 原注:这些作品已重版,并由哈利威尔-菲利普斯作序,收录于赫兹利特的《莎士比亚的图书馆》(*Shakespeare's Library*)(第二部分,卷二、卷三)。

好几年之后的事情;剧中培福死后才进行的亨利六世的
加冕以及勃艮第公爵的叛变,在史实中也应提前好几年
才对;两个华列克伯爵之间也有混淆,其中一位是死于
1439 年的理查·波尚(Richard Beauchamp),另一位是其
姻兄、绰号"帝王制造者"的理查·纳维尔(Richard Nev-
ille);凯德起义的原因则完全与历史记录不符,这场起义
并非针对亨利六世,而是爆发于理查二世时代的瓦特·
泰勒革命的一部分。尽管如此,剧本大体遵循了霍林斯
赫德的历史记录。

上中下三部覆盖了近半个世纪的历史时间:起始于
1422 年亨利五世的葬礼,结束于 1471 年亨利六世的死
亡。这其中一半的历史是由上部来展现的,即 1422 年温
莎的亨利登基直至 1445 年他与安佐的玛格莱特(Marga-
ret of Anjou)成婚。

这段历史以及剧作上部本身可资谈论的并不多,无
论就历史事实而言,还是就戏剧表现而言,都无甚精彩之
处。如果说上部中的确有一英雄角色,我想那必然是索
鲁斯伯雷伯爵(Earl of Shrewsbury)约翰·塔尔博(John
Talbot)。直至今日,当地人民仍以 Le Roi Talabot[1] 为其
名纪念他的成就。作为百年战争中的最后一位猛将,伊
丽莎白时代的英格兰自然传颂推崇他的美名。他与儿
子——"我的伊卡洛斯,我的生命的英华"[2]——在夏提

---

[1] 原注:Ramsay ii, p. 156.

[2] 《莎士比亚全集》卷五,朱生豪等译,北京:人民文学出版社,2014 年,第
165 页。

昂(Chatillon)战死沙场一事轰动一时,也成为剧作家竞相渲染的事件。

从历史角度而言,上部通过历史画面传达的旨趣在内战爆发的蛛丝马迹以及兰开斯特家族的衰颓之势中已清晰可见,并将在中部、下部得到更为充分的展现。兰开斯特王朝的崩塌源自各方面因素的综合作用。首先是兰开斯特家族开启的君主立宪制实验的失败。① 这失败关乎贵族们原先占据的优势地位,关乎"粗鄙的"封建分封制的复兴——这一扭曲的政治制度以合理的形式、在合乎需要的年代曾有其存在的理由。显贵家族之间的通婚,使得贵族阶层内部出现了大量的兼并,封地以及相应资产规模也急剧扩张。大贵族们逐渐变得富甲天下、权倾一时,而王权则显得相对贫弱。爱德华三世采取的激进的政治改革——在王权与贵族之间取消封建兵役制,鼓励契约性的自愿兵役制——同样要为这一局面的出现负责。② 从法国战场归来之后,许多大贵族就发现身边簇拥着大批的武装人员。这些人曾跟随贵族们厮杀征战,如今和平虽得以恢复,这些人却不愿回归到日常生活,他们宁愿成为主人的扈从,在主人的荫庇之下躲避自己的为非作歹所带来的法律惩罚。各郡骑士针对扈从与荫庇(Livery and Maintenance)制度的流行而发起的接连不断

① 原注:Supra, p. 130.
② 原注:参阿曼(Oman, *Warwick the King-maker*, p. 36)的见解,他引用了一份1449年的标准契约,从中可见玫瑰战争期间社会动荡达到顶峰时的情况。

的申诉,有力地说明了这一流行的社会关系给普通百姓造成了多么大的"不便"——权且不用更严厉的措词。

萨福克手下的一名扈从曾吹嘘说,"他主人的家丁比敌人头上的头发还要多"。1406年,议员们"抱怨说,贵族、骑士、乡绅家养的扈从常常达到或超过三百之众,他们以此做法来应对各种无礼争端,根据自己的意愿打压别人。因为属于私人朋党关系,也因为贵族的荫庇,无法对这些人进行有效制约"。① 这类抱怨充斥在兰开斯特统治阶段的前前后后。

立法部门作出多次努力试图解决这一社会顽疾,但均告失败,各种相关违法乱纪之事层出不穷。家丁扈从制度的流行以及军事制度上的变化,导致了私人恩怨的不断爆发。贵族们无休止地彼此争斗:威斯摩兰伯爵与诺森伯兰伯爵经常冲突,德文伯爵(Earl of Devon)与博纳维尔勋爵(Lord Bonneville)之间也是如此;柴郡(Cheshire)的人马入侵赛洛普(Salop);国王的纳尔斯伯勒森林(Knaresborough Forest)的佃户与大主教坎普(Kemp)在里彭(Ripon)的佃户大打出手。此类事件不一而足。更糟糕的是,浑帐的封建分封制还破坏着正义的实现。帕斯顿书信中提及了陪审员受恐吓、官员受贿、法官腐败等诸如此类的大量事例。普卢默(Plummer)先生说:"起诉控告一个由大人物荫庇的人几乎就是白费力气;除非事先买通官吏与陪审人员,否则根本不要去碰

---

① 原注:Plummer, *Fortescue*, p. 27.

官司;抱怨陪审员不明事理简直就是天真——这些人其实两面通吃,他们惧怕'世界的旋转',不希望看到朋党关系的突然转向;然而,人们如此习以为常地抱定上述看法,这才是更加令人惊讶的。同样令人惊讶不已的,是约翰·帕斯顿(John Paston)在书信中提到的,他不会因为在诺维奇教堂(Norwich Cathedral)门口莫名其妙地遭遇攻击而感到困扰,但会因被主公诺福克公爵的一名门客攻击而倍感忧虑。因为依通常之见,两名手下大打出手对他们的主公来说是极不光彩之事。行贿受贿已成常态,官吏以权力维护朋党丝毫不出意外,唯一对付恶行的方法是寻找一个大靠山。"①

　　除了社会失序、法律瘫痪,兰开斯特王朝衰落的背后还有其他因素,其中两项是最为致命的:在内,兰开斯特家族势力的内部矛盾深入骨髓;在外,他们充满野心的扩张政策遭遇重大失败。

　　剧作上部对这两方面问题都有直接刻画。亨利五世尸身未寒,培福(Bedford)就赶着去制止与调停他的兄弟葛罗斯特(Gloucester)与叔叔温彻斯特主教(Bishop of Winchester)亨利·波福(Henry Beaufort)之间的冲突:

　　　　得啦,停止你们的争吵,大家和和气气的吧!②

---

① 原注:Plummer, Introduction to Fortescue's *Governance of England*, p. 29.
② 《莎士比亚全集》卷五,第100页。

葛罗斯特之前被亨利五世提名为摄政王；他在其兄临终时就执掌了大权，按照其兄的旨意将继续担任摄政王。另外一种更顺理成章也更安全的做法是任命培福公爵约翰为摄政王，但培福已经被任命为法国与诺曼底摄政大臣，其使命是继续已故王兄一心所念的海外事业。尽管如此，看护年幼新君的职责被交给了爱克塞特公爵（Duke of Exeter）托马斯·波福（Thomas Beaufort）而非葛罗斯特。这样的决定，一定程度上表明亨利五世并不完全信任葛罗斯特，而枢密大臣们对他的信任则更少。大家最终达成一致，在培福滞法期间，葛罗斯特将担任"护国公兼国君之首席顾问"，但他们没有接受亨利五世关于他身后政府事务的安排，认为从亲属关系来说，葛罗斯特不够资格，因此拒绝给予他摄政王或事务总管的头衔。"好公爵亨弗雷"（Good Duke Humphrey）在商人阶层及普通百姓中受到一定程度的欢迎，这一点毋庸置疑，但那些真正了解他的人就不会信任他。他在国内事务中对波福家族始终未变的敌意，在国外事务中因自私自利而给培福造成的尴尬——再加上其他一些原因——导致了兰开斯特权力的崩塌。牛津大学感念其为学校所作的贡献情有可原，他的那些不受人民欢迎的对手对他的污蔑也不足为信，但无论是就公事还是私事，要想扭转长久以来一直存在的对他的负面评价是不可能的。

葛罗斯特野心勃勃、以自我为中心、目标明确且倨高自傲。他虽然是兰开斯特的家族成员，但对于兰开斯特王权如何能够得以维系缺乏正确的认识，对于如何设法控制法国更无明智的主张。

他的兄弟培福公爵约翰则大不相同。从性情与行事来看,培福体现了标准的兰开斯特家族作风,是一个谨慎的外交家,一名出色的将军,更是一位真正的爱国者。他对英、法两国的政治形势不抱任何不切实际的幻想。为了应对亨弗雷公爵的各种危险行为,培福被迫主要依靠他的叔叔温彻斯特主教——后成为红衣主教及教皇特使——亨利·波福。波福是典型的政教两通之人,表面上,他十分世俗化,财富惊人,没头没脑地爱好炫耀,性情专横,贪恋权力,不过其爱国之心真真切切,为国家不惜付出所有,并且完全秉持兰开斯特王朝的立身之本——宪制原则。1410年,他曾在议会发言中引述了被认为是亚里士多德所说的一段话:"所有王国与城邦要最大程度地保持安定与安全,就在于完整地获得人民的热爱,让他们有法可依、有权可享。"这一段话尽管可能与亚里士多德无甚关联,可是它与兰开斯特王权的基本原则完全吻合。但是,尽管他坚持立宪原则,或许也恰恰因为这一点,波福所受到的拥护比之葛罗斯特差之远矣。在人民大众眼中,他就是为自我利益而行事,一边维护罗马教会,一边贪慕世俗权力,只有在国会中,他的目标与品性才能得到理解。波福与葛罗斯特之间的矛盾从未间断,有那么一两次,培福甚至不得不丢下法国事务回国平息二者间的斗争。这些斗争给这两位公卿共同的家族带来了毁灭性的破坏。

在法国,约翰公爵凭借其勇气与智慧力挽狂澜、暂时维持局面。但是，亨利五世留给他的任务实在超过了他或者其他任何人的能力所及。与英格兰安佐一脉君王持续不绝的战争，其实正是法国瓦卢瓦王朝君王们所需要的。法国对摩尔人的战争事实上是针对西班牙人的，而与英格兰的百年战争很大程度上是法国人的内战。国家团结精神、民族身份意识逐步被激发出来。法国君王一以贯之的政策培养出了民族情绪，但他们的政策并不能保证英军不踏上法国的国土。因为英军所依仗的是与勃艮第之间的联盟，这一联盟关系通过 1423 年培福与腓力公爵（Duke Philip）妹妹的婚姻得以确立。可是，培福在运筹帷幄之中取得的成果却被刚愎自用的葛罗斯特所破坏。葛罗斯特于同一年迎娶了埃诺①的杰奎琳（Jacqueline of Hainault），后者虽资产丰厚，但勃艮第公爵认为这位夫人继承的遗产理应归己所有。

不过，给予在法英军致命一击的不是葛罗斯特的自私自利，而是圣女贞德的纯洁与爱国精神。《亨利六世》对贞德的描绘基本符合英国编年史家的通常做法。对于他们来说，正如查尔斯·奈特（Charles Knight）所言，那位奥尔良少女"纯粹就是个小悍妇，一个胆大包天、不知羞耻的娼妓，一个魔鬼，一个女巫"。莎士比亚有无突破这个描述传统很难断定，但可喜的是，贞德的哥特式滑稽形象并没有完全被莎翁接受。除了兰开斯特家族主要成员之间的斗争，上部的另一主要内容就是法军在奥尔良

---

① 埃诺，今法国与比利时交界地带。

少女的精神鼓励之下重振旗鼓并对奥尔良城成功解围。战争的天平在其后的各幕各场来回摇摆,而英军颓势渐显,直至第四幕塔尔博——"作为惩罚法国人的鞭子"①——壮烈牺牲,他为之奋战至死的大业终告失败。这些事件历史上均发生于 1453 年,但上部对之的处理却乱作一团,几乎无法理顺。剧作仅存的历史意义在于揭示了葛罗斯特与波福之间难以平息的争斗,凸显了后被封为约克公爵的理查·普兰塔琪纳特(Richard Plantagenet)与约翰·波福伯爵(Earl of John Beaufort)——后被封为萨姆塞特公爵(Duke of Somerset)——以及萨福克伯爵(Earl of Suffolk)威廉·德·拉·波勒(William de la Pole)之间的冲突(第二幕第四场)。发生在国会花园的后一重冲突被大多数人认为是剧中唯一一处由莎士比亚执笔的部分。虽然据我所知,此场景中的事件并无历史材料作为支撑,但生动地展现了红、白玫瑰的象征含义——它们代表着内战中截然对立的双方。紧随其后便是摩提默——马契伯爵爱德蒙二世(Edmund II)——去世的场景,但若依史实,摩提默在圣女贞德出现之前的第四年去世,而且归天之处也不在伦敦塔,而在爱尔兰。摩提默的王位继承权就落到了理查·普兰塔琪纳特身上,后者在前一场戏中与兰开斯特党徒萨福克及萨姆塞特发生了激烈争吵。剧作就是以此略显古怪的方式为内战随后的爆发打下了铺垫。上部最终以欢庆年轻的亨利六世

① 《莎士比亚全集》卷五,第 167 页。

与安佐的玛格莱特——巴尔与洛林公爵瑞尼埃(René, Duke of Bar and Lorraine)的女儿——缔结婚约(1443)而告终。

这一场婚姻乃是波福家族势力的杰作,国君在其中完全是被误导。新娘虽然娇好,但手中并无资产,并且这一个婚姻关系意味着彻底抛弃了英格兰原先在法国一直依靠的与勃艮第的联盟关系。同时,我们将会看到它意味着对安佐和缅因两地的放弃。在国内政治中,它更是将兰开斯特王权推入了万劫不复的深渊中。

《亨利六世》的中部以玛格莱特在萨福克的陪同下抵达英格兰为起始。几乎同一时间,随婚约强加给萨福克的条款也得以公开。葛罗斯特对条款内容难以接受:

> 唉,英国的公卿大臣们,这个和约是一个丧权辱国的和约,这桩婚姻是一个不祥的婚姻! 它使你们的威名烟消云散……它使你们在法兰西的建树化为乌有,它毁坏了一切,使一切都完全落空![①]

权贵之间的裂隙愈来愈大,逐渐上升到王权争夺的地步。第一幕结束之前,我们看到约克派已经成形,约克本人尽管反对时机不成熟的行动,但其野心已在独白中流露:

---

① 《莎士比亚全集》卷五,第 195 页。

　　总有一天,我约克要把自己的东西收归己有。为了这个目的,我不妨站到萨立斯伯雷父子这一边来,在外表上对骄横的亨弗雷公爵表现一下拥戴的态度。等到时机一到,我就提出对王冠的要求,那才是我所追求的最高目标。即便那气派十足的兰开斯特,也不能让他篡夺我应得的权利,不能让他把王杖拿在他那幼稚的手里,不能让他把王冠戴在头上,他那种像老和尚一样的性格是不配当王上的。可是,约克呵,你得耐心一点,要等待时机成熟……那时节,我就要高举乳白色的玫瑰,使那空气里充满它的芬芳,我要树起绣有约克家族徽记的旗帜,对兰开斯特家族进行搏斗。我要使用武力,迫使他交出王冠,这些年来,在他的书呆子般的统治之下,英格兰的威望是一天天低落了。①

此处遣词用韵、人物塑造均无甚特别之处。约克的雄心一览无余,最笨拙的听众也能听出其中的反意,战乱就在眼前明摆着。这是莎士比亚早期风格的体现,他还没有达到技艺的醇熟阶段。他的写作仍以通俗传奇剧的观众为服务对象,表达相当直白。绵羊与山羊被区分得一清二楚。当一个人品性高尚,他就必须好得不得了,如果此人令人厌恶,他就得糟糕至极。

　　大幕开启后,主题在随后场景中渐次展开。约克与

---

① 《莎士比亚全集》卷五,第199—200页。

兰开斯特两派之间的历史恩怨戏剧化地转移到了两位雄心勃勃的女士身上：亨利的王后安佐的玛格莱特以及亨弗雷·葛罗斯特的续弦艾莉诺·科巴姆（Eleanor Cobham）。公爵夫人为激发公爵的野心不遗余力，虽然这一举动并无太大必要。另一方面，从历史证据来看，公爵本人也确实没有寻求控制自己夫人失控的野心。而莎士比亚在呈现针对亨弗雷公爵的阴谋时，遵循的是霍林斯赫德的说法，不过玛格莱特王后其实并没有参与对艾莉诺·科巴姆的陷害。公爵夫人被捕是在1441年，玛格莱特王后则是在4年后的1445年方才抵达英格兰。尽管存在一些讹误，莎士比亚对整体历史情境并无违背。他希望把来自法国的王后表现为一个志得意满的、骄傲的、有勇气的女子，一个兰开斯特家族中邪劲儿十足的女主人。这的确就是历史事实。杰姆逊（Jameson）女士因其女性立场无法接受这一女主人公形象，认为其不够准确，而对创作者颇有微词："安佐的玛格莱特在这些剧作中表现为一个极具真实性的、充满能量的、能够坚持的角色"，"但她不是莎翁创造的女性角色……这一角色……确有几分动人之处，但却没有莎士比亚写作风格中的那种流畅从容"。如果杰姆逊女士谈论的是莎士比亚的后期风格，我一定能够同意，但早期所写历史剧原本就无甚"流畅性"可言。玛格莱特王后的历史地位还是在斯塔布斯主教有力且意味深长的三言两语中得到了精准概括："自其抵达的那一刻，王室的缺陷及力量便在玛格莱特身上得到了集中体现——她不屈的意志、坚定的信念以及维护丈夫与孩子的英勇举动给王室带来了力量;她的政治地位、她的政策以及她的臣僚们又使王权漏洞百出。对于国家来说,她意味着亨利五世所获战果的丧失、一场不光彩的和平、受拥戴的葛罗斯特的屈辱下台以及无人欣赏的波福家族的得势。"

　　这样一位女性就是莎士比亚在充足历史证据的支撑之下,为《亨利六世》中、下部所选择的政治焦点。因此,不同于杰姆逊女士那种对莎翁原作者身份的质疑,我认为此剧恰恰反映了莎士比亚在创作上的深刻及其敏锐的历史洞察力,他从一开始就聚焦王后这一角色可谓理所应当。当然,我承认,作品不够成熟,色彩粗糙,描绘不够精致,也缺乏彼此对照,但总体线索直率而明确。对玛格莱特王后的形象刻画,在我看来不仅忠实于——相当忠实于——历史,而且也分明出自莎翁笔下。阿拉贡的凯瑟琳(Katharine of Aragon)从不会把自己与安·波琳(Anne Boleyn)①相提并论,玛格莱特王后对艾莉诺·科巴姆也是这样:

　　　　要说这些大臣们惹我生气,那还比不上护国公的老婆,那骄傲的女人才更是加倍地惹我生气哩。②

尽管两组人物分别出自后期创作与早期创作,但写法一

---

① 凯瑟琳为亨利八世的原配王后,后被安·波琳替代。二者均为莎剧《亨利八世》核心女主人公。
② 《莎士比亚全集》卷五,第205页。

致,绝对同出于莎士比亚之手。

写作上的粗糙不仅仅限于王后。我们看到关于约克以及艾莉诺·科巴姆的刻画都有瑕疵:

> 如果我是一个男子,是一个公爵,是一个亲贵,我一定要把这些讨厌的绊脚石搬开,我一定要踩在他们无头的尸体上前进;可是,作为一个女人,我也不甘落后,我一定要在命运的舞台上扮演我自己的角色。①

约翰·休姆(John Hume)这位教士的言谈也出奇的幼稚:

> 坦白说吧,他们两个知道艾丽诺婆娘野心勃勃,特地雇我来腐蚀她,把这些呼神唤鬼的事情灌进她的脑子。②

莎士比亚后来在《仲夏夜之梦》中似乎刻意模仿了自己早期的这种写作方式。

回到剧作本身的进程。在女强人们、野心勃勃的男人们纠缠于各种争吵与算计之外,不要忘了还有那位可怜、可悲、精神不振、无能为力但却虔诚善良的国王。他

---

① 《莎士比亚全集》卷五,第 202 页。
② 同上,第 203 页。

在剧中的形象,如同他在历史中的形象,完全是消极无为的——除了他对伊顿公学与国王学院的创建确实被人们称道纪念。然而,即使是在政治中,完全消极无为也不等于一无是处。斯塔布斯主教用不多的几行文字全面概括了他的人生:"身体羸弱……思想早熟,但并不强壮,他自小就操劳透支,而祖传的疯病倾向——当然来自于他母亲的家族——又在其统治的关键阶段摧毁了他的身体与精神。亨利差不多是历史上最不幸的一位君王……同时,毫无疑问,在因他而起的英格兰遭遇的祸事中,其实他又是最无辜的。"斯塔布的历史批评与我们那位聪慧的戏剧家对亨利的印象高度一致。虔诚、亲切但无所作为,这就是那位强悍无比、能征善战的君王[1]的儿子;就像许多男孩子那样,他像极了自己的母亲——法国的凯瑟琳公主。

与王后的诡计多端、国王的羸弱形成对比,我们可看到约克公爵的谨慎与魄力,还有"好公爵"亨弗雷·葛罗斯特所应得的人民的拥护。在第二幕结束之前,前者已经细致、精确地解释了他的王位继承权。萨立斯伯雷说:"大人,关于这个问题的根由,我愿闻其详。"[2]但普通读者或观众根本不可能像萨立斯伯雷这样抱有谦卑的好奇心,另几位听约克讲解家族谱系的权贵最终也都心生厌烦:

---

① 指亨利五世。
② 《莎士比亚全集》卷五,第223页。

> 我的爵爷,我们分手吧,您的心事我们全部
> 了解。①

但冗长的谱系追溯起到了立竿见影的效果。

> **华列克**:我的内心向我保证,华列克伯爵一定
> 有一天能够扶持约克公爵登基。
> **约克**:纳维尔,我也向自己保证,在查理活着的
> 时候,一定能将华列克伯爵抬举到一人之下、万人之
> 上的地位。②

随后第一个被打倒的就是葛罗斯特,而他虚荣心极强又
迷信鬼神的夫人则自己毁了自己。为了除掉深受平民爱
戴的葛罗斯特,女王陛下必须更加大胆地行动,所以公爵
大人在被捕之后其护国公大权随即被剥夺:

> 望你交出护国公的权杖,本王要亲自处理政务
> 了。今后我将依靠上帝的庇佑和支持,依靠上帝做
> 我的明灯和引路人。③

葛罗斯特实际上在十四五年前的 1431 年就已不再担任
护国公了。在剧作中,他被描绘成在玛格莱特的影响之

---

① 《莎士比亚全集》卷五,第 225 页。
② 同上,第 225 页。
③ 同上,第 226 页。

下丢失了职位。暂时性地,女王获得了完胜:

> 哼,现在亨利才真是王上,玛格莱特才真是王后了。①

在接下去的第三幕中,对葛罗斯特的迫害步步紧逼。王后、萨福克、约克以及红衣主教波福欲合力将之彻底铲除。文雅的国王哀叹道:

> 我对于葛罗斯特叔父就是这样,只能眼泪汪汪地看着他,没法解救。②

葛罗斯特的对手们虽人数不多,但实力强大。他们控告葛罗斯特犯下了叛国罪,不顾国王微弱无力的抗议,将其交由红衣主教看押。事件结束得很快,消息传来:

> 善良的亨弗雷公爵被萨福克和波福红衣主教两人用计杀害了。③

百姓们的抗议排山倒海,人们发自本能地将萨福克视为罪魁祸首。事实究竟怎样并无定论。波利多尔·弗吉尔(Polydore Vergil)坚信葛罗斯特是被勒死的。霍林斯赫

---

① 《莎士比亚全集》卷五,第 226 页。
② 同上,第 239 页。
③ 同上,第 247 页。

德认为："即便是事不关己、高高挂起的人，也不难明白他是死于非命。"莎士比亚遵循的正是霍林斯赫德的说法。斯塔布斯主教则更加谨慎，他有所保留地总结说："总体而言，无论是相关公开的信息，还是当时写作界的安静，都表明葛罗斯特死于自然原因——很可能因为中风——的说法相对可信。"我们认为，也许只有验尸鉴定报告才能揭示真相。

　　剧中，葛罗斯特去世之后，就是萨福克的下野与被杀以及红衣主教波福的死亡。莎士比亚关于红衣主教之死令人震撼的描绘，据我看来并无历史依据。相反，与其生前享有的身份地位对应，波福死后也得到了厚葬，或如斯塔布斯所言，他死后也没有失去"有模有样的尊严"。从剧情来看，他死于对参与谋害葛罗斯特的深深懊悔。华列克明言，"他死得这样惨，足以证明他一生不干好事"。① 波福为人其实并不邪恶。在整整半个世纪的时间中，他乃是国家的顶梁柱之一，对兰开斯特家族贡献尤大。不同于葛罗斯特，他完全明白自己家族是如何登上权力巅峰的，明白保住王权需要如何应对情势。他非常赞同自己家族所代表的君主立宪制改革。如果说，他没有理解到这一改革并不成熟、社会发展尚无法适应代议制政府的建立、整个国家在相当大程度上还未做好准备去承担新政制所带来的新责任、社会混乱需要比议会力量更强

① 《莎士比亚全集》卷五，第 257 页。

大的领导人、人民大众必须先会走路再学跑步,那么
责任并不在他一人身上。他是兰开斯特的核心成员,
他的死亡并无不光彩之处,而王朝最后的希望则随着
他的去世化为泡影。

　　波福算不上一位伟大的教士,除非我们以 15 世纪的
教士概念来衡量他。但他绝对是一位出色的政治家,甚
至可以称得上是一名出色的国士。斯塔布斯正确地指
出:"波福掌控国策长达 50 年之久,他为国家的利益及
荣誉可谓鞠躬尽瘁。诚然,他野心勃勃、干预俗事,做事
毫无顾忌,常常以宗教压制代替宗教生活及对话;他也官
样十足,专事把控、招摇显摆、好为楷模。但这些可资批
评之处并不妨碍他是一个卓越的政治家。"①莎士比亚抓
住的正是他高高在上、招摇显摆的方面。我们有理由揣
测,莎士比亚以此方式描绘波福,其心中可能装着另一个
红衣主教——某位政治上更加显赫,更会显摆威严、招摇
炫耀的人。也许,安·波琳的敌人们的恶劣行径犹在眼
前,这使得莎翁在描绘上个世纪那位重要的国士兼主教
时,刻意地有所偏重。安·波琳的女儿②会轻松地留意
到并领略这一形象的寓意。

　　至于波福的姻亲萨福克公爵,其生与死都无太多
值得讨论之处。剧作中,葛罗斯特被谋害一事传出后,
他就被放逐、随后死去。从戏剧角度而言,葛罗斯特之

_____

①　原注:Stubbs, *Constitutional History*, iii, p.139.
②　指伊丽莎白女王。

被害与萨福克的下场被联系并置在一起是完全合理的,但从历史角度讲,两件事之间其实有 3 年的间隔。①萨福克死于一场精心设计的暗杀,这一点确定无疑,然而,这场谋杀背后的原因却晦暗不明。有可能约克党人策划了这一切,也可能是将其与"好公爵亨弗雷"之死联系在一起的普遍看法导致了他的被杀。或者,另外一个更明摆的大众意见——他一手促成了与安佐的联姻,也需为英军在法国遭受的耻辱负责——决定了他的结局。所有这些解释都有可能成立,不论怎样,萨福克之死体现了兰开斯特掌权者的无能以及不安定的时局。我们无从断定原因,但可知的是,他被判处自 1450 年 5 月 1 日起离开英国流放 5 年,并于 4 月 30 日从多佛动身离境。之后,其所乘船只被有预谋地拦截,并最终于 5 月 2 日被实施拦截的船员杀害。王后的确对其言听计从,但没有证据表明二者是情人关系。尽管如此,王后引人非议的偏袒已经足以解释此次谋杀事件的发生。因为在大多数人眼中,王后的朋友必然是国家的公敌。

当时的大众情绪又可见于杰克·凯德(Jack Cade)的起义,中部第四幕对此有所描绘。

这一起义有两个方面必须得到关注,一是起义的性质及动机,二是起义领导人的品性。

就第一方面而言,有一点是清楚的,即莎士比亚关

---

① 原注:葛罗斯特死于 1447 年,萨福克在 1450 年被暗杀。

于凯德及其起义的刻画,其实更适合用来展现理查二世在位早年所发生的那场瓦特·泰勒革命。① 但问题是,莎士比亚为何要混用历史事件? 对此,我们难以回答和揣测。他既有霍林斯赫德的著述在先,按理不会混淆两场革命,所以这次"混用"一定另有目的,不过很难辨别其中虚实。与此同时,我们也不应纠缠于起义的历史时间问题,因为剧中对不乏谋略、善于鼓动、追求天下大同者所作的文学描摹,可谓史上最佳刻画之一。在关注其中的细节前,我们还需就凯德起义的性质稍加论说。这场起义是否是在约克公爵的煽动下发起的,尚未有定论。约克当时正在爱尔兰,不情不愿地被派去镇压叛乱。② 但要说约克公爵是否与这场起义有牵连,答案是肯定的。起义的进程及目标符合其内心打算,也与其家族利益相一致。凯德起义并不包含 1381 年农民起义所追求的那种均贫富目标,它所提出的是要求撤回《劳工法令》(Statues of Labourers)③,反对各种不公正的压榨,而提出这些要求与不满意见的,不仅有农民,更有许多政界人士。起义者们还反对王家土地的对外转让,要求皇室予以收回;他们抱怨国王借债不还,大臣们专横腐败,朝政瘫痪,法庭黑暗,大贵族干预地方骑士选举,叛国行为导致国君在法国的领土流失等等。如同一位现

---

① 本书第三章曾提及理查二世统治时期爆发的泰勒起义。
② 原注:参看《亨利六世》中部第三幕第一场。
③ 此处原作者似有笔误,应为 Statute of Labourers,指 1351 年英国政府颁布的旨在管控劳动力流动及薪酬标准的《劳工法令》。

代史家所概括的,起义者的诉求就在于"行政改革、朝廷改组"。① 萨福克的所有那些"狐朋狗党"都应被革职、惩罚,而"从王上身边遭到流放"的约克则应被立即召回。② 基于戏剧需要,莎士比亚也许认为所有这些诉求都不宜被表现,而瓦特·泰勒对自己目标的驾御也要优于凯德。两场起义混用一事,权且先搁置一边。至于杰克·凯德本人,已知信息少之又少。他应该有过一些军事上的经验,但参加过哪些战斗无从得知。他的追随者不仅仅限于布衣百姓,同时也包括有产之士、部队士兵,甚至是一些乡绅。起义失利之后,他似乎得到了国王的宽大处理,但相关史料显示这位领袖最后被衙役艾登(Iden)杀害。凯德的出现,代表着亨利六世治下政府管理的无能,但相对而言,他在历史发展中并不占据重要位置。不过,在莎翁笔下,他却是一个可贵的形象。

那么,按照某些人的惯常做法,他们会指责莎士比亚在政治上的保守性以及他对权贵秩序的偏袒。这些看法不免造作,但从《亨利六世》及其他作品来看,莎士比亚确实对大众政治毫无兴趣,他对煽动民意者可谓嗤之以鼻。本书在序言中所引的俄底修斯的慷慨演讲就充分说明了这一点。如同当时大部分民众那样,莎士比亚选择接受都铎王朝的强力统治,将其视为对15世纪中叶无政府状态的一种纠正。他对暴政的反对,与他对大众政治

---

① 原注:Sir James Ramsay, *op. cit.* , II, p. 126.

② 此处提及的两个诉求,出自凯德在1450年发布的起义公告《肯特郡贫民之申诉》(The Complaint of the Poor Commons of Kent)。

的反对,是旗鼓相当的。无论在政治上,还是伦理上,他秉持的是一种折中立场,他所选择的正是都铎王朝所力推的秩序化的自我管理之路。

因此,凯德在剧中就是一个暴民演说家,一个经验老道的鼓动者。一个懵懂无知、以言惑众的人领导了一场目标模糊的革命。

从乔治·培维斯(George Bevis)以及约翰·霍兰德(John Holland)的对话中,我们就可看出这一切是如何发生的:

> **乔治**:我告诉你,成衣匠杰克·凯德打算把咱们的国家打扮起来,把它彻底翻新,面子上装上一层新的毛茸茸的呢绒。
>
> **约翰**:他真该这样做一下,因为咱们国家的服装已经破旧得很了。哼,我说,自从绅士们当权以来,英国这个国家已经不再是快乐的土地了。
>
> **乔治**:倒楣的时代! 手艺人的德行受不到尊重。
>
> **约翰**:贵族们都瞧不起系着皮围裙的人。
>
> **乔治**:的确,况且好工人都不能参加王上的国务会议。
>
> **约翰**:这是实话,可是俗话说得好,"按着你的职业劳动",这等于说,当官的也应该是劳动人民。这样看来,咱们都该当官儿了。
>
> **乔治**:你这话说的真对。再也没有比结实的手

更能表明高尚的心的了。①

接下去凯德出现，允诺给大家带来丰厚的物质利益："以后在我们英国，三个半便士的面包只卖一便士，三道箍的酒壶要改成十道箍。我要把喝淡酒的人判作大逆不道，我要把我们的国家变成公有公享，我要把我所骑的马送到溪浦汕市场那边去放青。等我做了王上——我是一定要登基的……我要取消货币，大家的吃喝都归我承担；我要让大家穿上同样的服饰，这样他们才能和睦相处，如同兄弟一般，并且拥戴我做他们的主上……去，去把国家的档案全烧掉。今后我的一张嘴就是英国的国会。"②

赛伊勋爵（Lord Say）被俘后，凯德对其指责道："我就是一把扫帚，这把扫帚要把你这肮脏东西从宫廷里扫出去。你存心不良，设立什么文法学校来腐蚀国内的青年……你却想出印书的办法；你还违背王上和王家的尊严，设立了一座造纸厂。"③莎士比亚的凯德可能与历史上的凯德关联度不大，但他作为鼓动者的这一角色是无可挑剔的。

凯德起义失败后追随者作鸟兽散，同时也传来了约克从爱尔兰返回的消息：

---

① 《莎士比亚全集》卷五，第263页。
② 同上，第265、274页。
③ 同上，第274—275页。

率领着一支由爱尔兰强悍的乡勇们组成的强大队伍,一路耀武扬威,向这边开了过来。①

根据信使的说法,约克归来只是打算清君侧,赶走萨姆塞特。但约克的独白显示他另有所图,王冠才是他心之所系。就历史而言,信使的说法更接近于史实。当时的情况只是朝臣的斗争——由约克替换萨姆塞特。这场斗争引爆了围绕王权的斗争,背后的原因是多方面的,但主要是由于王后顽固的派系立场,其次在于1453年威尔士亲王的出生以及国王难以从精神失常状态中彻底恢复的病况。有理由相信,如果王后玛格莱特能够在萨福克死后允纳约克担任国王的首席顾问,如果她能把自己的派系立场暂时放下,如果兰开斯特的继承人没有出生,约克很可能止步于他实际上所担任的摄政王一职,因为他有希望在体弱无能的国王死后继承王位。

与1688年的情况类似,②亨利六世与王后玛格莱特家族继承人的出世使得他们的对手无路可退。像过去的历史那样,唯有用刀剑来解决问题了。约克采取了军事行动,在1455年第一次圣·奥尔本战役中,萨姆塞特被杀,亨利王被活捉。恰如斯塔布斯主教所言,这场战役其实只是一场持续了半个小时的游击战,但"它锁定了国家的命运"。《亨利六世》中部以这一场战役结束,下部

---

① 《莎士比亚全集》卷五,第281页。
② 指1688年英国的"光荣革命"。詹姆士二世幼子的出生,因为可能导致天主教势力在英国复辟,成为了革命的导火索之一。

的大幕缓缓拉开。

下部继续描绘内战中一场接一场的战役，不过对战争进程作了高度压缩。它迅速地把我们从1455年的圣·奥尔本首战带至1460年7月的北安普顿（Northampton）之战。约克仍然是赢家，他在战后正式提出了对王位的要求，而他继承王位的权利也得到了国会的认可。然而，同年12月，运气在威克菲尔（Wakefield）战役中转向了兰开斯特一方。约克被俘后随即被杀。当然，他究竟是死于战场还是之后被杀，目前尚无定论。莎士比亚采取的是后一种说法，以此来更具力度地谴责那骄横霸道的王后。

进入到1461年，战争的天平在双方之间不断摇摆。2月间，约克的长子爱德华（Edward）在海瑞福德郡摩提默氏十字架附近平原击败了亨利六世同母异父的兄弟彭勃洛克伯爵（Earl of Pembroke）杰斯帕·都铎（Jasper Tudor）。① 但同月17日，玛格莱特王后在圣·奥尔本的第二次战役中击败了华列克，并营救出自己的丈夫。不过，她的胜利并未持续多久。伦敦人都热情地支持约克的事业，爱德华·约克于1461年6月29日在威斯敏斯特被加冕为王。渡口桥（Ferrybridge）与套顿（Tounton）的胜利确认了首都人民的选择是正确的。这一年结束之前，亨利六世本人、王后以及他们的至亲全都退守到了苏格兰。王后为人有诸多令人诟病之处，但她有一个突出的

① 杰斯帕·都铎与亨利六世的母亲同为法国公主凯瑟琳（Catherine，1401—1437）。

优点,即每次被打败,都不觉得自己失败。1464 年,她为夫君的王位再作一搏,最终在海遮雷·摩尔(Hedgeley Moor)以及赫克瑟姆(Hexham)惨败。次年 7 月,亨利六世第二次被捉,并在严密看押下度过了其后 5 年。

　　至此,爱德华四世的权位得到了稳固,他那不幸的对手已经成为伦敦塔中的阶下囚。与此同时,玛格莱特与儿子流亡到了法国,兰开斯特所有核心成员或者缴械返乡或者直接被杀。但是,新国君自己败坏了好不容易得来的天下。他能登上王位,总体而言是因为敌人的虚弱以及失道寡助,具体而言则要归功于"帝王制造者"华列克伯爵理查·纳维尔强大的政治影响力以及出色的军事指挥能力。"倘若没有杰出的大臣辅佐,他们不会多么强大",约翰·福特斯古这位洞察力极强的政治史家在其名作《君主论》中如是写道。福特斯古写给自己学生——亨利六世——的这些话在"帝王制造者"华列克身上得到了最佳证明。在 15 世纪,由于各种各样的原因,贵族的数量急剧减少。许多大家族失去男性继承人后,财产便归于主要的女性继承人,其结果就是土地资源的大量集中,封地与封地之间,甚至郡与郡之间都出现了兼并。在此过程中,纳维尔家族赚得盆满钵满。作为家族首领,华列克在土地财产上的势力远大于他所拥立或罢黜的君王们。他的一位兄弟担任苏格兰边区监守官,另一位则是约克大主教。他的长女伊莎贝拉(Isabel)嫁给了约克王①的弟

————————

① 指爱德华四世。

弟克莱伦斯公爵乔治（George），二女儿安妮（Anne）则嫁给了兰开斯特家族的继承人威尔士亲王爱德华。

爱德华四世得罪了此人可谓是愚蠢至极。华列克不仅是一个门客家丁远超三千的大地主和出色的战士，更是一个野心十足的政治家、一个聪明且善于规划的外交家。在他看来，约克政权要在国内得到巩固，重要事项之一便是与之前一直支持兰开斯特的法国结为盟友。所以，1464 年，他奉命前往法国寻求建立政治同盟以及姻亲关系。事情进展十分顺利，路易十一很乐意将胞妹波那·萨伏伊（Bona of Savoy）嫁给英格兰王。

两国谈婚论嫁之际，玛格莱特王后携儿子登场，这使得戏剧效果自然地得以加强。对于王后来说，英法君王的联合将摧毁她的所有希望：

> 狡诈的华列克！你想出这个求婚的计划把我乞援的希望打破了。在你到来之前，路易本是亨利的朋友。①

可当协定还未签订之际，英格兰的信使匆忙赶来报告：在华列克出使法国这段期间，英王爱德华已拜倒在费勒尔勋爵（Lord Ferrers）葛雷（Grey）的遗孀伊利莎伯·伍德维尔（Elizabeth Woodville）的石榴裙下，将后者立为王后。

---

① 《莎士比亚全集》卷五，第 360 页。

华列克受到的打击是双重的。作为大使,他深感羞辱,作为政治家,其霸业雄心受到了极大摧残。他的外交计划的一手好牌顿时化为泡影。当然,这个与法结盟的外交计划本就是华列克一厢情愿的想法,爱德华四世基于重要的考虑始终对此计划不冷不热。因为,与法国的结盟常常就意味着与低地国家的敌对,而在英格兰与欧洲大陆的所有关联中,与低地国家——弗兰德斯、勃艮第、联合省①、比利时——的关系一直是重中之重。从诺曼人威廉到乔治五世,英国人总是本能般地、持续地关注着尼德兰的海岸线。这不是一种贪婪的表现,不包含将后者吞并的企图。但英国人认定,这些海岸港口无论如何不能被欧洲大陆列强中的任何一方控制。秉持着这一原则,伊丽莎白与腓力二世(Philip II)决一死战;为了保持低地国家的独立地位,英国人也同意威廉三世动用国家军队对抗法王路易十四。如果拿破仑不曾盘算拿下安特卫普,他也绝不至于沦落到被放逐至厄尔巴岛(Elba)与圣海伦娜岛(St. Helena)。低地国家的独立从来都是英国外交的核心关切之一。

在15世纪后半叶,政治家们有着很好的机会去成全"中间王国"的存在。这其实是从查理大帝至卡斯尔雷②时代一直吸引着政界人士的一个梦想。这也恰恰是法王

---

① United Provinces,指16世纪独立于西班牙统治之外的荷兰及比利时部分地区。

② 指卡斯尔雷子爵罗伯特·斯图亚特(Robert Stewart, Viscount Castlereagh,1769—1822),英国外交家。

路易十一与勃艮第的查理公爵（Duke Charles）之间的对立所在。要成为路易的朋友，就得成为查理的敌人。出于国内政治及王权上的考虑，"帝王制造者"华列克倾向于与法国联合。英王的想法则更接近于英国传统，他更在意英国商界的选择，因而支持与勃艮第的联盟关系。精明的伊利莎伯·伍德维尔让事情的走向得以明确。爱德华舍弃了他自己派出的使节，将这位手下最强有力的大臣推到了对立面。华列克及其族人全部倒向兰开斯特一方，爱德华一度失去了王位：

> 替我告诉他，他做了对不起我的事，不久我就要褫夺他的王冠。[①]

这就是华列克直截了当向国王发出的威胁。

事件进程在剧中被很大程度地压缩了。历史上，爱德华的婚姻与华列克出使法国同发生于 1464 年。6 年后，华列克才与克莱伦斯转赴法国，在路易十一的介入之下，与前朝王后玛格莱特以及兰开斯特党人取得和解。华列克试图再次扮演"帝王制造者"的角色。兰开斯特的人马从法国出发，并于达特茅斯（Dartmouth）登陆，爱德华与弟弟葛罗斯特逃亡勃艮第，爱德华的夫人则在威斯敏斯特寻求庇护。胜利的华列克恢复了亨利六世的王位。但依循着霍林斯赫德的说法，莎翁笔下的爱德华被华列

---

① 《莎士比亚全集》卷五，第 363 页。

克所俘,并在华列克的兄弟约克大主教的看管下受困于米德尔汉堡(Middleham),之后又在葛罗斯特以及约翰·斯丹莱爵士(Sir John Stanley)的营救下得以逃脱至林县(Lynn),继而逃往弗兰德斯。没有必要,也不太可能对剧中的历史混淆逐一加以澄清,只需明了在 1470 年,爱德华确实逃往弗兰德斯,亨利六世也暂时性地夺回了王位。剧作第四幕第六场对此过程有着精彩呈现,颇值一读。复位的国王在宫中留意到一位青春少年并被告知:

> 我的王上,他是里士满伯爵小亨利。①

亨利六世轻抚着这位少年的头,对其未来岁月作出了预言:

> 过来,英格兰的希望。如果我的想法灵验的话,这个漂亮小伙子会替我们国家造福的。他的相貌温和而有威仪,他的头形生来佩戴王冠,他的手生来能握皇杖,他本人在适当时期可能坐上皇家的宝座。②

这样一个预言对于那位坚定支持祖父的事业、在"漂亮小伙子"打下江山后母仪天下的妇人来说,无疑是个好

---

① 《莎士比亚全集》卷五,第 377 页。
② 同上,第 377 页。

消息。①

与此同时,历史进程被快速推进。爱德华的流亡只是短暂的。在姻兄勃艮第的查理公爵的军力支持下,他如同当年的亨利四世那样在雷文斯泊登陆,并得到了被华列克所抛弃的胞弟克莱伦斯的支援,进而向伦敦长驱直入。1471 年 4 月 14 日,他于巴纳特击败了华列克所率领的兰开斯特军队,华列克本人与兄弟蒙太古(Montague)均命丧此战。亨利王再次被关进伦敦塔,爱德华四世则于 5 月 21日重返都城。此后的 12 年间(1471—1482),爱德华号令天下未遇对手。玛格莱特王后从法国渡海而来,在巴纳特战役当日于韦茅斯(Weymouth)登陆,并于 5 月 3 日在图克斯伯雷为王权作最后一战。这一战对于兰开斯特而言是毁灭性的:玛格莱特被俘,膝下小王子爱德华被杀,其主要支持者牛津与萨姆塞特迅速被处决。

爱德华四世重返伦敦的当天,亨利六世死在了伦敦塔。莎士比亚按照霍林斯赫德以及传统的意见,将亨利之死归责于葛罗斯特。但传言是否可靠,亨利究竟死于谋害,还是自然原因,实难断定。在《历史疑点》(*Historic Doubts*)②中,沃波尔(Walpole)大费周章地证明葛罗斯特

---

① 此处的妇人指里士满伯爵亨利的母亲玛格莱特·波福(Margaret Beaufort, 1441—1509),其祖父为萨姆塞特伯爵约翰·波福(John Beaufort, 1371—1410)。玛格莱特在亨利成为英国国君后,保持了很大的政治影响力。

② 此作全名为《关于理查三世生平与统治的历史疑点》(*Historic Doubts on the Life and Reign of King Richard the Third*),作者为贺拉斯·沃波尔(Horace Walpole,1717—1797)。

并未施加谋害,考特莱对葛罗斯特的凶手身份也持怀疑态度。斯塔布斯谨慎地同意关于谋害的说法,但拒绝对凶手身份予以确认。如果当时确实是谋害,爱德华必定知情,但没有证据表明这种嫌疑对其受欢迎程度有任何损害。亨利的虚弱给他的人民带来了巨大灾难。他为人正直、心地单纯,但却无力为国家消灾减祸。但应该说,他也是时局变乱中的一个牺牲品。时代呼唤一个更强有力的统治者。在那些最杰出的现代历史学家看来,兰开斯特王朝最鲜明的印记就是"伟大的立宪政体的尝试及其失败"。对今天研习政治学的人来说,这场改革实验具有非凡意义。它充分揭示了代议制政府的实现必须具备怎样的条件。在众多需要被满足的条件中,首要的就是高度的社会团结意识以及全社会普遍达成的秩序意识,其次——但同样不可或缺——则是克伦威尔(Cromwell)所提到的那种对立宪政体核心主张的认同。这两方面社会条件在 15 世纪的英格兰均不具备。如同 1688年那样,一群"先进的"政治家在 1399 年进行了一场得到人民默许的革命,其最显著的成果便是"兰开斯特实验",即以议会来进行统治与管理。这种实验在 300 年后取得了巨大成功,但在 15 世纪却特别的不合时宜。不是说这种政治思想在本质上不可取,而是当时的时机不成熟。最终,巴纳特与图克斯伯雷战役将这一政治实验送进了历史的风尘。用福特斯古的话来说,兰开斯特王朝败于"无治"。约克一脉如今迎来了他们自己的机会,他们将如何作为,下一章再见分晓。

第七章
约克王朝:理查三世的悲剧

兰开斯特家族以宪制为基础进行执政,但因管治不善终告失败。约克家族起而代之,尽管他们的统治体现出更强大的意志,但仍未能改变他们所继承下来的困局……英格兰从二者的统治中受益匪浅:兰开斯特的统治表明整个国家尚未做好准备来使用它已经赢得的自由;约克王朝的经验则证明,国家已经充分成长,不可能再回到它已经摆脱了的受束缚状态。

——斯塔布斯

我是无兄无弟的,我和我的弟兄完全不同。老头们称作神圣的"爱"也许人人都有,人人相同,可我却没有什么爱,我一向独来独往。①

——理查三世

理查爱理查;那就是说,我就是我。②

——理查三世

---

① 《莎士比亚全集》卷五,第398—399 页。
② 《莎士比亚全集》卷六,第199 页。

他欺骗他人,为的是给自己制造鄙视他人的乐趣。①

————基佐评《理查三世》

理查三世在《亨利六世》下部结尾处便现身了,起到了承前启后的作用,而《理查三世》所要展现的则是从亨利六世的死亡(1471年5月21日)至理查三世在波士委战死(1485年8月22日)这一段时间的历史。爱德华长达12年之久的平安无事、无可争议的统治(1471—1483)以及之后爱德华五世、理查三世的执政阶段自然涵盖其中。这段时间虽然漫长,但戏剧行动及核心关注只在于一人。从此写法以及剧作其他方面可以看出莎士比亚在此阶段所受到的克里斯托弗·马洛的影响。史文朋认为,这是所有莎剧中唯一一部"绝对属于马洛风格"的作品。不过,它仍毫无疑问地属于莎士比亚。"它比马洛的作品更优秀,我不敢轻言马洛能够达到如此水准。"②

在讨论剧作之前,在聚焦核心主角短暂而暴虐的执政生涯之前,有两个问题需先作简要交代。首先,剧作的创作时间已经得到较为精确的划定。它在《伦敦报业通讯》上出现是在1597年10月20日。按这一信息来认定剧本的创作时间是保守做法。道顿教授在相关证据的支

---

① 此句评论出自法国批评家弗朗索瓦·基佐(François Guizot)的《莎士比亚与他的时代》(*Shakspeare Et Son Temps*)一书"理查三世"一节。与原文相比,此处作者引用略有删节。

② 原注:*Op. cit.*, p.43.

撑下提出,剧作不会晚于1593年完成。若此论成立,《理查三世》与《理查二世》的完稿时间就非常接近。究竟哪个剧本先一步出炉?大部分批评者认为,《理查三世》成篇后于《亨利六世》、早于《理查二世》。因此,如同亨利·莫雷指出的那样,我们必须承认《理查三世》就是"莎士比亚历史剧中属于独自创作的第一部"。的确,相比于《理查二世》,它的韵律不那么丰富,尽管如此,它在风格上还是更显僵硬及造作。全剧大约只有50行文字是散文体,而它们统统被分配给了两个刺客;韵文体部分则充斥着强烈的对比以及扭曲了的幻想,整体上服务于密集的对白,比如理查王与伊利莎伯王后之间的谈话:

> **理查王**:莫污蔑她的身世;她是名门公主。
>
> **伊利莎伯王后**:为了救她一命,我宁可否认。
>
> **理查王**:她的生命全靠她的身世做保障。
>
> **伊利莎伯王后**:就是有了这层保障,她的两个兄弟才断送了性命。
>
> **理查王**:呵!想是他们出生时候星位不正!
>
> **伊利莎伯王后**:不对,是他们生后遇见了歹人残害。
>
> **理查王**:命运有定数,确难逃避。
>
> **伊利莎伯王后**:的确,假使让一个背弃了神恩的人操纵命运的话。[1]

---

[1] 《莎士比亚全集》卷六,第180页。

这种密集对白的大量使用恰恰是不成熟的表现。在我看来，这部戏剧属于早期作品更加确凿的证据在于其人物塑造。莎翁此后的作品都不再会如此明显地表现出来自马洛的影响。《理查三世》的人物塑造就如同马洛的《爱德华二世》(*Edward II*)、《帖木儿大帝》(*Tamburlaine*)以及《浮士德》(*Faustus*)那样笨拙。就此而论，从《理查三世》到《理查二世》再到《亨利五世》，人物形象的变化愈来愈明显。在《亨利五世》中，我们可以看到人物性格的逐步发展，看到青春莽撞与老谋深算之间的微妙对此。在《理查二世》中，我们看到主人公外表强悍与内心虚弱之间的张力，看到夸夸其谈与人生惨败之间的落差，但在《理查三世》中，所有这些一概全无。就算是在跑步的人，匆匆一瞥都能对主人公的性格一目了然。理查的"恶"就像在通俗传奇剧中那样以一种完完全全的、直截了当的方式被表现出来。在《亨利六世》下部第三幕第二场中，他的性格为人就已展露无遗：

> 我有本领装出笑容，一面笑着，一面动手杀人；我对着使我痛心的事情，口里却连说"满意，满意"；我能用虚伪的眼泪沾濡我的面颊，我在任何不同的场合都能扮出一副虚假的嘴脸。我能比海上妖精淹死更多的水手，我能比蛇王眼中的毒焰杀死更多对我凝视的人。我的口才赛过涅斯托，我的诡计赛过俄底修斯，我能像西农一样计取特洛亚城。我比蜥蜴更会变色，我比普洛透斯更会变形，连那杀人不眨眼的阴谋家也要向我

学习。我有这样的本领,难道一顶王冠还不能弄到手吗?嘿,即便它离我更远,我也要把它摘下来。①

《亨利六世》所包含的各种暗示在《理查三世》开始部分的独白中都得到了确认:

> 我比不上爱神的风采,怎能凭空在嫣娜的仙姑面前昂首阔步;我既被卸除了一切匀称的身段模样,欺人的造物者又骗去了我的仪容,使得我残缺不全……因此,我既无法由我的春心奔放……就只好打定主意以歹徒自许。②

人物性格没有一个逐渐发展的过程,也没有一个微妙的显示过程。所有一切都那么判然清晰、明白无误——这正是马洛的风格。恰如哈德逊(Hudson)先生所言:"紧绷着的悲剧之弦一直没有松过,戏剧动机也更加流于表面——如果不说突兀的话。缺乏艺术处理应有的方式……同样地,伦理道德观没有与戏剧行动很好地融合,而是过分直接地凌驾于甚至是取代了戏剧行动:目的极大地损害了作品的有机平衡。"③"理查这一角色乃全剧结构的中心。他是这样一种存在,即任何人都无法对其效忠,要么选择将其消

---

① 《莎士比亚全集》卷五,第355—356页。
② 《莎士比亚全集》卷六,第93—94页。
③ 原注:*Op. cit.*, II, p. 137. 译注:此处作者未标明书名,该处引文来自《莎士比亚:生平、艺术与人物》(*Shakespeare: His Life, Art, and Characters*)。

灭或者从其身边逃离，要么被其吞没……应该说，理查与剧中其他人物之间没有任何交流。他在每一个场景中就是全部。这部剧作与莎翁其他剧作相比，差别就在于其所有的戏剧行动缘起于一人并终结于一人。也即，该剧所塑造的并非是相互推动、不断发展的共生性角色，而是仓促之间匆忙成形的单一性角色——对这单一性角色而言，其他人物只是配件或介质。剧中的理查如同一股奔涌向前的电流，其善恶面目自始至终毫无回旋的余地。"①关于这一角色，我们稍后再作论述。剧作成形时间的讨论基本如此，对创作时间的判断大致基于可以被证明的莎翁所受到的马洛的影响——这一影响在《理查二世》及其他作品中都不再那么容易辨别了。

不过，莎翁写作此剧的参考资料来源值得追溯。莎翁创作时，市面上已有一部拉丁文的《理查三世》（*Ricardus Tertius*），作者为托马斯·莱格（Thomas Legge）博士。该剧于 1583 年之前就在剑桥大学上演过，但是莎剧与此拉丁文作品之间并无相似之处，也无证据表明莎翁对之有所了解。此外，当时还有一部英文剧作，名为《理查三世的真实悲剧》（*The True Tragedy of Richard the Third*），"它描绘了爱德华四世之死、两名小王子在塔中遇害以及作为恶女人典型的寡后的悲惨结局，并最终展现了兰开斯特和约克两大家族的和解"。②

---

① 原注：Introduction to the Hudson's *Shakespeare*, pp. xxiii and xxiv.
② 原注：Hazlitt's *Shakespeare's Library*, part ii, vol. i, pp. 43, 129.

这一作品初版于 1594 年,写作时间则要更早。根据可靠证据,有人提出它应是在 1588 年之前就已成稿。但同样地,不能假设,更没法证明莎士比亚在写作《理查三世》时曾经看到过或听说过这个悲剧,不过,这个主题的流行程度是显而易见的。如通常那样,莎士比亚从霍林斯赫德的《编年史》获得所需要的材料,但霍林斯赫德的相关描述又以托马斯·莫尔爵士(Sir Thomas More)的《理查三世传》(*The History of King Richard the Third*)①为蓝本,而莫尔所主要采信的则是毛顿(Morton)大主教的说法。莫尔本人正是在毛顿——原型即剧中的伊里主教(Bishop of Ely)——家中接受的教育。因此,毛顿大主教就是权威历史说法环环相承的起点,而他对兰开斯特王权的强烈拥护正可以解释莎士比亚为何塑造出一个如此阴暗的理查三世形象。该形象的历史准确性如何,还需详加辨析。

值得注意的是,剧作覆盖了 14 年的历史时间,其中至少 12 年的历史事件在第一幕至第二幕第一场就得到了"解决",其余各幕各场都聚焦于 1483 至 1485 这两年时间。剧作对历史时间的这种分配,显然是要突出单一角色的塑造及表现,并契合早期几个版本所用的剧名:"理查三世的悲剧,他对兄弟克莱伦斯无耻的陷害、对无辜侄儿的残杀,他大逆不道的篡权夺位,他令人憎恶的存在以及罪

① 原注:此传记曾以英语及拉丁文出版。参见 *The Works of Sir Thomas More*, London, 1557. *Mori Opera*. Lovanii, 1566。

有应得的暴毙。此乃 1640 年前印行版本最多之莎剧。"①

剧作伊始即为理查的独白,这并不是一种常见的开篇方式。这个善于隐藏的恶人向观众毫无保留地坦露了内心世界:由身体缺陷带来的精神痛苦以及意欲通过政治操作来弥补生活缺憾的野心。但问题是爱德华四世高居皇位,此外还有兄弟克莱伦斯以及两个小侄子阻碍着他的王权追求。

克莱伦斯,"单纯的克莱伦斯"②,是要被清除的第一重障碍。他被关入伦敦塔也正是剧作开始后的第一件要紧事,尽管在史实中,他是在亨利六世葬礼之后才被葛罗斯特下令杀害的。据史料,克莱伦斯于 1478 年 2 月被软弱无能的约克王朝国会确定背负叛国罪并被判处死刑。作品将克莱伦斯之被捕置于剧首,虽非历史实情但符合戏剧的需要。第一场结束之后,剧作安排葛罗斯特再次以独白方式展露阴谋诡计也是合理之举。

> 只要我心底的计谋得逞,克莱伦斯别想再多活一天:这件事办妥了,上帝就好照顾爱德华王,那时这世界便由我来独自纵横了!那样,我好娶过华列克的幼女。我虽杀了她的丈夫和父亲,这有何相干,要补偿这娘儿的损失莫过于由我来当她的夫君兼父亲:这才是我的主意。③

---

① 原注:Hudson's Introduction, p. xiv.
② 《莎士比亚全集》卷六,第 96 页。
③ 同上,第 97 页。

如此反叛言论令人惊讶,其颠覆性的行为更令人震惊。在先君的葬礼上,安夫人是重要的吊唁人,她哀悼道:"可怜的主君呀,你的圣体已经冰凉!"[1]葛罗斯特则是不请自来。整个场景的讽刺性可谓达到了极致。被谋害的君王横尸眼前,安夫人痛悼先君以及自己的丈夫,而兰开斯特家族最大的仇人却前来闹场。葛罗斯特居然选择在这样一个场合来逐戏安夫人。尽管其行为令人作呕,但就像安夫人那样,我们很难抵抗这个恶棍的个人"魅力",他那种完全的、彻底的恶;我们切切实实地领略到他那无与伦比的自信。他竟干脆利落地向这位悲恨交加的夫人求婚,祈求对方的怜悯:

> 如果你还是满心仇恨,不肯留情,那么我这里有一把尖刀借给你;单看你是否想把它藏进我这赤诚的胸膛,解脱我这向你膜拜的心魂,我现在敞开来由你狠狠地一戳,我双膝跪地恳求你恩赐,了结我这条生命。[2]

道顿教授说的好,理查"对女性的脆弱了如指掌,他利用自己的厚颜无耻与虚情假意折服了那无力举剑的纤纤玉掌"。[3] 他的自信取得了成功。安夫人被降服了,她开始转悲为喜:

---

① 《莎士比亚全集》卷六,第 98 页。
② 同上,第 103 页。
③ 原注:*Mind and Art*, p. 185.

> 我能看见你这样深悔前非。①

不过,葛罗斯特早已开始对自己的战利品揶揄嘲讽:

> 哪有一个女子是这样让人求爱的? 哪有一个女子是这样求到手的? 我要娶了她;可是也不要长期留下她来。②

如同第一场那样,第二场也在葛罗斯特的独白中结束。

第三场展现了王后③的朋友们与葛罗斯特之间的敌意。他们之间的彼此攻击被前朝王后玛格莱特的出现打断:

> 听我讲,你们这班嚣嚷不已的海盗们,你们洗劫了我,又相互争吵起来!④

玛格莱特就其性格力量与咒骂的本事来说,是剧中唯一能与理查匹敌的人物。不过,从史实角度而言,她或许不应在剧中出现。因为自 1471 年图克斯伯雷战役之后,她就被关押在伦敦塔,直到 1475 年才被父亲赎出。之后,她返回法国,并于 1482 年在故乡去世。但剧作对史实的

---

① 《莎士比亚全集》卷六,第 105 页。
② 同上,第 105 页。
③ 此处指爱德华四世的王后伊利莎伯。
④ 《莎士比亚全集》卷六,第 111 页。

这一偏离有其道理。梅济耶尔(Mezières)认为,"莎士比亚在她身上把古老的报应观念拟人化了;在莎翁笔下,她不像一个人,而是被表现为一个超自然的幽灵。她在爱德华四世的宫廷中来去自如,在约克家族成员及朝臣面前倾泻着仇恨"。她第二次也是最后一次露面是在第四幕第四场。彼时爱德华四世已死,他的王子们已被谋害。郁郁寡欢但不可一世的王后玛格莱特已然一副老朽模样,颤颤巍巍地前来"收割诅咒带来的果实"①——她曾在第一幕中给整个约克家族施加了诅咒。有一位批评家赞叹说,玛格莱特王后"在看不见尽头的杀戮与悔恨的反复交织中发出了哀号与悲叹,这位了不起的、勇敢的、令人生惧的女性在只有为人妻与为人母才能理解的痛苦中超凡成圣"。② 然而,我们宁愿早点与她告别以求解脱。从一开始,她给英格兰带来的就只有悔恨。也许她的确能为强者提供协助,但她的性格力量无法支撑起她软弱善良的丈夫亨利六世。玛格莱特王后作为妻子和母亲无可挑剔,但她又是一个缺乏怜悯、不知审慎、厚颜无耻的党争之徒,是当时那个分崩离析时代中的一个非常具有典型意义的人物形象。我们在这几部剧中看其命运潮涨潮落,确实会有所同情,甚至心生敬佩,然而,她的性情在多年经历的打磨下日渐冷硬,以至于我们在最后几场戏中都不再想看到她的出现。她曾经高居庙堂,但却

---

① 原注:*Shakespeare*, *Ses Oeuvres Et Ses Critiques*, p. 199.

② 原注:Hudson:Introduction, p. xlvi.

以仇恨滋养自己的心灵,最后一败涂地,堕落成一个满嘴恶言的女巫。

第一幕终结于克莱伦斯在伦敦塔中被害,第二幕则起始于爱德华四世之死。莎士比亚将前者之遇害归责于葛罗斯特。葛罗斯特确有嫌疑,但因史证不足难定其罪。霍林斯赫德与托马斯·莫尔都未将其列为凶手。霍林斯赫德以霍尔为依据,认为克莱伦斯遭人暗算被闷死在一大桶马姆齐甜酒中。我们确定所知的,其实只是他被认定犯下叛国罪并被没收了财产,进入伦敦塔后没几天就被宣布去世。他与伊莎贝拉·纳维尔(Isabel Neville)夫人①的婚姻——后者卒于 1476 年——给他带来了巨额财富与显赫地位,但克莱伦斯本人软弱犹豫,在政治上一无所成。他的死亡使得葛罗斯特的前进道路上少去一重障碍,爱德华四世的死为其野心的实现进一步创造了条件。爱德华四世虽难称得上一位伟大的君王,但也远非其兄弟"单纯的克莱伦斯"可比。约克家族相对而言获得了兰开斯特的家族——亨利五世除外——所不曾得到的人民大众的支持,而在约克家族中,爱德华四世所获得的人民支持又是最多、最广泛的。凭着英俊的外表、颇具亲和力的处事方式,他将中产阶级君王的角色扮演到了极致。与家族先辈相似,他领兵有方,继承王位时即威震全军;他能理解臣民们在商业上的需求,但他自己从未贸然涉足贸易;他对与勃艮第联盟关系的坚持赢得了伦敦

_____

① 即"帝王制造者"华列克的长女。

商界的热烈拥护。尽管如此,他的恶劣还是昭然可见,他在政治上持久的成功并不能抵消他的恶迹,就连一向宽大为怀的斯塔布斯主教都直接指出,爱德华四世"实乃自约翰王以来,英格兰历朝历代最恶劣者,其冷酷血腥程度超过英格兰此前任何一位君王,其压榨能力也可谓一骑绝尘"。在文艺复兴时期君王们身上通常可见的不加节制、纵情声色、残酷无情、文艺爱好以及商业嗅觉,在他身上一应俱全,但是他所受到的称道却要大于那些其实比他更优秀的人。在某种意义上说,这得益于他与继任者之间的对比。爱德华并不比理查仁慈多少,但他的残酷隐藏在他优雅的面貌、温暖的微笑以及平易近人的姿态之后。理查从能力上说也不低于爱德华,无论在战场还是在斗室之中,理查的应对能力不输任何人,但是人们拥戴爱德华,憎恶理查。就像许多体态畸丑之人,他们能让女士们心生保护之意,但却不能真正俘获她们的芳心。

尽管克莱伦斯还有子嗣,但到这一阶段,对于这个肆意妄为、手段强硬的恶棍来说,阻挡其人生目标实现的主要是其兄长的两个孩子:威尔士亲王爱德华以及约克公爵理查。理查的第一步行动是"先把王后的那班目中无人的亲朋们和幼君拆开"。[1] 因此,担任威尔士亲王监护人的王后之弟利弗斯(Rivers)、王后与前夫之子葛雷以及托马斯·伏根(Sir Thomas Vaughan)爵士都被押解至

---

[1] 《莎士比亚全集》卷六,第134页。

邦弗雷特，随即在那里被处决。得知消息后，王后带着幼子迅速逃亡，并进入威斯敏斯特避难。这已经不是第一次了。在她大儿子出生之前，她就曾在此处寻求庇护，威尔士亲王正是在教堂里迎来了出生后的第一缕阳光。可惜，圣所也阻挡不了邪恶的葛罗斯特，约克小公爵从母亲手中被强行夺走，与他的哥哥一同被关入伦敦塔。剧作也在不经意间对两个小王子作了一番比较：大公子谦逊而敏锐；小王子则机智灵巧，"无畏、老成、大胆"。[①] 但无论什么样的品质都不能改变他们的命运，他们横亘在葛罗斯特前进的道路上，注定无法安然脱身。即便是持居中立场者，都得大祸临头，海司丁斯（Hastings）便是一例。葛罗斯特曾将自己身体上的缺陷归咎于对手所施展的巫术：

> 请看我的身子受了妖魔多大的灾害；我这只臂膀就像毁损了的幼树苗一样，全都枯萎了。这便是爱德华的妻，她这个妖妇和那淫欲成性的娼妓休亚，同施妖法，竟把我害成这副模样。[②]

海司丁斯仅仅插了一句话便遭杀身之祸：

海司丁斯：假如她俩做下了这样的事，尊贵的

---

① 原注：Gervinus，p. 275.
② 《莎士比亚全集》卷六，第153页。

大人——

　　葛罗斯特：假如！你为这该死的娼妇搪塞，你还来对我说什么"假如"、"假如"吗？叛徒，砍下他的头来！现在，我以圣保罗为誓，我不看到他的头颅落地决不进餐。[1]

海司丁斯就这样被除掉了。这一著名场景所涉及的所有细节都来自托马斯·莫尔爵士。莎士比亚还从莫尔那里搬用了葛罗斯特要求伊里主教从贺尔堡（Holborn）花园摘一盘草莓来供自己享用的情节。这一细小但极特别的情节，恰如考特莱所说，进一步"表明莫尔的历史来自毛顿主教，尽管毛顿本人未必以书面形式记载了这些事情——亨利·艾利斯爵士（Sir Henry Ellis）也这样认为"。[2] 至此，葛罗斯特谋划已久的大业开始加速推进。海司丁斯在1483年6月13日被处死，毛顿主教与罗塞汉主教——被斯塔布斯主教描述为"国事议政会中两位最有力的教会首领"——被关进了伦敦塔，毛顿随后被押往威尔士。葛罗斯特及勃金汉"身穿破旧生锈的甲胄，看来很不入眼"[3]这一形象还是源自托马斯·莫尔的叙述，他们向伦敦市长解释为何突然杀掉海司丁斯时的这副模样，正展现了公爵采取行动的急迫性。

---

[1]《莎士比亚全集》卷六，第153页。
[2] *Op. cit.*, II, pp. 86—87.
[3]《莎士比亚全集》卷六，第154页。

葛罗斯特在铲除潜在对手的道路上越走越远。他嘱咐勃金汉要"提及爱德华孩子们的出身并不清白"，①甚至暗示爱德华四世本人的出身也不纯正：

> 不过，关于这一点，不妨轻轻带过；因为，我的大人，您知道我母亲还在世呢！②

勃金汉按照吩咐很灵巧地把意思都一一传达到位：

> 我还提出了你仪表非凡，心地光明，正同你父亲一模一样；我又向大家铺陈你在苏格兰的战绩，你在军中的纪律，平时的明智，你的宽厚、仁慈和谦逊；可以说，凡是能促成大业的方式我已经用尽了，并且每一点都是着重说明的。③

然而，听其宣讲的市民们却毫无反应，人群一片死寂。伦敦市长虽不情愿，但还是把公爵的意思重复了一遍，公爵自己的心腹乘机回应：

> 在会议厅的一头抛起了帽子，大约有十人左右齐声喊道："上帝保佑理查王！"④

---

① 《莎士比亚全集》卷六，第 157 页。
② 同上，第 157 页。
③ 同上，第 158—159 页。
④ 同上，第 159 页。

这一幕场景当时发生在市府之中，它虽未直接被搬上舞台，但从勃金汉口中得到了精彩描述。此时的勃金汉正在为葛罗斯特最终篡夺王位竭尽全力：

> 你装出有些顾虑的模样；除非他竭力恳求，不要理会他；要记住你拿一本祈祷书在手里，站在两个神甫中间，我的好大人。①

理查采纳了他的全部建议。伦敦市长带领群众到达时，勃金汉已做好准备来代替他们表达心愿：

> 我们衷心请求殿下亲自负起国家重任，掌握王权；不再为人作嫁，做一个护政者、家宰、代理人，或当一个卑贱的经手员；您应该维护血统，继承王业，本是您生来的权利，是您的领土，应归您自有。②

葛罗斯持故意显示出迟疑：

> 唉！你们何必硬要把重担堆在我身上呢？我不配治理国家，不应称君王；务必请你们不要误会，我不能，也不愿，听从你们的要求。③

---

① 《莎士比亚全集》卷六，第 159 页。
② 同上，第 162 页。
③ 同上，第 163 页。

市长与市民们退下后,又立即被召回去见证理查对大众请求的"勉强"接受：

> 你们既不顾我是否愿意,坚持要把命运的重担压上我肩头,勉强我负起重任,……那么此事既由你们促成,一切垢污糟蹋都应与我无关。①

登基典礼随即定于次日举行。

经过一步步谋划与行动,理查终于实现了他的宏大目标。但小王子们仍在世上,理查向勃金汉暗示他们必须立即被铲除：

> **理查王**：嗳,勃金汉,我说我要当君王。
>
> **勃金汉**：呀,你已经是君王啦,我的天下闻名的主君。
>
> **理查王**：哈！我当真是君王了吗？ 对,可是爱德华还活着呢。
>
> **勃金汉**：的确,尊贵的君王。
>
> **理查王**：呵,多么恼人的结果哪！让爱德华活着当"的确尊贵的君王"！ 贤弟,你一向并不如此迟钝,要我直说吗？ 我要那私生子死。②

---

① 《莎士比亚全集》卷六,第 164 页。
② 同上,第 168—169 页。

可是,勃金汉却犹豫了。即便主公已经授意,他终究是在这样一种卑鄙至极的罪恶面前止步不前。理查在嘲弄的同时不禁怒火中烧,"雄心的勃金汉竟而慎重起来了"。①他立即抛弃了手中这把已经锋芒不再的利器。

> 深思熟虑而聪明过人的勃金汉,我再不能让他靠拢来参与计谋了。②

更加恭顺的人很快就找到了。葛罗斯特将急需完成的任务交给了凯茨比(Catesby)。为了给安夫人的消失打铺垫,他指示后者放出风声,"说我妻安病重"。③ 接下来便是对克莱伦斯的儿女们加以处置。凯茨比被要求物色一个"微贱的穷汉",④并安排此人与克莱伦斯的女儿结婚。这后一个要求并没有得到执行。克莱伦斯的女儿玛格莱特当时只是一个孩子,至下一朝代,她则被册封为萨立斯伯雷伯爵夫人(Countess of Salisbury),并与理查·波勒爵士(Sir Richard Pole)结为夫妻。至于克莱伦斯的儿子,新君理查觉得可以放其一马。霍林斯赫德认为这孩子"很单纯",而理查则认为"那男孩是个傻子",⑤差不多就是个弱智。所以,克莱伦斯之子在理查刀下侥幸得以活命,不过他之后又成了亨利七世的眼中

---

① 《莎士比亚全集》卷六,第 169 页。
② 同上,第 169 页。
③ 同上,第 170 页。
④ 同上,第 170 页。
⑤ 同上,第 170 页。

钉,并且被雄心勃勃的帕金·沃贝克(Perkin Warbeck)冒名顶替。帕金这位险中求胜者对外宣称自己正是克莱伦斯的遗孤华列克伯爵爱德华·普兰塔琪纳特。① 由于曾受到勃艮第公爵夫人的指导,并被英格兰尤其是爱尔兰的约克党人所拥护,此人一跃成为反对亨利七世苛政的代表人物。但他冒名克莱伦斯之子一事,绝非深思熟虑之举,因为后者当时仍身陷囹圄,爵位随时可能被赋予他人,而且沃贝克这一异想天开的行动直接断送了那位真正的普兰塔琪纳特的性命。1499 年,冒名者与真王子都被送上了断头台。回到剧中,克莱伦斯那位不够聪明的儿子暂时保住了性命。理查在盘算那些更重要的事情:

> 这对我太重要啦,一切不利于我的火头都得扑
> 灭。我必须和我大哥的女儿结婚,否则我这王业就
> 摇摇欲坠了。杀掉她两个兄弟,娶过她来!②

一步步计划紧密相连。正如我们看到的,勃金汉突然从罪恶行动中退出了,提瑞尔(James Tyrel)作为接替者杀害了两个王子。莎士比亚这样讲述的历史也在后世得到流传——不过,围绕关键信息,我们稍后将略作补充。理

---

① Perkin Warbeck (1474—1499)在亨利七世时期,在虚荣心驱使与约克党人的利用之下,自称是克莱伦斯的儿子,并以此名义在欧洲多国求得军力支援,企图夺取王位。

② 《莎士比亚全集》卷六,第 170 页。

查冷酷无情地对整个局势进行了简短概括：

> 克莱伦斯的儿子我已经关禁起来；他的女儿我
> 已把她嫁给了穷人；爱德华的两个儿子睡进了亚伯
> 拉罕的怀抱里，我妻安辞别了人世。①

唯独剩下伊利莎伯公主了。她也要被收服：

> 现在我知道布列塔尼的里士满觊觎着我的侄女
> 小伊利莎伯，想借这一结合，妄图争得王冠，我就去
> 找她，再当个快乐幸福的求婚郎。②

然而，理查的王冠还未戴稳，坏消息便撞踵而来。伊
里主教毛顿前往布列塔尼与亨利·都铎（Henry Tudor）
汇合，勃金汉以"坚强的威尔士人"③为后盾也起兵造反
了。再后面的剧情对历史进程有大幅度的裁减。在历史
上，里士满伯爵（Earl of Richmond）亨利最早一次采取行
动争夺王权是在1483年10月，即理查篡位之后的第四
个月。但这次起兵无功而返，剧作第四幕第四场结尾处
对此有所提及。第二次起兵是在两年之后的1485年8
月，亨利此番获得了成功。也就是说，莎士比亚把理查统
治的两年时间整个地省略掉了。

---

① 《莎士比亚全集》卷六，第173页。
② 同上，第173页。
③ 同上，第174页。

　　祸乱四起，在描绘篡位的君王最终倒台之前，剧作设置了紧张感十足的第四幕第四场。我愿在此引述道顿教授高我一筹的对这一场景的概括："这一场戏具有一种布莱克式的风格及美感。三个女人——两个王后、一个公爵夫人——在悲痛与绝望之中席地而坐，哭诉着心中的悔恨。首先是两位君王的母亲，其次是爱德华的遗孀，最后是如同美杜莎般令人恐惧的玛格莱特王后，三个女人的悲愤之情如出一辙。悲惨的经历使她们把尊贵的身份放置一旁，不再纠缠于彼此间的隔阂。她们内心的怨恨翻滚不歇，但她们此时是共同作为女性来面对滔天灾祸的不断降临。熟悉布莱克为《约伯书》所作插图的读者都会记得，艺术家是如何通过人物群像来展现崇高与恐怖，如何让群像中的每一个人在同样的激情的支配下做出类似的头部与肢体动作。"尽管我已指出玛格莱特此时在英格兰出现并无历史依据，约克公爵夫人实际上也没有剧作描写的那么年长，但这些自由发挥看来有其合理性。莎翁的这场戏既充满力量又令人惊恐，老王后玛格莱特的预言与祷告也分外骇人：

　　　　且为我设想；我渴待着洗雪旧恨，而且时到如今，我又看厌了满目疮痍。你那杀害我儿的爱德华已经死去；你另一个爱德华又抵偿了我儿的命；再赔上一个小约克，但他俩加在一起也抵不上我的重大损失。你的克莱伦斯曾刺杀过我的爱德华，如今他也死了；至于利佛斯、伏根、葛雷和荒淫的海司丁斯,都是这场惨变的旁观者,现在也都断送了性命,埋进了幽穴。理查仍留在人间,他是地狱的使者,专为魔鬼们收买灵魂,解送冥府;不过,快了,快了,他那无人怜悯的惨局已面临终结。眼见地面即将崩裂,地狱喷火,恶鬼呼号,圣徒祈祷,为了风驰电掣地传他上路。亲爱的上帝,撕毁他的命契吧!我但求能在瞑目之前说一声,"恶狗死矣"。①

然而,僭君理查居然还能将此骇人场景推向另一个高峰。他亲自出马,要从伊利莎伯王后手中抢走他的亲侄女。这位小公主是约克家族最后的命脉,以后她将带着约克王朝的继承权入赘都铎家族。相对于他对安夫人的戏弄,理查要求与侄女结婚的做法更加令人作呕。但是,对于女性们来说,要抵抗这个狡诈君王咄咄逼人的坚持,是何其之难:

> **伊利莎伯王后**:我就这样听魔鬼的诱惑吗?
>
> **理查王**:是呀,只要魔鬼是在引诱你干一件好事。
>
> ……
>
> **伊利莎伯王后**:可是你的确杀害了我的孩儿哪。

---

① 《莎士比亚全集》卷六,第176页。

理查王：只要我重新把他们栽进你女儿的胎房；在那个香巢中，他们得以重庆更生，他们本身的再现又可为你承欢。

伊利莎伯王后：我当真去劝我女儿来将就你吗？

理查王：这样办了，你就可以坐享儿孙之福。

伊利莎伯王后：我去。①

此处的问题是，伊利莎伯王后是真的同意，还是假装同意。这场戏就其主干而言，有一定的历史依据，但它制造出来的上述话题可能只会在史学界内部引起争论。就戏剧表现而言，我倾向于认为莎士比亚希望我们能够在这一幕以及早前一幕中看到理查强悍无敌的说服力。理查为人极其狡黠，在追求安夫人以及说服伊利莎伯的两场戏中，这种狡黠发挥到了极致。一个值得玩味的心理问题是，他的这种狡黠是否因为一般而言被归类为畸形的身体状况而变得不那么令人讨厌了？对于一部分女性来说，这种身体上的缺陷确实反倒具有一种魅力，在此类身体缺陷与高超的智力水平混合在一起时，尤其如此。就历史而言，当时的情况当然不是这样。伊利莎伯王后完全了解亨利·都铎的抱负，并早已允诺将女儿嫁给对方——但我们可以猜想，伊利莎伯的条件就是对方须成功赢得王位。

---

① 《莎士比亚全集》卷六，第186—187页。

亨利·都铎不久便开始采取行动,因为理查的气数几乎已经到了尽头。各方的不满与叛乱接连爆发。首先是斯丹莱(Stanley)带来了海上的消息:

> 里士满出海来了。
>
> 他受了道塞特、勃金汉和毛顿的煽动,来英国索取王冠。①

这里所提及的其实是里士满两次起兵行动中的第一次。接着使者来报:

> 此刻,德文郡一带有柯特纳和他的兄弟,那个目中无人的爱克塞特主教,他们结集了许多党羽在兴兵作乱了。②

第二位使者禀告说,基尔福德一族(Guildfords)在肯特郡揭竿而起,其后又有使者称,"托马斯·洛弗尔勋爵和道塞特候爵已在约克郡备战"。③ 好消息则是,勃金汉的人马"被水冲散了,山洪忽而暴发",④亨利·都铎登陆失败后率军"回布列塔尼去了",⑤勃金汉本人也被擒获。但随即又有消息传来,"里土满伯爵率领了强大军队在弥

① 《莎士比亚全集》卷六,第 188 页。
② 同上,第 189 页。
③ 同上,第 189—190 页。
④ 同上,第 189 页。
⑤ 同上,第 190 页。

尔福登了陆"，①里士满的两次行动之间差不多间隔了两年，在剧中则被混为一谈。

索取王位的年轻的里士满在第五幕中登场亮相。他的父亲乃威尔士人爱德蒙·都铎（Edmund Tutor），祖父为欧温·都铎（Owen Tutor）。欧温是法国公主凯瑟琳（Katharine）的第二任丈夫，而这个凯瑟琳正是英王亨利五世的遗孀、亨利六世的母亲。亨利·都铎的母亲玛格莱特·波福（Margaret Beaufort）夫人是第一任萨姆塞特公爵约翰·波福（John Beaufort）的女儿，也是凯瑟琳·史温福（Catherine Swynfort）与约翰·刚特的合法继承人之一。有兴趣者可在斯塔布斯主教最杰出的一场讲座中找到关于亨利·都铎王位继承权的详尽讨论。② 此处我们不予赘述。不过，有两点需要指出：首先，英国的王权继承规则直到 1701 年的《王位继承法》（Act of Settlement）才得以明确；第二，就算是暂不考虑战斗的胜负、其刻意回避的婚姻关系及其治下首届国会所采取的行动，亨利·都铎要获得王位也是当之无愧的。兰开斯特王权在图克斯伯雷战役被击垮后，这位年少的王室宗亲就前往布列塔尼——兰开斯特一族退守的大本营——寻求避难，并在那里一直待到 1483 年。之后，他戏剧般地横空出世，"迅速成为理查所要打压的正义世界的领袖及代表"。③ 因此，波士委战役其实有两重含义：一方面

---

① 《莎士比亚全集》卷六，第 190 页。
② 原注：Lectures on Medieval and Modern History, pp. 343, seq.
③ 原注：Dowden, *Op. cit.*, p. 190.

是亨利·兰开斯特篡权之后一直无从定论的两方势力的斗争,另一方面是光明与黑暗、正义与谬误之间的道德斗争。

双方在波士委交战前夜的那场戏令人不禁想起——或者从创作时间角度来说,它预示了——《亨利五世》中阿金库尔战役的相关场景。在坦姆瓦斯(Tamworth)军营中,里士满鼓励他的战友们:

> 凭上帝之名,勇敢的朋友们,高歌前进吧,这一场激烈的血战将给我们带来永久的和平。①

牛津伯爵慷慨应和道:

> 每人一片真心,就能以一当千,足够战胜这个罪恶深重的刽子手。②

当众人退下,里士满安歇之前的一段独白正可看出亨利五世在阿金库尔的气势,尽管相比之下篇幅略短一些:

> 呵!上天呀,我自命为您手下的小将领,愿您恩顾,照看着我的战士们;把您那愤怒的刀枪交给他们,让他们好向横暴的敌人猛击,摧毁他们的钢

---

① 《莎士比亚全集》卷六,第 193 页。
② 同上,第 193 页。

盔！愿您指派我们为您的执法人，好让我们在您的
胜利中同声欢颂！我要把我这战栗不安的心魂，趁
我睡眼未闭之前，交付给您；呵！望您日夜庇护
着我！①

从此激情昂扬的场景，莎士比亚转入了在通俗剧中
常见的那种鬼魂场景，这种不圆润的拼接在莎翁笔力的
成熟阶段——写作《亨利五世》时——不会再出现。诸
多幽灵从里士满与理查王的营帐间升起，包括亨利六世
之子爱德王子、亨利六世本人、克莱伦斯、利弗斯、葛雷、
伏根、海司丁斯、爱德华四世的两幼子、安夫人、勃金汉等
所有被理查谋害的人的幽灵。它们轮番对理查施下毒
咒，并祈愿里士满马到功成。这一场戏在理念上比较粗
糙，在形式上也较为机械。有评论者提出，被莎士比亚加
以改编的先前劣等剧作的痕迹不难被发现。此说不无道
理。作为对理查邪恶灵魂的抨击，这一幕戏的确有些笨
拙。同样不能令人满意的，是理查在惊恐中醒来后的独
白。有些编辑甚至主张将这段独白从特定版本中删去，
因为它更像是伪作。这一提议我觉得不甚合理。纵观全
剧，各个部分之间良莠并存，仅仅因为"它们不可能出自
莎翁之笔"就采取删除的做法是十分危险的。莎士比亚
写作时也承受着巨大的压力，他在笔力最佳阶段也仍旧
是一个凡人，他在早期创作中的审美趣味与水平更谈不

---

① 《莎士比亚全集》卷六，第 197 页。

上完美。不过,下面这一段文字堪称例外:

> 这正是死沉沉的午夜。寒冷的汗珠挂在我皮肉
> 上发抖。怎么!我难道会怕我自己吗?旁边并无别
> 人哪:理查爱理查;那就是说,我就是我。这儿有凶
> 手在吗?没有。有,我就是;那就逃命吧。怎么!逃
> 避我自己的手吗?大有道理,否则我要对自己报
> 复……我是个罪犯。不对,我在乱说了;我不是个罪
> 犯。蠢东西,你自己还该讲自己好呀;蠢才,不要自
> 以为是啦。我这颗良心伸出了千万条舌头,每条舌
> 头提出了不同的申诉,每一申诉都指控我是个
> 罪犯。[1]

对战斗的描述最大程度地贴合了权威的历史叙述。即使
是里士满与理查单打独斗的情节也有不少历史材料可作
支撑,但就我所知,理查直接被里士满所杀这一点是没有
根据的。不过,理查的的确确死于战场。理查的带兵能
力及其个人英勇,无可质疑,但这无法改变他必输无疑的
命运,无法挽回他天理不容的统治。

与亨利五世类似,亨利·都铎在胜利之后也表现得
谦虚谨慎,并衷心赞美上帝:

> 颂赞上帝和你们的战绩,胜利的朋友们;今天我

---

[1] 《莎士比亚全集》卷六,第 199—200 页。

们战胜了,吃人的野兽已经死了。

……

从此红、白玫瑰要合为一家。

……

我国人颠沛连年,国土上疮痍满目;兄弟阋墙,阃下流血惨祸,为父者在一怒之间杀死亲生之子,为子者也毫无顾忌,挥刀弑父;凡此种种使得约克与兰开斯特两王族彼此叛离,世代结下深仇,而今两家王室的正统后嗣,里士满与伊利莎伯,凭着神旨,互联姻缘;上帝呀,如蒙您恩许,愿我两人后裔永享太平,国泰民安,愿年兆丰登,昌盛无已![①]

国家团结,这正是历史剧系列的要义所在。在伊丽莎白时代的英格兰,任何一个心系天下的爱国者都会围绕这一要义大作文章。正如下一章将讨论到的,身处 16 世纪的那些谨慎有加的政治家们深切担忧的事情之一恰恰就是矛盾重重的王位继承以及可能随之而来的又一轮内战。这个危险不是空穴来风,而是近在眼前。伊丽莎白王后未有子嗣。未来阴云密布。如果按照议会所支持的亨利八世的决定,王权将转予多塞特氏(Dorsets);如果按照世袭传承规则,王权将归斯图亚特(Stuarts)一族。除了王权未来的归属分歧,还有其他问题同样制造着恐慌情绪。物价高涨、货币贬值使得穷人生活愈加困难,连

---

① 《莎士比亚全集》卷六,第 205 页。

国王都日渐感到没法"靠自己收入生活了"。政府的开销不断增加,货币却在持续贬值。伊丽莎白从严从紧的政策放开之后,王权不可避免地要更为频繁地求助于国会;而被要求满足行政系统必要开销的国会,也必然会寻求机会表达不满。即便在聪慧的伊丽莎白主政时期,国会的牢骚不满也从未中断。如果换上一位缺乏机智与经验的继任者,局面又将如何? 在加尔文主义的鼓动下,下议院的行事风格已日趋火爆。它在老王后个人的卓越管治下未曾出格,不过当受到的抑制越多、受抑制时间越久,条件成熟时,它的爆发就会越剧烈。任何一个英国人,只要冷静地观察一下 16 世纪的最后 10 年,都不会不对接下来的时局心存疑虑。避免动荡的关键仍在于保持国家团结。需要罗马教会的信众、英国国教的信众以及清教徒们共建和而不同的关系;需要经济发展、修道院制度解体导致的农业世界变革不再进一步伤及传统佃农以及无产者;需要国会不畏都铎王朝的贵族专权,充分使用其在 16 世纪逐步巩固起来的宪制权力;需要王权学会接受下议院对权力的必然"侵夺"。未来晦暗不明,一切都尚未见分晓。

值得欣慰的,所有这些难题都在莎翁心中占据着重要位置。他所面对的正是 15 世纪的王权纠纷、政府无能以及社会混乱给英格兰造成的各种破坏。可以真切地看到,莎士比亚在所有历史剧中始终自觉承担着推进国家统一与社会团结的重任。正因为都铎王朝给人民的重大关切带来了希望,有着爱国之心的英国人才会带着尊敬、感激去爱戴与拥护那些其实并不完美的统治者。而在都铎时代,最受人尊崇的莫过于终生未嫁的伊丽莎白女王,女王陛下也乐此不疲地欣赏在她主政时期出现的那些杰出人物:雷利、德雷克、斯宾塞(Spenser)以及莎士比亚。

我们必须再回到《理查三世》。这出剧的重要意义在于三方面:首先是它的演出历史;其次是它对"枭雄"形象的塑造;再次是它对那段英国历史的表现锁定了后世对那段历史的认识。

莎剧中鲜有作品在舞台上获得的成功能够超过《理查三世》。个中原因不难找到。这部作品所涉及的历史情境包含了一系列的转换,其中的跌宕起伏本就极富戏剧性,剧中人物的行为动机具体可感,人物形象棱角分明,尤其是核心主人公,所以那些最好的悲剧戏演员们都渴望扮演——大部分的确也扮演过——理查三世,比如与莎翁同时代的理查·伯比奇(Richard Burbage),18世纪在科利·西伯(Colley Cibber)版本中演出的盖里克(Garrick)、谢里丹(Sheridan)以及坎波(Kemble),19世纪早期同样是在西伯版本中出演的爱德蒙·基恩(Edmund Kean)、查尔斯·基恩(Charles Kean)以及马克里迪(Macready),19世纪后期的亨利·欧文(Henry Irving)、艾德温·布斯(Edwin Booth)以及巴里·沙利文(Barry Sullivan)。在1877年兰心(Lyceum)剧院的欧文(Irving)版出现前,《理查三世》的演出都依循着莎剧的原初形式。

对于这些演员们而言,理查三世这一角色具有难以抵抗的魅力,它绝对是戏中最耀眼的部分。剧作中至少有1160行文字归属于他,勃金汉以364行居其次,伊利莎伯以274行排行第三。先前我已指出,剧中只有一个角色可以转移人们对理查的关注,那就是玛格莱特王后,但她也只有218行台词。理查真的是一骑绝尘。

在对理查性格的评判中,剧评论家们可谓费尽心力。但依我浅见,这样大动干戈相对而言并无必要,因为理查三世的品性并不似理查二世、亨利五世甚至是亨利四世那么复杂微妙。亨利·莫雷认为,理查三世是"莎翁笔下最近恶魔的形象"。这样一种角色提供的阐释空间其实很小。不过,批评家们、演员们仍然对之情有独钟。在汗牛充栋的评论中,我觉得以下三种意见最具代表性。哈德逊说:"理查是个有手段的伪君子,但也并非彻头彻尾的伪善,至少他的勇气与自我控制力都是货真价实的,而他的意志力对他自己天性的克制丝毫不亚于来自敌手的压制。这也许是此人物角色最值得肯定的一点。这种自我调度的力量——对所有伟大的性格都至关重要——大多可以赢得支持或是激发出某种尊重。"柯勒律治认为理查最突出之处在于其"傲世的智力"。他说,莎士比亚"在崇高的道德视角下展现了道德臣服于智力所造成的可怕灾难"。道顿则提出相反意见,认为理查的核心特征不在于其智力。他认为,那是"一种魔鬼般的意志力……莎士比亚的理查,根本而言是比罪犯更可怕的恶魔。他一心一意投身于恶,却不会因此走向脆弱。理查可没有一仆侍二主。他不像约翰王那样既要逞强又畏首畏尾，也不像麦克白那样既无快乐也无信仰。理查彻底抛弃了忠诚与荣誉。他如痴如醉地按照地狱之恶行事，并因此而强悍无比。他颠倒了道德秩序，并试图定居在乾坤颠倒的世界里。他未能成功，他的无礼挑战使他自己在天道面前粉身碎骨。然而，如果说约翰王完全不值一提，但我们却不免对这样一个恶徒抱有一丝钦佩——他居然无所顾忌地选择以恶来成全他的快乐"。这实乃精辟之见。

理查三世就是纯粹的恶，在他身上，人类的目光探寻不到半点善的存在。从他在《亨利六世》中的第一次露面直到波士委战役，他的良知未曾苏醒过，未曾使他感到一丝悔恨；对于任何世人，他未曾有过爱意或同情。父母、兄弟、侄甥、侄女、战友、权力盟友均被视作服务于其个人野心的工具，合则用之，忤逆者则除之。理查当然卑鄙无耻，但却不虚伪。因为虚伪之人既迷惑他人，也欺骗自己，而理查不是这样，他知道自己是个恶棍，并以此为荣，他从不左右摇摆，不会因噬血的欲望而心生烦恼，他就只是心无旁骛地、无情地追求自己的目标。这样一种人物刻画显然属于学徒水平，它缺乏明暗之间的交叉对比。这是马洛式的写作，还未体现出莎翁自身风格的形成。

然而，莎翁所写符合历史真实吗？历史学家自然比批评家更关注这个问题。给这个问题找一个答案并不容易，不过有两点是已然明了的。首先，毫无疑问，莎士比亚的人物刻画严格遵循了当时可见的权威史料的叙述；其次，剧中形象对历史画面的定格至少持续了一个世纪，甚至可能至今也未被打破。在 1768 年贺拉斯·沃波尔的《关于理查三世生与死的历史疑点》(*Historic Doubts on the Life and Death of King Richard III*)①出版之前，被莎翁锁定的历史画面的确切性一直未受拷问。沃波尔的作品出版之后，各种新意见接连出炉，它们未必旨在全盘重塑理查三世的形象，但至少是对关于理查的严苛裁决——经由莎翁之笔昭告天下，并为其后的批评家们所接受——提出了质疑。反思得以进行的基础有二：其一，无充足证据表明小王子们在伦敦塔中被谋杀，即便确系被谋杀，理查乃幕后主使的证据则更为缺乏；其二，正如更具全局观的批评者所指出的，关于理查恶行的传说来自那些无意为之辩护，甚至有意将其抹黑的证人以及所谓的"权威"。

　　带有批判眼光的历史研究者更着意于上述第二条思路。莎士比亚表现了小王子遇害一事，这事一般也被认为是一系列罪恶行径的顶点。亨利六世、克莱伦斯、安王后等人之死，"女王的近臣"利佛斯、葛雷以及伏根之被处决，对海司丁斯以及勃金汉无情的铲除，所有这些都只是铺垫。最后一步才是令人难以视而不见的惊世骇俗之举。对付一般人等不过是普通的政治操作；在那个无情

―――――――

① 译注：此处作者似有笔误，该书书名应为 *Historic Doubts on the Life and Reign of King Richard III*(《理查三世生平及其统治的历史疑点》)。

而血腥的时代,人的性命仅如草芥,解决一个不听命的仆从或政治对手,至多不过在国会里多收到一张反对票而已。但是,为了成就自己而去谋害同一亲族两位无辜天真的少年,就非一般罪行可比拟的了。

不过,两位小王子真的是被谋杀的吗?明确可知的是,爱德华五世与兄弟理查一夜之间就从历史长河中消失了。"他们被关押了多久,究竟是如何死亡的,唯有各种无法确证的传说与猜测。大多数人以为,至今也仍相信,两兄弟是在亲叔叔的命令下被谋害的。"①事情发生之后的 200 年,伦敦塔中的一次偶然发现给这一普遍观点提供了一个证据。1674 年,在由克里斯多弗·雷恩(Christopher Wren)指挥的翻修白塔的工程中,工人们发现了一个箱子,其中正摆放着两个少年的骸骨。人们立即设想,这就是那两位小王子的遗骨。在被装殓入大理石棺椁后,它们被安放在了威斯敏斯特教堂亨利七世礼拜堂的北侧走廊。

如果伦敦塔中的这一发现发生在一个没有相关历史瓜葛的年代,大众的反应可能会更加活跃。在 1674 年之前,相关历史定见就已经非常根深蒂固了。莎士比亚与伯比奇②的力量共同建立了这一定见。那么,我们只能再往前追溯,考察莎翁之前的相关传说的真实性。我们曾提及,莎翁从霍林斯赫德那里获得了这个故事,而霍林

---

① 原注:Stubbs: *Op. cit.*, iii, p. 224.; Cf. Ramsay: *Op. cit.*, p. 554.
② 与莎翁同时代、多次出演莎剧的演员,见本章前注。

斯赫德则是搬用了托马斯·莫尔爵士的《爱德华五世传》(*Life of Edward V*),①莫尔所写材料的历史可信度又主要取决于毛顿大主教。毛顿是一位坚定的兰开斯特党人,他所辅佐的君王②明显立足于兰开斯特一派,该君王获得王位也绝未依凭其来自约克家族的王后的支撑。进入都铎王朝之后,除非是致力于接近历史真实,否则一般而言,无人会尝试为理查这个畸形人作辩护。正因如此,斯塔布斯主教、詹姆士·拉姆塞爵士以及其他一些现代史家都认为,"理查其人及其统治会被不断诟病"。拉姆塞写道:"理查三世身后无人情愿为其重塑形象。爱德华四世的后代可能对祖上的声名十分在意,但约克与兰开斯特两党对于邪恶的理查则是颇为一致地给予恶评。"③

理查的能力无须质疑。他早就以骁勇善战赢得并保有着一份声誉。他有耐心,能自我控制,行事谨慎,目标明确,这些品质在一个安祥的时代能使其成为一个出色的政治家与外交家。在剧中,他则被表现为将全部精力都投入到阴谋诡计及冷血计划之中。这样一种极罕见的人物形象自有其戏剧意义,但考究的历史学家们当然愿意作进一步探索。然而,相关历史材料相当匮乏。兰开斯特的编年史作家们从一开始就使历史框架定型了,此

---

① 在本章前半部分,作者提及霍林斯赫德的材料来自莫尔的《理查三世传》,此处则提出霍林斯赫德取材于《爱德华五世传》,前后信息存在不一致,且未予说明。参见本章前注。

② 此处指亨利七世。

③ 原注:*Op. cit.*, ii, p. 544.

后为理查三世所作的辩护只能是推论而无材料的支撑。这非常符合喜欢推理论证的人的胃口，这样的好机会不容被错过。莎士比亚塑造的形象的确已经被部分地扭转了，理查三世获得了一种至少更为中性的面目。

然而，热火朝天的相关研究所获得的成果少之又少。直至今日，理查三世在人们心目中的形象大致上仍如莎士比亚当年所描绘的那样——勇气可嘉、智力超群，但毫无道德底线。托马斯·莫尔爵士写道："此君行事诡密，表里极其不一，面容不露声色，实则心高气傲，对于仇恨之人故作友好，却无半点宽恕之心；其残酷行径非悉生于恶念，然概出于雄心抱负及增益其个人基业之念。"莎士比亚的剧作就是对莫尔意见的一个补充说明。二者之间的传承为英语世界锁定了一个历史印象。费尽心力的相关历史注解与研究都无法撼动这一印象。

理查三世短暂的统治使一个世纪以来的变乱达到了顶峰，这一切结束之后，我们终于迎来了宝贵的喘息之机。亨利·都铎在波士委的胜利所开创的新纪元使人们充满期待。但此处还有一个问题等待厘清。这场战役的胜利被批评家们称为"兰开斯特的胜利"，如果此种说法成立，那么胜利背后的原因有哪些？

拉姆塞爵士确信："兰开斯特政权显示出极强的生命力。它很难被打倒。它在1470年奇迹般地翻盘，在貌似灭亡两年之后又于1485年东山再起。这些事实表明了其根基之深。一个为人们认可的解释是；兰开斯特主张君主立宪、看重国会作用，约克政权则强调世袭王权且独断专行。"①拉姆塞所言非虚,但若本章所论可被接受的话,拉姆塞提及的这些史实尚不足以说明问题。要寻获问题的答案,需看到大部分国民真正的心之所系。对于王权究竟归属谁家,人们其实无甚计较,他们热切盼望的是强大有效的治理。蒲柏(Pope)早就表达过如下观点:

> 唯愚钝者相争于为政之体,不知治国尽善者即为最佳矣。②

这位18世纪哲学家的观点其实在帕斯顿家族颇具启发意义的书信中早已有过初步显示。这才是凯德起义背后的原因,以及亨利六世垮台、理查三世在波士委战败的根本原因。当初人们默许亨利四世的篡权行为,不是因为鼓吹绝对权力的理查二世是个暴君,而是因为他治国无方。亨利六世可是个圣人,但同样低能。相比之下,爱德华四世与理查三世虽有所不同,但他们也没能满足国家的需要——强大的有效治理所带来的国泰民安。

亨利·里士满的胜利不在于人们出于同情选择了兰开斯特家族的红玫瑰,而在于亨利的坚毅体现出了一个君王应有的气度,他也以行动践行了自己的诺言。

---

① 原注:*Op. cit.*, ii, p.552.
② 此为亚历山大·蒲柏(Alexander Pope)在论道德时提出的著名观点,参见 Alexander Pope, *The Works of Alexander Pope*, Vol. 3, London, 1754, p. 49。

第八章
英格兰的重生：亨利八世与都铎专政

理查三世倒台之后的半个世纪内，英格兰发生了翻天覆地的变化。与以往只求苟活于乱世不同，人们在思想上和生命追求上都有了各种各样崇高的目标……人类的各种激情与冲动喷薄而出。

——加德纳（S. R. Gardiner）

经过慎重考虑，我倾向于认为，亨利本人正是其治下诸多巨变的主要推动者……他的精神力量我双手称赞……亨利作为君王当之无愧；这位君王，面面俱到、实至名归。

——斯塔布斯主教

都铎王朝依靠的是工商业中产阶层，这一阶层在内战之后支持政府强有力的管治，相对于政治自由，它更在乎的是推动纺织、加速农耕、增产羊毛以及海外扩张。

——戈德温·史密斯（Goldwin Smith）

红衣主教约克……控制了君王和整个国家……他掌控了威尼斯所有的主要官员、职缺以及各类议事会……他声名显赫，连教皇的权威都不及其七分之一。

——威尼斯元老萨巴斯蒂安·朱斯蒂尼亚尼（Sebastian Giustiniani）

对于学院中的专业学生而言，英国历史中没有其他哪段岁月像 15 世纪那样意义重大、值得研习探究。我们也很乐意以这段历史来结束本书。在玫瑰战争烟消云散、党同伐异的乱局结束之后，在权贵们利己主义的恶行被中止后，英格兰需要一次重生。这项任务落在了都铎氏君王们的身上。威克里夫确实在某些方面被称为"宗教改革的先驱"；人们也不无道理地称乔叟为照亮文艺复兴之路的"晨星"。但威克里夫与乔叟影单力孤，也不够成熟，他们引领的运动仍不具全国性的影响。英格兰的国家性复苏是在 16 世纪，而波士委战役正是这个国家从中世纪迈向现代的起点。

在国家复苏之前，它需要一段时间的修养与调理。15 世纪末期的英格兰在体格上很可以被视作一个在校少年：有模有样、四肢成熟、身体各部位颇具活力，但是体型高挑瘦削。也许应该说，这个国家的营养跟不上它的发育；它长期受困于政治纷乱以及经济贫弱，需要定海神针来为自己赢得时间补充元气。都铎王朝带来了定海神针，并胸有成竹地承担了医治国家的照料工作。

用"专制政权"来形容都铎王朝绝不为过。但都铎君王们绝不是意大利文艺复兴时期的那些暴君，也与像法王路易十一以及西班牙王腓力二世那样的统治者相去甚远。16 世纪的英格兰已经见证了议会发展所取得的突出成就。若有批评家对此心存疑问，不妨对比一下议会在接纳亨利七世时的态度以及议会在 1604 年因反对詹姆士一世而发出的抗辩书。① 同时，16 世纪也是地方政府的重建时期，中产阶级经受了下个世纪重大政治任务所要求的必要训练。这些历练奠定了英格兰直到 19 世纪所采用的——总体而言行之有效——政治体制的基础。都铎王朝的专政当然也有不可忽视的另一方面。统治者们，正如我们已经提及的，从未打算将议会弃置，相反，议会经常性地得以召开并被委以重任。19 世纪到来之前，立法单位的成长在 16 世纪是最为突出的，它完成了许多意义重大的工作。但很难确定，议会在多大程度上能作独立的判断，也很难说它是否仅仅依照君王意见而开展立法工作。都铎时期的议会被批评过于"恭顺"，但予以配合并不必然等于恭顺。一种意见认为，它不过是随时候命的机构，而另一种更为公允的意见认为，都铎朝诸君王均致力于使大量城镇在议会中能有自己的代表，这为后来的议会制度改革做了有效且合理的铺垫。总体而言，如果都铎政权没有实现人民的意愿，它为什么没有被人们推翻呢？都铎政权只具有一种道德上的威权，手中并无为之效命的军队，而基于分封制的来自地方的军事支

---

① 议会不满詹姆士一世统治作风而提出的《道歉与补偿文件》(*Form of Apology and Satisfaction*)。

持当时也已没落消亡了。的确，都铎政权有"星室法庭"以及其他特权法庭，但"星室法庭"在当时受到公众欢迎的程度可谓一枝独秀，它作为受到拥护的专制政权的一个合适的组成部分得到了认可。① "星室法庭"后来为"长议会"所取缔，一方面是因为其存在已无必要，另一方面也是因为斯图亚特王朝的君王们将其从专制政权的一个机关转变成了支撑暴政的一个工具。专制政权，究其核心理念而言，不应无限制地存在下去。它之所以被允许建立，是为了应对某种危机，只要危机没有解除，人们便会默许、拥护它的存在。从波士委战役到击败西班牙无敌舰队的这段时间，恰恰可被视为一段危机时光。社会不仅经历着快速的转变，一个个危机也接踵而至。

首当其冲的便是王权危机。新政权的建立是否牢固，内战会否再次爆发，无疑是忧思之中的英格兰人最关心的问题。这在莎士比亚对亨利八世离婚事件的处理中明显可见。亨利八世在婚姻关系上的冒险决定所引发的对王位继承权、红白玫瑰之争的担忧，远超一般人的想象。随时可以另寻新欢的君王为何要与一个无甚魅力可言的女子正式缔结夫妻关系呢？

在王权危机尚未解决之前，英格兰还遭遇到了宗教事务上的危机。两个危机确实相互影响，但若认为亨利

---

① 原注：参见 A. F. Poliard, *Henry VIII*, p. 26。"星室法庭面临的最大困难是要应付蜂拥而至的申诉者们，在这个法庭，国王担任法官，法律上的拖延被降至最低程度，顾问费用也较为合理，正义很少会被遮蔽，因为这个法庭似乎还真拿法律当回事。"

摆脱阿拉贡的凯瑟琳（Katherine of Aragon）的意愿引发了英格兰的宗教改革，那就大错特错了。离婚一事起到了火上浇油的作用，但个中原因之复杂远非国王个人心血来潮所能涵盖。

与宗教格局的变化同步且有一定关联的，是由农业商业化以及随之而来的耕种模式及土地所有权的变化所导致的经济危机。在农业世界的大震荡中，整个社会的封建分封组织方式及封地体系最终走向了崩溃。土地所有权大量转手。新一代产权人的核心考虑不在于封建地位而在于商业收益。他们与中世纪贵族以及18世纪那些土地寡头没有多少共通之处。这些人购买土地不是为了获得政治影响力或取得社会关注，他们的目标在于收益。当然，农业世界的巨变滋生了许多社会罪恶、导致了一定程度的社会混乱，但不应否认这一变化在总体上为国家带来了繁荣发展，并壮大了中产阶级——反对斯图亚特君权的中流砥柱——的力量。这场农业革命并非由政府发动，也并未受到政府的鼓励。相反，法令文书中随处可见与抑制"圈地"、鼓励耕种相关的条款，政府着意于防范农民流离失所、市镇财政垮台。但在面对这样一种经济发展的自然趋势时，立法单位的应对举措未能达到满意效果。16世纪时被用作牧场的土地面积应该是被夸大高估了，但情势的发展已经制造出许多社会问题，农民与劳工甚至不得不卷铺盖走人，以腾出空间供羊群使用：

> 国会关关又开开，
>
> 穷苦人为面包悲泣徘徊，
>
> 小镇夷平为牧羊，
>
> 此乃时代新惨象。

这就是当时许多文学作品无可回避的主题。

　　这段历史时期不仅仅关乎国内的转变及重要发展。16 世纪，整个欧洲政治都进入了一个新阶段：以国家为中心的体系取代了基督教的普世体系。由罗马帝国建立、被神圣罗马帝国及天主教会部分继承下来的统一体观念，逐步让位于民族国家独立存在的观念。意大利各城邦以前所采取的政治对等、彼此平衡的存在方式，开始被欧洲大陆正在形成中的各个"民族-国家"所接受。英格兰很早就取得了自己国家的统一，但法国直到 15 世纪末才建立起完整的国家观念，而西班牙在统一之后的第一位君王则是查理五世大帝。

　　大型的、内部一致、秩序井然、拥有自觉意识的"民族-国家"的形成很快导致了国际间的竞争。国际战争、国际贸易、国际外交的时代开始了。从 15 世纪末至 18 世纪初，法国与西班牙、波旁与哈布斯堡之间的争斗一直在持续。相较此二者，英格兰既弱小又贫困，不过却在与大陆两强的天平关系中找到了自己的利益所在。这正是亨利七世、伍尔习主教（Wolsey）、伊丽莎白王后以及后来的威廉三世（William Ⅲ）外交政策的核心。年轻时代豪情万丈的亨利八世可能一度想放手一搏，将自己皇帝候选人①的身份再往前推进一步，但对于头脑清醒的英国国策的制定及践行者来说，主要目标绝不是在全欧洲独领风骚，甚至也不是与大陆两强平起平坐，而是宁可以一种隐忍的方式在二者之间保持平衡。克赖顿主教（Bishop Creighton）曾对伍尔习所扮演的高明角色作过概括，认为他是一个调停者，而非某个一锤定音之人，但总体而言保持平衡正是16世纪英国外交政策的最佳选择。16世纪后半期，这样一种平衡因为西班牙的一家独大而遭到相当程度的破坏。因此，伊丽莎白女王尽管一直留有余地，但在政治及通婚关系上整体性地偏向法国。荷兰地区爆发的起义，对于女王来说可谓是助推国运的天赐良机，她也智慧地采取了果断措施并大获全胜。

英国与西班牙之间的争斗还延伸至更大范围。双方之间的争斗绝不限于欧洲。在东印度群岛，赚得盆满钵满的葡西联盟遭到荷兰人的攻击。与此同时，英格兰的海盗以前所未有的胆量开始威胁到西班牙在西边的垄断。② 16世纪英国崭新气象焕发的过程中，最特别的、对英国人和全球都最具影响的一个方面就是海外探险热情的燃起以及迅速形成的对海外贸易的兴趣。中世纪的英国人在航海与经商方面均无特长。直到亨利八世，英国才有了第一支常规海军，才有了一年一度从波尔多进口葡萄酒、从冰岛运回鳕鱼这样的商业化海军活动。继替

---

① 此处应指神圣罗马帝国皇帝大位候选人。
② 指西班牙在大西洋以西发现美洲新大陆过程中的海上垄断。

西班牙政府效力的意大利人①开启了跨越大西洋的海外发现之后，16世纪末年，有许多意大利海员从布里斯托出发继续推进这一探险事业。需要注意，卡博特与哥伦布所领导的事业之间差异明显。西班牙在意大利航海家初获成功之后一直保持着对海外探险的热情，而英格兰则偃旗息鼓了相当长一段时间。事实上，英格兰当时也没有条件再继续下去。国家既无船只，也无海员，经过15世纪各种国内外战争，它确实无力再从事这样远距离的、危险重重的海外事业。英格兰在当时缺乏必要的动力与手段。就政治局面、宪制发展而言，从国家统一、国家身份的实现而言，它远远领先于欧洲其他国家，但在文化、经济及贸易领域，却只能被归类于垫底级别。出现这一现象并不奇怪，我们都知道，地中海及其沿岸国家在过去的几个世纪一直都是世界的文化中枢、贸易中枢，在此背景之下，英国可谓是欧洲文明中最偏远的一个异类。

　　这一局面在奥斯曼土耳其人攻占君士坦丁堡与埃及、控制东地中海之后得到了改变。原先的商贸之路被阻断，此后英勇无畏的水手们——多为意大利人——从葡萄牙、西班牙以及英格兰纷纷出发，试图寻找一条通往东方的新道路。土耳其人对这项持续开展的事业无法加以干扰。绕过好望角、打通通往印度的航海路线、对西印度群岛以及美洲大陆的发现等，是此类探索最直接的成果。英格兰后来也在这些新发现中充分实现了自己的权益，其地理意

---

① 即哥伦布。

义发生了深刻的转变:不再处于贸易世界的外围,而是在很短时间之内,当之无愧地跃居至中心位置。地中海,曾经的贸易之流的中枢,如今变成一潭死水,土耳其人将其变成了一条死胡同。不同地区的象征意义千变万化,但实际情况就是贸易之流的重心从地中海沿岸转移到了大西洋沿岸,伦敦与布里斯托取代了威尼斯与热那亚。

不过,文艺复兴时期地理大发现的最初成果并不归英格兰所享有,而是归属于付出了相应努力的葡萄牙与西班牙。在相关商业活动中,法国甚至是荷兰都要领先于英国。因为地理面积有限、人口规模较小,英国并无生存之虞。因此,它缺乏进行海外殖民的经济压力,也缺乏相应的物质装备。至亨利八世时期,情况有所改观,这位君王为英国航海事业的发展提供了想法及资金上的支持。正是在他的赞助下,一些私人性质的、不成体系的海外探索航行得以展开。但就整个国家而言,英国当时对这类活动出奇地冷淡、无动于衷,它需要一些强有力的刺激来促使自己去迎接哥伦布、达伽马、卡博特等人的地理发现所制造的历史机遇。

相关刺激与动力在伊丽莎白女王时代终于到位。英国的海上力量,正如弗洛德(Froude)所说,"就是宗教改革的合法后代"。只要英国仍然臣服于罗马教皇的威权,它就必须接受教皇钦定给西班牙与葡萄牙的垄断权。①

---

① 指教会通过《托德西里亚斯条约》(Treaty of Tordesillas)给西班牙和葡萄牙划定了各自在新发现地区的利益范围。

亚历山大六世（Alexander Ⅵ）的谕令已经警告英格兰不得染指新世界的利益，所以只有变身为异端，才可以不受规则的束缚。1559年关于宗教的决定①结束了旧统治、开启了新时代。对航海探险的崭新热情混合着新教徒的昂扬斗志及商业雄心，激发英国人展开了一系列攻击腓力二世的行动。伊丽莎白女王深知论外交实力自己并不占据主动，因此未曾设想与西班牙正式开战。但她敏锐地意识到私人性的、公司性的海盗行为所能起到的重要作用。让那些经验丰富的水手们冒冒险，她只需坐享其成。霍金斯船队、德雷克船队以及弗罗比舍船队的成员中，混杂着老兵、圣十字军战士以及海盗，他们的行动给西班牙的腓力制造了无数麻烦，同时又不需要国家或女王承担直接责任。

在长达30年的时间中，腓力因为自顾不暇，不得不对这些骚扰侵掠忍气吞声，未对伊丽莎白公开宣战。但玛丽·斯图亚特（Mary Stuart）②的去世使欧洲的局势不再纠缠模糊，再加上德雷克的相关活动越来越猖狂，"无敌舰队"最终驶向了英格兰。

击溃西班牙"无敌舰队"是具有头等意义的历史事件。它是16世纪历史进程的高潮时刻，为重大问题的解决指明了方向，也奏响了都铎王朝的终章。就在1588年，都铎王朝的领袖们完成了他们的使命。有赖于他们

---

① 指伊丽莎白对英国国教合法性的确认，参第一章注。
② 苏格兰女王，英格兰女王玛丽一世的表亲。玛丽一世去世后，信奉天主教的玛丽·斯图亚特对伊丽莎白一世的王位构成了严重挑战。

完美的策略、他们的政治洞察力、他们对人民的爱护以及严格的管治,整个国家走出了 16 世纪的重重危机,不仅元气得到恢复,而且更具活力、训练有素,做好了走向独立自主的各项准备。议会中也出现了独立自主的新气象,女王与议会议员在许多议题上意见不合,但双方都不会把事情推向极端;争议不会被允许发展为争端。凡是读过 1604 年《道歉与补偿文件》①的人都会明白,正是由于在"议会完全有理由关切的女王的婚姻与年龄"②事宜上采取的宽容态度,那些本不可避免的争端才没有发生。如果斯图亚特王朝的君王们能有此等审慎与谋略,与议会之间的冲突也会减少许多。新朝代的君王所力推的王权理论,理念上既荒谬,实践上亦惹祸端,他们的统治无疑把国家推向了又一轮革命的旋涡。但是,莎士比亚在创作自己的历史剧时,这样的局面还未出现,他不太可能绕过伊丽莎白时代英国人心中那种累积起来的爱国热情。我们从历史的重大危机中安然走出,整个民族对女王的杰出表现充满了感激之情。这位女王在风暴最剧烈时,紧紧把握着船舵,将国家这艘巨轮平安地带回港湾。

至此,一个自然而然的问题就是,所有这些与莎士比亚或其《亨利八世》——如果这的确是其作品——有何关系?莎士比亚与文艺复兴、宗教改革、农业革命、都铎专政、新教主义、议会崛起、列强平衡、伊丽莎白时代的海

---

① 见本章前注。
② 语出《道歉与补偿文件》。

外探险、荷兰起义、无敌舰队战败等等又有什么关系？这些事情是否只不过是以一种最间接的方式影响到莎翁对英国历史的解读，影响到他对历史人物的刻画、对政治的把握、对生命的反思？

用历史背景来解读莎士比亚的作品当然还需做更多工作，但以上初步论及的诸方面确实与其作品相关联。莎士比亚绝不是一个胸无天下的英国人，而是一个世界公民；他的写作旨归不局限于某一个时代。不过，尽管其具有普世性的眼光、毫无狭隘偏颇之相，但他对国家的热爱诚挚超群。作为作家，他可谓是一个标准的、无可争议的时代产物。他的戏剧作品证明了他属于文艺复兴时期的英格兰，而他以英国历史为素材的剧作则最为突出地、准确地反映了他所处时代的精神。

对于历史剧系列作品来说，《亨利八世》是一个恰当的结尾。但这部作品究竟是否出自莎翁之手？本书无法就关键问题逐一讨论，这样的讨论也非笔者所能胜任。不过，《亨利八世》的作者身份的确值得考察。各持己见的批评家们提出了五花八门的意见。最极端的看法认为，这部剧中没有任何一个字出自莎翁之手。有些人将此剧归为弗莱彻①的作品，另有人认为此剧出自两位作家之笔，但莎翁不在其中。还有人提出此剧乃莎翁与弗莱彻的合力之作，这种看法获得的认可应该是最多的。例如，斯佩丁（Spedding）先生不仅持此看

————————

① John Fletcher（1579—1625），与莎翁同时代的著名剧作家。

法,甚至准备进一步将两位作者创作的不同部分辨识出来。① 他将第一幕的前两场、第二幕的第三至第四场、第三幕第二场中的一部分视为莎翁之作,把其余各部分皆归于弗莱彻之笔。详观此剧便可看出,这一划分将剧中最佳、最受好评的部分放在了弗莱彻名下,包括勃金汉的告别辞,伍尔习、坎丕阿斯(Campeius)与凯瑟琳(Katharine)之间的冲突对话,凯瑟琳的去世,伍尔习的悲叹,克兰默(Cranmer)关于国家未来将在伊丽莎白公主统治下兴盛壮大的预言。这样一种对莎翁与作品的切割,是更为传统一些的批评家如哈德逊与哈利维尔·菲利普斯所不予认可的。他们其实并不否认作品的双重作者归属,也不否认弗莱彻作为创作者之一在剧中占有一席之地,但他们正确地指出,根据音律使用情况来加以研判的做法似乎太过夸张。的确,《亨利八世》的用韵与莎翁早期剧作大相径庭,这尤其体现在第十一音节的添加上。这一韵文特征以及其他一些表达上的特点,确实很符合弗莱彻的风格。然而,如果我们接受通行的看法,将《亨利八世》的创作时间定位在 1612 年——《亨利五世》出炉之后十余年——的话,那么该剧的韵体表达不同于早期剧作就不值得大惊小怪了。沃基斯·劳埃德(Watkiss Lloyd)先生以其审慎的批评态度提供了一个很到位的见解:"莎士比亚在忠于历史的创作中,在为舞台表现从编年史中摘录相关场景时,总是秉持着同样的原则来安排他的韵文,即令笔下的韵文最

---

① 原注:*New Shakespeare Society Transactions*, 1874.

大程度地接近日常化的散文性表达。语句的中断十分频繁,且被放置在不重要的词汇或句子成分处,这些中断甚至经常延续到句子结尾。语句之中充满了各种省略与插入,以至于只有音调部分还算保持着顺畅与明晰。"沃基斯·劳埃德也承认,剧中不少部分的风格都更近于弗莱彻而不是莎士比亚,但他仍坚持认为,"宏观来看,考虑到各幕各场在理念上的统一性、在细节上的一致性,甚至仅仅是对它们的独创性及诗学价值、对它们在趣味上的前后连贯稍加留意,再与弗莱彻的作品进行相应比较",①那么就连怀疑论者也会信服于莎翁对此剧的绝对支配。

史文朋带着同样的信心给出了相近的意见,并对所谓的"更高明的批评"不以为然。他写道:

> 这样一种对两位作者联合创作的假设,其实在文本中既找不到证据来证明,也找不到证据来推翻。它取决于剧作阅读者个人的判断与感受。但这种假设,连唯经验论者也基本不会相信,虽一知半解者都不会贸然考虑;一流的学者不会靠此来标新立异,最杰出的批评家也不会对之加以采信。从此思路来出发,那些信口雌黄、傲慢无礼的乱弹琴者可真是对原作展开了无所不用其极的放肆解读。②

---

① 原注:*Essays*, p. 316.

② 原注:*A Study of Shakespeare*, p. 18. 不过,史文朋承认,有些剧作确实有两位作者参与,如《伯里克利》(*Pericles*)、《泰特斯·安德洛尼克斯》(*Titus Andronicus*)、《雅典的泰门》(*Timon of Athens*)以及《亨利六世》。

《亨利八世》的主要素材来自霍林斯赫德,但利用了福克斯(Foxe)的《烈士之书》(*Book of Martyrs*),[1]并有可能借鉴了此前由切特尔(Chettle)等人在 1601/1602 年之前创作的以红衣主教伍尔习为题材的戏剧。[2] 卡文迪什(Cavendish)的作品《伍尔习传》(*Life of Wolsey*)[3]同样可能给《亨利八世》提供了启发。

剧作涵盖了约 13 年的历史进程,起自 1520 年开始的对勃金汉的迫害,结束于 1533 年伊丽莎白公主的洗礼仪式。剧中有一处描写在时间上不符合史实,即第五幕第二场中,克兰默在枢密院会议中出现,这其实发生在 1544 年。就结构而言,全剧各部分之间的联系过于松散。甚至可以说,剧作就是由一系列互不相干的事件场景组成的,只不过是安排了一组组人物相继粉墨登场。亨利本人在场景与人物之间起到了主要的串联作用,但串联性并不充分。直到第二幕第一场,勃金汉公爵都是剧作的主角。勃金汉之死为其他人上场腾出了空间。伍尔习随即占据了中心,不过随着离婚事件的发展,伍尔习和忧郁的凯瑟琳王后共享了舞台。在剧末,观众的注意力又突然从被天主教主导的过去带向了新教引领的未来。伍尔习与凯瑟琳都退入历史,克兰默大主教、安·波琳(Anne Boleyn)取而代之,安·波琳的女儿伊丽莎白在

---

① 16 世纪深受英国清教徒欢迎的一部著作,作者为约翰·福克斯(John Foxe,1516—1587)。

② 指亨利·切特尔(Henry Chettle,1564—1607?)创作的戏剧《主教沃尔西》(*Cardinal Wolsey*,1601)。

③ George Cavendish(1500—1561?),生前为红衣主教伍尔习效力。

结尾场景中更是焦点中的焦点。

剧作第一幕第一场对之前的历史剧作品——围绕兰开斯特、约克两强之争——作出了呼应。红白玫瑰间的斗争在贵族阶层引发了山呼海啸般的振荡。事实上，只有至多29位世俗终身贵族参加了亨利七世的议会。贵族们不仅在数量上锐减，在权势、威望上也大不如前。但这一局面对新王朝的建立甚为有利。不过，仍有一些家族与个人因为足够强大而引起了亨利八世的担心，最令国君不安的便是权倾一时的红衣主教伍尔习。在各大家族中，纳维尔氏（Nevilles）、霍华德氏（Howards）与斯塔福德氏（Staffords）的实力颇为抢眼。剧作伊始，这三个家族的代表人物——阿伯根尼勋爵乔治·纳维尔（George Neville，Lord Abergavenny）、诺福克公爵托马斯·霍华德（Thomas Howard，Duke of Norfolk）以及勃金汉公爵爱德华·斯塔福德（Edward Stafford，Duke of Buckingham）——引人注目地齐聚一堂。此处的诺福克就是《理查三世》中的萨立（Surrey）伯爵，其父约翰在波士委一役中战死。此处登场的诺福克公爵因为在弗洛顿（Flodden）战役中取胜而名声大振，①但他在权力场中的运筹帷幄丝毫不亚于他在战场上的威猛。一个重要的证明就是，他娶了爱德华四世的三女儿安妮，却仍然能够平安一生直至终了（1524）。勃金汉公爵爱德华·斯塔福德没

---

① 1513年，萨立伯爵在弗洛登（Flodden）大败苏格兰军，次年被亨利八世封为诺福克公爵。

有此等智慧，也没有如此幸运。他是《理查三世》中的勃金汉公爵亨利的儿子，他的大女儿伊丽莎白嫁给了诺福克的大儿子萨立伯爵①——此萨立伯爵之子后来被送上了绞刑架（1547）。② 勃金汉的小女儿玛丽则嫁给了阿伯根尼。这种错综复杂的联姻，颇具代表性地体现了15世纪贵族家庭之间的关系——回望英国历史，贵族家族关系的紧密性、排他性在此时达到了最高峰。这样的情况也为伍尔习的猜忌提供了口实，更为国君所采取的针对大贵族的行动提供了理由。

　　三位朝臣议论着最近英法两国国君在"锦绣田野"③的会谈，并把话题自然而然地过渡到那位焦点人物：

　　　　是谁调度的？据您看，是谁给这次盛大的集会调配得如此肢体匀称呢?④

　　　　这一切都是由明智的约克红衣主教大人安排的。⑤

提到伍尔习，勃金汉公爵便怒火中烧。他的亲家诺福克提醒他，与一手遮天的主教大人闹掰是十分危险的

---

① 指《亨利八世》中的诺福克公爵的大儿子托马斯·霍华德（Thomas Howard，1473—1554），先后被封萨立伯爵与（第三代）诺福克公爵。
② （第三代）诺福克公爵的儿子亨利·霍华德（Henry Howard，1516—1547）因谋反罪名成立，于1547年被处死。
③ 两国谈判时大摆排场，谈判地被戏称为"锦绣田野"，参见《莎士比亚全集》卷六，第303页注释。
④ 《莎士比亚全集》卷六，第305页。
⑤ 同上，第305页。

事情：

> 全国都注意到了您和红衣主教之间有私人的
> 仇隙。①

勃金汉难以控制自己的情绪，确信伍尔习"这条屠夫的狗，嘴里有毒"，②此人作为外交家与政客，"一肚子诡计，又敢作敢为"。③ 勃金汉指责伍尔习背叛国君，怎料想自己随后却因叛国指控被捕，与自己的女婿阿伯根尼一同被关进了伦敦塔。

　　第二场戏描绘国君与伍尔习的会面。但二者的对话被凯瑟琳王后打断，后者敬告君王，人们因为伍尔习的征税令痛苦不堪、心生怨恨。这些的的确确存在的针对财政政策的民怨民愤要追溯到 4 年前。莎士比亚在此仍以霍林斯赫德为依据——只有霍林斯赫德记录了这方面的事情。王后站在民众的立场表达对当权者的愤懑，不仅增添了戏剧效果，也为被冒犯的主教其后采取的敌意行动提供了因果逻辑。勃金汉倒台的场景同样是基于对霍林斯赫德的参考，但值得注意的是，在安排国君亲自审问勃金汉这一点上，莎士比亚比霍林斯赫德更近于史实。④勃金汉真正的过错在于，从兰开斯特家族波福这一支系

---

① 《莎士比亚全集》卷六，第 306 页。
② 同上，第 307 页。
③ 同上，第 308 页。
④ 原注：Brewer, *Reign of Henry VIII*, i, p. 383. "我们有确定无疑的证据来证明，审问是由国君亲自主持的。"

来说,他是亨利的继承人,同时,他又是"除克莱伦斯子孙之外的爱德华三世的第二顺位继承人"。① 霍林斯赫德告诉我们,他被指控犯下叛国罪,因为"在布莱沁格列(Blechinglie)②对阿伯根尼勋爵说了一些不当说的话;这位勋爵也由此犯下了包庇罪"。伍尔习的不满可能加速了勃金汉的倒台,但核心原因还在于王权的不稳定,在于王室缺少男性继承人,在于亨利八世在此情形下对所有王室宗亲的猜忌。根据霍林斯赫德的描述,总管揭发说,公爵听信一个僧侣的预言,认为"国王以及继承人都不会兴旺发达,我(公爵)应致力于广获民心,因为我与我的后人将壮大昌盛、一统英格兰"。莎士比亚在剧中实际上复述了这段话。③ 此前,同样在第一幕第二场,另一段话也是对霍林斯赫德文字的复述:

> 他总要说些恶毒的话,他说万一国王死后无嗣,他就要设法把王位据为己有。这些都是我听他亲口对他的女婿阿伯根尼勋爵说的。④

无需更多的证据来确定勃金汉的罪名。在第二幕第一场发表了慷慨演讲之后,勃金汉在剧中就消失了。这出连续性不足的戏剧的第一个主要情节也随之结束。

---

① 原注:Courtenay, *Op. cit.*, II, p. 129.
② 英格兰东南部地区名。
③ 《莎士比亚全集》卷六,第315页。
④ 同上,第314页。

但剧作已为第二个情节的出现做了足够的铺垫。在第一幕第四场,红衣主教于约克花园举办的化装晚会中,国君遇到了安·波琳,并疯狂地爱上了她。这场相识并无历史材料的佐证,但其为剧作情节的推演提供了动力,同时将国君的离婚问题摆上了桌面。

这一令诸方烦心之事,最初在两位绅士的闲谈中得到了透露(第二幕第一场),其中一位说道:

> 您最近没有听见人们喊喊喳喳地谈论国王要休凯瑟琳么?……这谣言近来又传开了,而且比以前更厉害,大家都肯定地认为国王想冒险干一下。这怕是因为红衣主教或国王的其他亲信,由于憎恶这位善良的王后,才引起国王的疑虑,借此来败坏她。①

另一位绅士确认有此传言并提供了不同的解释:

> 这肯定是红衣主教干的,他的目的无非是想对皇帝进行报复,因为他请求皇帝封他为托列多大主教,皇帝不允,故出此策。②

街上的流言就如此传播开来。在下一场戏中,这些

①《莎士比亚全集》卷六,第 330 页。
② 同上,第 330—331 页。

传言被权威人士证实。宫内大臣(应该是华斯特伯爵查尔斯·萨姆塞特)在与诺福克及萨福克公爵讲话时透露说，国君"他一个人在愁死苦想呢"。① 至于原因，他这样解释：

> 像是因为他和嫂嫂结婚的事，使他良心颇感不安。②

萨福克有自己的意见。"不，我看是因为他的心上安上了另一个女人了。"③诺福克坚信，"这都是红衣主教干的，这个红衣主教简直是二皇上"。④ 在与红衣主教的私下谈话中，亨利八世本人还是将离婚的打算归结为良心上的不安：

> 咳，大人，一个精力充沛的人要和这样一个可爱的同榻人分离，这是多令人伤心啊！但是，良心，良心，它是最敏感的。我必须把她抛弃。⑤

紧接而来的就是安·波琳与一位宫廷老妇人的私密谈话。"不攀高枝"就是她面对此次人生转机的抉择：

---

① 《莎士比亚全集》卷六，第331页。
② 同上，第332页。
③ 同上，第332页。
④ 同上，第332页。
⑤ 同上，第336页。

> 说实话,我以闺女家身份发誓,我可不愿意当
> 王后。①

但国君的决定——晋封其为彭布洛克侯爵夫人(Marchioness of Pembroke),"每年还加赏年禄一千磅"②——让她回心转意了。

在这有些滑稽意味的场景之后,便是可被列为全剧最佳场景之一的一幕悲剧:凯瑟琳王后在黑衣僧团寺院遭受伍尔习及坎丕阿斯的审问。有王后露面的这一场戏以及其他各场——特别是第四幕第二场——得到了各类批评家的高度称赞。杰姆逊女士觉得,"阿拉贡的凯瑟琳应该代表着莎士比亚才华及智慧的巅峰水准,其他诗剧中根本没有能与凯瑟琳匹敌的人物形象"。约翰逊博士③也难掩赞扬之意:"凯瑟琳悲伤之中有谦恭,失意之中有美德,这样的描写使得部分场景达到了悲剧创作的最高水平。"莎士比亚的描绘没有被高估,杰姆逊女士与约翰逊博士的评价十分公允。

莎士比亚关于特使聆讯这一段的描绘,从好几个方面来说都值得加以关注。王后指责伍尔习为"最想恶意中伤我的敌人":④

---

① 《莎士比亚全集》卷六,第 337 页。
② 同上,第 338 页。
③ 指塞缪尔·约翰逊。
④ 《莎士比亚全集》卷六,第 343 页。

您是我的敌人,我反对您来审判我,因为在皇上和我之间吹旺了火种的不是别人,正是您。①

伍尔习否认这些指控并请求国王裁决,后者不仅确认伍尔习未曾针对王后,而且还进一步说:

您一向希望把这件事平息下去,不愿意惊师动众,而且多方加以遏止,做了许多努力。②

在为伍尔习开脱之后,国君开始对事件的缘由进行解释。他声称,自己对于娶先兄遗孀为妻而产生的内心不安是由贝扬(Bayonne)主教的提醒引起的。这位主教从法国来到英国安排奥尔良公爵与玛丽公主的婚姻大事,但提出了公主的合法继承权问题,并中止了谈判。此问题被提出之后,亨利就一直惴惴不安。他的夫人凯瑟琳至今未能生育男性后代,并有多次流产及孩子早夭的经历。他将这些情况视作来自上天的惩罚。他开始为王权未来的继承问题担心:

我就考虑到我既无子嗣,我所统治的各国就发生了危机。③

---

① 《莎士比亚全集》卷六,第 343 页。
② 同上,第 345 页。
③ 同上,第 346 页。

　　亨利的这番解释与可辨明的史实有多大程度的吻合？有一点是明确的，即莎士比亚自己确实就是这样相信的，他所遵守的是当时最权威的来自霍尔的叙述。最优秀的现代史家们因为没有其他选择，更是对霍尔的编年史遵奉有加。弗洛德关于此事的见解与霍尔及莎士比亚基本一致。但是，现代的许多学者并不满足于霍尔、莎士比亚及弗洛德的叙述。不难看出，莎士比亚有意无意地为伍尔习作了开脱。近些年来，流行的以及权威的意见开始关注约克主教在事件中担负的责任。有些人认为他对凯瑟琳心存不满，二人之间各不相让，不少历史证据均可证明这一点。伍尔习与阿拉贡的凯瑟琳之间的关系，非常类似于俾斯麦与普鲁士腓特烈大帝王后之间的关系。另有论者——如同剧中所提及的传言那样——认为，伍尔习排斥王后主要是因为他对教会职位的渴求没有被满足，但这一意见遭到了为伍尔习作传者中最为谨慎的卡莱顿（Creighton）主教的强烈反对。虽然伍尔习的确有理由——充分的理由——与查理五世大帝对抗，但即使他这么做，也是出于外交家的深思熟虑，而不是基于个人教会职位的得失。伍尔习是举足轻重的宗教人士，而现代的研究则表明，他在欧洲外交事务方面表现得更加出色，实乃我国外交大臣第一人，也可谓最成功的一个。不过，这样的视角并不排斥伍尔习在离婚事件中所起到的引导作用。兰科（Ranke）就提出，伍尔习是为了翻转欧洲的联盟关系而在离婚事件中推波助澜。

　　在离婚事件之前，亨利八世虽与法王弗朗西斯一世素有来往，但总体而言偏向于自己的姻亲查理五世大帝。在弗朗西斯赢得马里尼雅诺（Marignano）大捷（1515）①之后、遭遇帕维亚（Pavia）惨败（1525）②之前的这段时间，欧洲的势力平衡似乎要被法国打破，而非受到兼跨奥地利与西班牙的哈布斯堡王权的威胁。但查理五世在帕维亚的胜利扭转了局面，伍尔习很快接受了这一新现实。1525 年之后，他无疑想要巩固与法国的联盟，这样一种想法会否是其推动离婚事件的原因呢？

　　上述推测如今可以得到明确的否定，许多历史证据都可以用来驳斥这一观点。历史证据也表明，亨利八世自己的解释——霍尔记录在案，经由莎士比亚得到推广——同样不能成立，离婚的决定并不是产生于法国大使所提及的玛丽公主的继承权问题。霍尔书中记录了法国大使的说法，"此方面的担忧可触发诸多事端，或者干脆终结此类担忧"。③ 这样一种冠冕堂皇的说法现在看来应是当年官方的一种虚构。布鲁尔（Brewer）教授已经用史料文档证明，"根本没有这个不胫而走的悄悄话，法国大使没有谈及玛丽的合法继承权"。④

　　但是，如果有这样的谈话，事态会受怎样的影响呢？这样的家庭关系疑问如果被提出，对亨利有何帮助？塔比斯（Tarbes）主教访问英国的时间是 1527 年 3 月，而克

---

① 法国在意大利米兰附近大败瑞士军队的战役。
② 法军是役在意大利被西班牙军队击溃，弗朗西斯一世被俘。
③ *Hall's Chronicle*，London，1809，p. 720.
④ 原注：Brewer, *Reign of Henry VIII*, ii, p. 144. 这一点在别处也得到了——尽管是更为谨慎的——确认，参见 Pollard, *Henry VIII*, p. 195。

拉克(Clark)——英国在罗马的代理人——早在1526年就按指令开始了关于离婚的协商工作。[1]

那么,是否安·波琳必须承担所有的责任?这或许是一个最简单的解答,不过却与史实不相符,不可能成立。安·波琳在12岁时就去了法国,在王后身边担任宫女。直到1522年,她才在英国宫廷中出现,那时她大约十五六岁。此后不久,亨利便爱上了她。她的姐姐那时已经是亨利的情妇,没有理由认为她比姐姐更会提要求。因此,关于离婚一事必须另寻原因。

经过大量的研究,有两三个历史情况基本得到了确认。第一,亨利迎娶长兄遗孀的合法性问题,从一开始就已经被提了出来,教皇尤利乌斯二世(Julius Ⅱ)曾就此给出过赦免决定,但他在此事上未必有权这么做,同时,他也未必全盘了解情况。还有,沃勒姆大主教(Archbishop Warham)[2]似乎从一开始,就立足于宗教法规对这桩婚姻表示过反对。此后就是初生婴儿不断夭折。在1510至1514年间,国王夫妇先后迎来4个孩子,但无一存活。早在1514年8月间,身在罗马的威尼斯大使就报告了当时的流言:"英国国君欲休妻也,其妻乃西班牙国君之女,亦为其兄长之遗孀。概因妻未能生育,英王遂起意另娶法国波旁公爵之女。"不过,在1516年2月间,玛丽公主降生并活了下来,重新燃起了亨利关于男性继承

---

① 原注:Brewer, ii, p. 163. 波拉德(Pollard)说时间应在2月。

② 坎特伯雷大主教威廉·沃勒姆(William Warham, 1450—1532)。

人的希望。1518 年 11 月,凯瑟琳又诞下一死婴——她所生的最后一个孩子。毋庸置疑,这些孩子的死亡给亨利的内心带来了沉重打击。《利未记》早就明文禁止此类婚姻,并且标明了相关惩罚——它们已经在亨利身上得到了应验。

国君还有国家层面的考虑,并且不乏根据。王权进入到一个特别晦暗不明的阶段。王后亲政在英格兰并无先例,[①]谁来继承王位成了热点话题。身在伦敦的威尼斯大使在 1519 年报告说,各路贵族从不同角度对王权的声索已经浮出了水面:诺福克公爵依托于其妻——爱德华四世的女儿——的权利;萨福克公爵查尔斯·布兰登(Charles Brandon)则是国王本人的姻兄;此外还有最为强硬、最具威胁的勃金汉公爵。所以,亨利在 1525 年将其私生子——伊丽莎白·布兰特(Elizabeth Blount)所生——隆重地册封为里士满公爵及萨姆塞特公爵绝对包含着深层次的考虑。与此同时,安·波琳登上了历史舞台。个人激情与相关举措合并在一起,正显示出对合法继承人的强烈渴求。英国的教会人士接到了相关垂询,而伍尔习也正想扭转与欧陆列强的联盟关系,因此罗马的态度并没有被过多考虑。

可是恰恰在罗马,此事进展并不顺利。克莱门特七世(Clement Ⅶ)十分为难。一般而言,离婚申请走正常

---

① 原注:马蒂尔达(Martilda,英王亨利一世之女)也许可算是一个例外。
译注:马蒂尔达曾被亨利一世确定为无男性继承人情况下的王位继承人。

程序即可,但既然前任教皇已经就亨利的婚姻下达过赦免意见,现在再将这赦免意见弃之一边,岂不是损害教皇自身的声誉吗? 更何况,1525 年之后的克莱门特也进入到身不由己的阶段。查理五世在意大利取得了至高无上的权力,并实际上控制着罗马。时至 1527 年 5 月,在国内推动"国王要务"的行动展开了。一场"针对"国王的"双簧"上演了。沃汉姆及伍尔习两位大主教作为在英格兰维护宗教法律的负责人,要求国王向他们解释为何"他不顾《利未记》中的禁令,与兄长的遗孀结合"。亨利可是当了一回被告,但这出双簧并没有奏效。就在这一年,罗马被神圣罗马帝国的军队洗劫,教皇本人成为皇帝的阶下囚,被关押在圣安哲鲁(St. Angelo)城堡。12 月间,教皇设法得以逃脱。次年,他给红衣主教伍尔习与坎丕阿斯发出了指令,但指令未能成功得到执行。一方面,凯瑟琳王后十分强硬,勇敢抵抗,另一方面,克莱门特教皇一直予以关注的意大利局势又有了变化。神圣罗马帝国的实力完全占据了上风,支持离婚的指令也就在 1529 年 7 月 19 日被撤消了。

从那一刻起,伍尔习的命运也被锁定。他把希望寄托在教皇身上,而教皇却导向了对立面;安·波琳长期与其不和;诺福克一党在朝廷上建构了稳定的势力;此外,伍尔习悉心经营的外交关系就如纸牌屋一样分崩离析,罗马对离婚指令的撤消是对这个纸牌屋的最后一击。国君早就打算采纳另一种意见,尝试以更简单、更快速的方式解决问题,而不是把希望放在像红衣主教这样保守的宗教人士身上。10 月间，伍尔习被控犯有侵害王权罪；同月 16 日，他失去了掌玺大臣的身份；以诺福克、萨福克、托马斯·莫尔爵士为首的枢密大臣新班子开始临政；议会被要求重新选举，1529 年 11 月 3 日，"宗教改革"议会得以召开。

　　在历史上享有盛名的这一届议会所做的工作，并不是莎士比亚关心的重点，它也不应占据我们过多的时间。莎士比亚对此后历史事件的叙述采取的是高度压缩的方式，这导致了相当可观的混淆，年代错误、史实错误均不在少数，尽管还没有造成过于严重的结果。莎士比亚对布莱德威尔（Bridewell）宫中王后内室一场戏的描写——第三幕第一场，伍尔习与坎丕阿斯试图让王后乖乖就范——受到了霍林斯赫德的启发，后者的材料则来自卡文迪什的《伍尔习传》。但如同之前的处理，莎士比亚赋予了王后应对伍尔习的力量。伍尔习在王后那里未能占得上风，还要与国君周旋。他毫无胜算，因为国王已经发现了他在与罗马沟通过程中的两面派做法以及他个人的贪腐行为。就第一方面而言，莎士比亚依然参考的是霍林斯赫德的说法。"他（伍尔习）通过书信与秘密使者要求教皇一定要推迟对离婚申请的判决，以等待他把国王的心意扭转到自己预设的轨道上来。"根据霍林斯赫德的记录，伍尔习的目标就是阻止亨利与安·波琳结婚，而力促其与法王之妹阿朗松公爵夫人（Duchess Alençon）结为连理，以此加强英法联盟。但在历史上，阿朗松公爵夫人玛格丽特在这场戏所涉时间之前大约两年就已经嫁给了纳瓦尔的亨利(Henry of Navarre)。剧作这一部分涉及的年代错误实在过于明显,无法替其掩饰。在同一场戏中,宫内大臣宣称"皇上已经娶了那位美丽的宫女了"。①然而,据霍林斯赫德的记录,亨利与安·波琳直到1532年11月才成婚。其他各类权威叙述记载的结婚时间则更为往后。在诸如此类的史实混乱中,这一场戏里的诺福克被与其父——卒于1524年——相混淆甚至都算不上什么大错了。至于亨利最终决定除掉伍尔习是因为在国书文件中发现其家私"数量之多,不是一个臣民所应有的",②也无可靠的史料来予以证明。

不过,上述错讹之处并不耽误戏剧形象的塑造,描绘伍尔习从权力高峰陨落的场面在整个历史剧系列中都堪称一流。在莎翁罗列针对伍尔习的各项指控时,霍林斯赫德仍然是其背后的材料来源。伍尔习在其著名的一段讲话中悲情陈辞:"如果我像效忠君王一样侍奉上帝,那么上帝也不至于在我头发花白之时将我抛弃。"③霍林斯赫德的这段记录则来自卡文迪什。

伍尔习就这样从剧中退场,他所领衔的情节场景落下了帷幕。与当时许多人一样,莎士比亚对伍尔习的认识不够公正。也许是因为与人物及相关事件距离太近,莎翁难以客观相待。但若不论与史实的符合程度,他对

---

① 《莎士比亚全集》卷六,第356页。
② 同上,第359页。
③ 此段引文见于霍林斯赫德《编年史》亨利八世一章,但这段文字最早可见于卡文迪什的《伍尔习传》。

这位不可一世的红衣主教的刻画仍旧是一流的。伍尔习以其傲慢、自负、自私以及对待忤逆者的残酷无情,横行于剧作的第一部分,不过其目空一切的笃定之中也不乏几分高贵的尊严。他突然之间的倒台则揭示了为人性格的另一面,此公结局的悲惨与临终前的谦卑令人侧目。

伍尔习的内心世界到底怎样,我们从莎剧中很难探得究竟,其在英国历史上的真实位置也是扑朔迷离。应该说,他的位置非常特殊,在相当大程度上,他处于一个分界点。在中世纪的英格兰,政教合一类的人物持续扮演着重要角色,而伍尔习是这一系列人物中的最后一位。与此同时,他又是第一位在欧洲政治中起到显著、重要作用的英国外交家。就其国内政策而言,他属于正在迅速消失的过去,但他的外交政策则明确对应于欧洲各国之间即将展开的竞争。从其个性及素质而言,他并不适合君主立宪制的王权,他不遗余力地真心拥护都铎专制政体。在宗教政策上,他偏向于进步的、愿意改革的保守派。他比任何人都更明白教会如何自取其咎,丧失了大部分原来享有的尊敬与爱戴,但他也比任何人都更清楚宗教在各民族传统中如何根基深厚,摆脱罗马控制的大好机会就在眼前。需要做的就是设计引导,而非直接一刀两断。他本有机会做到这一点,扭转英格兰对罗马的依附。此外,如同威廉·怀克姆①、威廉·韦恩弗利特②

---

① 见第五章译注。

② 见第五章译注。

等杰出的前辈那样,伍尔习也热衷于教育,并努力践行。他像怀克姆与亨利六世那样,想让自己的美名在建立牛津学院、创建顶级公学的举动中得到流传。如果他能活得再久一点继续完成自己的规划,那么伊普斯维奇学校(Ipswich School)、温彻斯特新学院(New College to Winchester)、伊顿国王学院(King's College to Eton)都将列在基督教教会的功绩单中。

当然,我们会认为,伍尔习本人肯定希望自己能够作为外交家、作为英国欧洲政策的制定者来被人们评判。在这个领域,他面向着一个新时代,在理解欧洲政治力量必须取得平衡这一点上,伍尔习可谓是欧洲政界第一人。这种平衡能够维护弱小国家的建立,遏制过于强大的势力,这样一种观念后来也被亨利四世①以及威廉·奥兰治(William of Orange)进一步发展。伍尔习当然主要考虑的是英格兰,而威廉三世主要考虑的是英荷联盟。二人都领会了"势均力敌"的真正内涵——不过,这一外交观在后世则被用作打压独立国家和弱小权力的借口。布鲁尔博士甚至不掩夸张地对伍尔习的功绩作出了如是褒扬:"舰队与陆军力量不足,国君与平庸的同僚也无甚支持,他凭借一己之力把英国从一个三流国家带到了欧洲政治的顶层。"的确,伍尔习以外交运作,使得国君能够与弗朗西斯一世及查理五世大帝平等地谈判,但没有人比他更清楚,这一平等建立在不牢靠的政治平衡的基础

① 此处应指 16 世纪后期的法国国王亨利四世。

上，维系此平衡需要他不断地作出各种调整。晚近的很多批评家，好像不能越过红线一样，极少对伍尔习及其成就予以肯定。但没人能够否认伍尔习开启了新的外交思路，为国民利益操持的伊丽莎白王后后来继承的正是这一思路。然而，如果说伍尔习在英国历史上占有一席之地，那么原因未必在于他外交上的成就——其外交政策其实有点游移不定——更不会在于他的教会工作或是他在教育上的热情。其历史地位主要来自他远不够完美但却非凡突出的个性。我们已经明了，考察个性是否出众，其流传的深广程度是真正的判断标准。伍尔习的个性不正是在流传中得到了验证吗？历史中有哪些人物比他更能吸引大众的想象呢？以其同时代人为例，主任牧师科莱①在教育领域远较伍尔习出色，沃勒姆在教会工作上也绝不亚于伍尔习，但马考雷的学生们能从这二位身上找出几个话题？又有谁在伍尔习那儿找不到话题？如果说伍尔习在话题效应上首屈一指，那么这在多大程度上应归功于莎士比亚对他的全面表现？不管怎样，莎剧是其形象得以传播的推动力之一。现在，我们又得返回到剧作本身了。

　　第四幕把我们带进了一个新画面，开启了新的情节。突然之间，我们就被告知离婚决定已经在国内的审判中获得通过和宣示，亨利八世与安·波琳婚姻道路上的障碍就此清除。但此幕中的第一场戏，若以严苛标准来看，

――――――――――

① 见第一章译注。

其戏剧性过于微弱,只不过是表现了王后加冕典礼的声势浩大。加冕典礼的各项细节均来自霍林斯赫德,但莎士比亚将奥伦戴尔伯爵(Earl of Arundel)与威廉·霍华德勋爵(Lord William Howard)换成了萨立伯爵及诺福克公爵。恰如评论者所指出的,这样做是为了不再在戏中引入更多令人陌生的主人公。

至第二场,我们又在突然之间被带到了金莫顿(Kimbolton),身在此地的前王后已经走到了生命的尽头。在病榻之上,她获知伍尔习已经在莱斯特(Leicester)归天。时间上的错乱在此令人遗憾地一望便知,但另一方面也可以为这样的错误开脱一二。历史上,伍尔习卒于1530年,而凯瑟琳王后卒于1536年,中间相差5年有余。但时间上的误差若能成就一场好戏,就勉强可被接受。莎士比亚也的确没有令人失望。约翰逊博士直言,这场戏"较莎翁悲剧中的任何一场戏,或者说,比其他任何一场令人动容、悲伤的戏都更为杰出"。史文朋则将这场戏称为"全诗最闪耀的部分"。这些溢美之辞不无道理。伍尔习死亡一事是由葛利菲斯(Griffith)——凯瑟琳的男司仪及机密侍从——通报给王后的。葛利菲斯的报告几乎是莎士比亚从霍林斯赫德那里一字不差照搬过来的。报告的结尾两句:

　　把他的一切荣誉还给了人世,把他的灵魂交还给上天,在安静中长眠了。①

---

① 《莎士比亚全集》卷六,第375—376页。

这位老好人陈词滥调式的汇报激起了王后内心的悲愤以及符合事实的批评：

> 但愿他得到安息，但愿他犯的错误不至于搅乱他的安息。但是，葛利菲斯，请允许我再评论他几句，我想说的话倒也不是苛刻无情的。他这个人的野心是无止境的，总把自己和帝王们平列；他用不可告人的手段奴役整个国家；买卖圣职在他来说是公平交易；他自己的意见就是他的法律；在皇上面前，他竟敢说假话，而且永远口是心非。只有在他想要害人的时候，他才表示一点儿恻隐之心；他许的愿是了不起的，就像他过去的声势；但是他实际的行动却是微不足道，像他现在这样。他把自己的身体糟蹋坏了，还给僧侣们树立了坏榜样。①

葛利菲斯在王后的允许下又为伍尔习送上了一段赞颂之辞，强调后者的卑微出身、远大志向以及博学与慷慨：

> 他在伊普斯威治和牛津建立的两座姊妹学院永远可以为他做见证，其中一个随他的失败而衰落了，不愿意在恩主去世之后再存在下去；另一个虽然还没有建完，但非常著名，在学术上有卓越的地位，至

------

① 《莎士比亚全集》卷六，第 376 页。

今方兴未艾,凡是基督教的国家将要永远歌颂他的
功绩。①

　　王后很自然地表达了希望,在死后能"有一个像葛
利菲斯这样的忠实的史家来报导我生前的事迹,来保卫
我的荣誉不受歪曲"。② 死亡悄然而至,但在归天之前,
舞台上出现了一幕王后梦中的幻象,"六个人物迈着庄
严而轻盈的步伐依次上。他们身穿白袍,头戴月桂枝编
的冠,脸上蒙着金色面具,手里举着月桂枝或棕榈枝"③。
这群"和平的精灵"④刚刚消失,王后就被带回到现实,一
名匆忙闯入的使者送来了国君的慰问。王后以一封早已
准备好的信回复国王,请求他关照"他的小女儿,她是我
们纯洁爱情的结晶",⑤请求他给侍女们安排婚姻并厚待
男仆们。戏中这封情辞恳切的信,几乎照搬了赫伯特·
舍伯里勋爵(Lord Herbert of Cherbury)《亨利八世史传》
(*History of Henry VIII*)中那封译自波利多尔·维吉尔
(Polydore Vergil)的信。凯瑟琳就在此处退场了,她与红
衣主教在去世时间上的接近并不是这一幕中莎翁以聪明
的方式所犯下的唯一一处时间处理错误。为满足明显的
戏剧需要,凯瑟琳之死被安排在了伊丽莎白公主出生之
前,事实上,这是伊丽莎白降生 3 年之后的事情。恰如杰

---

① 《莎士比亚全集》卷六,第 376 页。
② 同上,第 377 页。
③ 同上,第 377 页。
④ 同上,第 377 页。
⑤ 同上,第 379 页。

姆逊女士指出的,在这样一种对史实的偏离中,莎士比亚"并不是违背史实,而是把史实奉献给更高的原则;这不仅保证了戏剧的恰当性,而且也增强了诗意,有力地证明了他的细心与卓识"。

剧中没有任何证据表明此戏有奉承朝廷之意。假设通常认定的完稿时间是正确的,那么作者没有必要对都铎王朝最后一位统治者刻意奉承。不过,尽管剧作第一次登上舞台时,斯图亚特王朝的大幕已开启了 10 年,但伊丽莎白女王的美名仍广为流传。因此,要使这出戏为人接受,其结尾处的场景必须适中恰当。所以,其最终以伊丽莎白公主的洗礼仪式告终。

然而,必须承认,最后一幕的戏剧性较弱,从艺术的角度看,它甚至是反高潮的。对于那些不满意剧作整体统一性——形式上与内涵上——的人来说,这个不尽如人意的结尾只是一个小问题。整体统一性的缺乏——表面上看来的确如此——使得许多评论者反对将此作品视为莎士比亚的独创。这一理由在相关讨论中是最具冲击力的。

斯佩丁先生指出,在莎士比亚所有其他作品中,不会出现"观众的道德同情与戏剧行动不同步的情况"。与此相反,在《亨利八世》中,"我们内心唤起的最强烈的同情与情节进程背道而驰。我们的同情与悲伤,因凯瑟琳王后的善良而起,但情节发展却要求我们去庆贺安·波琳的加冕以及她女儿的降生。这些事情其实是凯瑟琳所受伤痛的一部分,但她的伤痛却在对方不义的胜利面前变得无足轻重"。这一评论着实击中要害,让人们看到剧作在伦理上甚至是美学上的漏洞。可是莎士比亚的主导立场并不在于审美的或伦理的,其出发点也许可被概括为"为国家的",或者根本而言,是政治化的。在观察这些事件时,他所采用的是一个典型的 16 世纪英国人、一个杰出公民的眼光,有哪位杰出公民不会为伊丽莎白公主的出生感到高兴呢?她是未来的王位继承人之一,其法定身份无可质疑。作为男人或女人,人们必然将同情给予凯瑟琳这位在时世变迁中无辜的受害者,但作为公民,大家当然要为亨利从无法得到男性继承人的婚姻中解放出来——依靠国内判决的支持——而倍感欣慰。此处,像以往那样,莎士比亚表现了当时人们的普遍看法,这促使其以伊丽莎白公主的受洗以及克兰默大主教为她送上的祝福——同时也是一个预言——作为剧作的尾声。这样的结尾改变了观众的注意力,制造了新气氛,引入了新角色。这样的进程设计在戏剧意义上确实是不可饶恕的。通观历史剧系列,莎士比亚在这一收官之作中应该是有意地将美学考虑让位于爱国情怀的表达。

确实可以把历史剧全系列视作一整篇前后贯穿的爱国主义文献,不过,尽管这些剧作有着内在的统一以及精神上的连续,但它们在侧重点与表现形式上却有明显差异。比如,《理查三世》或《理查二世》的结构与韵文表达不免有些僵硬与循规蹈矩。这些缺陷在《亨利四世》上下两部中都不再那么突出,但这部伟大的作品又明显地在历史剧与喜剧之间摇摆不定。就历史剧系列而言,有人认为《亨利四世》与《亨利五世》最能代表莎翁的风格。他在这两部作品中对材料的运用已经达到了随心所欲不逾矩的地步。《亨利八世》中的情况则大不相同。我们隐约可见运用材料的自由降格为一种任意。不过，在形式上，任意的成分并不算多。在岁月的长河中，那些作品丰富的作家又有几人能够保持年轻时代达到的精准或者中年时光达到的完美？有些人走向本不值得追求的花里胡哨，有些人则变得漫不经心。然而，在最伟大的匠人那里，失去的东西一般都会得到补偿。没有人会愿意以《暴风雨》中成熟、冷静的哲学智慧来换取《维罗纳二绅士》那种带有青涩感觉的精准，而《亨利八世》中的一些场景也是《亨利六世》或《理查三世》无法比拟的。不过，《亨利八世》真正的特别之处远没有这么简单。如同他笔下的宫廷女主角，莎士比亚并不是宗教改革的产物，而是文艺复兴的作品，没有其他哪部历史剧以如此充沛的精神展现了英格兰在16世纪的重生，也没有其他哪部作品像《亨利八世》那样摆脱了说教的意味。即便是最务实的评论者，都会发现很难从此剧中推导出什么"道德教训"。哈德逊先生的确有过大胆的尝试，他认为《亨利八世》的道德教益"给人印象十分深刻也非常正确"。但究竟是什么样的教益呢？"概而言之，它所展示的是苦痛如何使受苦痛者变得圣洁，展示了在情感世界中，如果一个人生而高贵、灵魂有力，其所经受的苦难便可以抵消其各种罪孽。"这样稀松平常、近乎陈词滥调的道德教训需要莎士比亚这样的天才来提出吗？如果说作品确实有教训要传达,那么它也基本不是伦理道德的,而是政治层面的。这种政治教训并非来自流行书籍中的名言警句,而是来自意大利的治国之术。莎士比亚采纳的是马基雅维利所提倡的政治与伦理道德的分道扬镳,是君王与政治家不同于普通个体的行为准则。凯瑟琳王后的确是周围环境的牺牲品,她不幸的命运很容易引起同情,但政治决策时常会给个人带来艰难与苦痛;道德标准上的松弛有时从公共政策角度来看却是合理的。

不断有评论认为,在《亨利八世》中不可能探测到任何精神内涵的统一性。如果被关切的统一性指的是伦理道德方面的,这样的批评意见可以成立。

但政治内涵方面的统一性是否同样无法找到?该剧以勃金汉公爵被捕为起始。他有何罪过?公爵的罪过并不在于他阻挡了伍尔习的野心,而在于他的身份与国君太过接近——如果亨利去世而无子嗣,勃金汉正是可能的继承人之一。也就是说,从一开始,这部剧的主旨就设定在了王权的继承问题上。这一主旨贯穿全剧,最核心的几场戏都聚焦于国君的关切:红衣主教大人是否能成功诱使教皇批准离婚?伍尔习将自己的声望与职业生涯的全部赌注都压在此事上,但终以失败收场。在离婚事务上,莎士比亚本人并未站边。亨利在剧中得以表明他的难题,这一难题当年也曾正式地进入编年史家霍尔的视野中,之后又从霍尔那里传至弗洛德。不过,莎士比亚不持偏见,他保持了一种奥林匹亚式的中正。像当时所有具有爱国心的英国人那样,莎士比亚意识到王位继承的重要性，这在剧中有明确体现。但他并没有就此忽略亨利对青春不再的王后加以排斥的其他可能的动机。国君对安·波琳突然产生的激情得到了强调，我们能否在这一冲动之中找到离婚的原因呢？没有证据表明莎士比亚对此持任何确定的看法。离婚一事的前前后后是否又是由挥之不去的内心愧疚导致的呢？这一可能性也未被否定。戏剧家所持的是一种审视的态度，给事情下判断的任务交给了陪审员们。不论怎样，王位继承这一要务在凯瑟琳退场之后仍旧得到聚焦，直至剧终。

　　剧作以勃金汉的被捕与处决为起始，以伊丽莎白公主的出生结束。王朝的未来得到了保证。虽然继承人不是男性，也未彻底平息争端，但这位继承人后来因为展现出的强大才智而被男人们戏称为"刚强"，在为治下人民、国家倾力而为的过程中，她作为独身女王具有不可比拟的优势。

　　一个伊丽莎白时代的戏剧家在自己的最后一部历史剧中以如此方式将作品推向高潮可谓再适切不过了。我们之前提到，第五幕在文学批评家那里遇到了严苛的审判，在道德家那里也不受待见，其中的第二场还有两处明显的时代错乱。克兰默在枢密会议上受审发生于 1544 年，第四场①则将这一事件的发生提前了 11 年。还有第一场提到的国王秘书克伦威尔（Cromwell），其实在 3 年前就被处死了。对史实的偏离有非常合理的理由，但我

---

① 此处作者似有笔误，克兰默受审在《亨利八世》中应在第五幕第三场。

无法像哈德逊先生论及相关场景时走得那么远："这一
描写提供了国君力挺克兰默的最直接、最有力的证据，这
样的支持为宗教改革的最终推行以及伊丽莎白的王位继
承奠定了基础。这部剧作的主旨就是表现正在改革过程
中的信仰，以及这改革所引发的思想与灵魂上的革
新。"①依我之见，莎士比亚心中并无这样明确的用意。
他以一种可贵的忠实，呈现了当时各种神学及政治意见
的交汇，他并没有臣服于其中任何一方。他对宗教改革
的提示是最低限度的。像大多数他的同代人那样，他似
乎对伊丽莎白的权宜之计抱以默许，但很难说相较于加
尔文教或罗马天主教他更为支持英国国教。无论在宗教
领域，还是在政治领域，中庸之道都是其心之所系。在同
样的道路上，伊丽莎白女王坚定而不偏执地向前迈进。
大多数民众都赞同女王的路线，他们在神学问题上的立
场也正是莎士比亚的选择。

　　如果上述考虑能够被接受，也就无需再为《亨利八
世》第五幕作过多辩护了。更何况，针对这一幕的许多
猛烈批评其实都有些大而不当。斯佩丁的评论颇能代表
某种流行意见："作品的笔触没有指向结尾，而是彻底中
断了，把我们遗弃在第五幕那些我们几乎不了解的人物、
基本不关心的事件中。"所以，"此剧的设计令人难以置
信，以莎翁之才识，居然任由结尾与全剧主旨及目标之间
出现如此大的脱节"。

---

① 原注：*Op. cit.*，ii，p. 179.

这样一种评论是否可以成立，取决于怎样来认识"全剧主旨及目标"。如果依本章提出的意见，那么将都铎王朝的统治带向巅峰的伊丽莎白女王的受洗仪式，不仅对于这一部戏是合理的结尾，对于以《亨利八世》为结尾的整个历史剧系列都是一个完美的句号。

莎翁写作《亨利八世》时，都铎王朝的威权时代已经结束，社会环境已经不再需要威权性的统治方式。都铎历代君王们成功地完成了他们的工作，这使得他们的专制号令失去了必要性，也不太可能继续被推行。不过，这也正是都铎王朝给斯图亚特王朝遗留下来的难题。如果那些不走运的斯图亚特君王们能有前朝统治者十分之一的智慧，他们也就不会意识不到专制时代已经一去不复返。击败西班牙无敌舰队这一盛举，既标志着专制政体达到顶峰，但也确切地预示了专制权力已再无用武之地。危机已然解除，民族获得大捷，国家这艘大船平安抵达了港口。在如此辉煌的成就中，那些薪火相传的领航者们所起到的居功至伟的作用，令整个国家都抱以感激之情。诚然，亨利七世与亨利八世的为人皆有不光彩之处，成就斐然的伊丽莎白女王也不免会因虚荣、无能及狭隘惹人轻视，但一味强调他们的缺点绝对有失公允，也将损害对历史的理解。负责任的历史学家绝不会不顾及具体情况而空谈全局之大义，这样一位历史学家以其谨慎的态度，不会将都铎时期描绘为压抑的，更不会将之描绘为暴虐的，而会将其界定为一段见证了国家扩张的利大于弊的专政时期。

　　都铎成功的秘密为何呢？答案显而易见。高度的勇气，不屈的意志，还有激烈奔放的爱国热情。一位诗人曾深刻地对伊丽莎白女王作出如是总结："伊丽莎白性格中不可思议地混合着英雄主义与自我主义，并存着狭隘吝啬与崇高伟岸，她非常自恋，但她更爱英格兰。"史文朋对伊丽莎白的这一评论从宏观层面可被用来描述伊丽莎白所属的那个时代。给都铎王朝带来激发力量的爱国主义也正是莎士比亚在历史剧中所着意表现的主题与基调。正如我们在序言一章中所提及的，在创作这些爱国戏剧的时候，莎士比亚并不孤单，但他在众多文坛高手之中又格外杰出。对于伊丽莎白时代的所有人——包括莎士比亚——而言，英格兰不仅仅是家园与国家，它更是一种令人激奋的力量。我们的历史上没有另外哪个阶段拥有如此强烈的国家统一意识与民族身份自觉。这一时代精神在各种各样的表达、学术探究、航海行动以及文学创作中均可见出，而它在历史剧中的展现又是最为特别的。在历史剧这一文学形式所呈现的爱国主义表达中，莎翁的编年史剧可谓皇冠上的明珠。借用柯勒律治的话来说："上帝不允许这些剧作不触动英国人的灵魂。我们真的应该称道那段'逝去的荣光'。因为爱国情怀贯彻在所有这些高贵的作品中……莎士比亚利用每一个机会来推动历史剧主要目标的实现：让大家熟悉自己国家的那些重要人物，激发人们持久的爱国热情以及对合乎限度的自由的向往，引导人们尊重那些把大家团结在一起的各类社会组织。"

　　"国家统一"与"社会团结"这两个观念统摄着以英国历史为题材的戏剧作品。这两个观念相辅相成。只有保持国内的团结,才能抵御外部的重大威胁,各党派、各阶层之间的团结是国家安全与福祉的重要保证。这正是各部历史剧着力传达的教益。对于我们的历史而言,这样的教益任何时候都不显得多余,也绝不会过时。

附录一
一些有益的书目

I. 笺注类文本

对英国历史剧系列的研究可使用诸多不同版本：华兹华斯（Wordsworth）的《莎士比亚历史剧》（*Shakspeare's Historical Plays*, 3 vols., Blackwood）包含了所有剧目并附有大量有价值的、可资批评研讨的材料，但剧本本身有所删减。在 *Leopoll Shakspeare*（Cassell）一书中，附有弗尼瓦尔（F. J. Furnivall）所作的精彩序言。在诸多剧目单行本的版本中，以下几种值得关注：Clarendon Press Edition（Oxford）；Cassell's *National Library*（ed. Henry Morley）；the *Arden Shakspeare*（Methuen）；the *Temple Shakspeare*（Dent）；以及 *The New Hudson*（Ginn）。

II. 莎士比亚生平类文本

By Sir Sidney Lee（Smith, Elder）；Sir Walter Raleigh

（Macmillan's E. M. L.）；F. J. Furnivall and John Munro （Cassell）；Halliwell-Phillipps （Longmans）；F. Harris, *The Man Shakspeare* （Palmer）.

III. 与那个时期（1199—1547）相关的历史类文本

（a）莎翁所使用的材料：Hall, *Chronicles*；Holinshed, *Chronicle*；Sir T. More, *Lives of Edward V* and *Richard III*；W. G. B. Stone's *Shakspeare's Holinshed* （Lawrence and Bullen）；以及 Collier, *Shakspeare's Library* （ed. Hazlitt）, （Reeves and Turner）,最具参考价值。

（b）现代作品：Oman, *History of England* （Vols. Ill and IV） （Methuen）；Sir James Ramsay, *Angevin Empire* （Clarendon Press）；Kate Norgate, *John Lackland* （Macmillan）；Stubbs, *Constitutional History of England* （Clarendon Press）；Oman, *Political History of England*, 1377—1485 （Longmans）；Sir James Ramsay, Lancaster and York （Clarencon Press）；T. D. Hardy, Itinerary of *King John* in *Rot. Lit. Patentium* （Record Commission）；Church, *Henry V* （Macmillan, E. M. A.）；*Paston Letters* （ed. Gardner） （Constable）；Oman, *Warwick, the King Maker* （Macmillan, E. M. A.）；Fortescue, *Governance of England* （ed. Plummer） （Clarendon Press）；Gairdner, *Richard III* （Camb. Press）；Froude, *History of England* （Longmans）；Pollard, *Henry VIII* （Longmans）；Froude, *Divorce of Cath-*

erine of Aragon (Longmans); Brewer, *Henry VIII* (Murray); Creighton, *Wolsey* (Macmillan); Friedmann, *Anne Boleyn* (Macmillan); M. Hume, *Wives of Henry VIII* (Nash); H. Hall, *Society in the Elizabethan Age* (Swan Sonnenschein).

IV. 批评类参考文献

Bradley, *Shakspearean Tragedy* (Macmillan); Dowden, *Shakspeare Primer* (Macmillan); Dowden, *Shakspeare, his Mind and Art* (King); Boas, *Shakspeare and his Predecessors* (Murray); Fleay, *Shakspeare Manual* (Macmillan) ; Coleridge, *Lectures on Shakspeare* (Bell) ; Hazlitt, *Shakspecre´s Characters* (Bell) ; Schlegel, *Dramatic Literature* (Bell); Watkiss Lloyd, *Essays on Shakspeare*; Gervinus, *Commentaries* (Smith, Elder); Mrs. Jameson, *Shakspeare´s Female Characters* (Saunders, Otley); Courtenay, *Commentaries on the Historical Plays* (Colburn); H. N. Hudson, *Life*, *Art*, *and Characters of Shakspeare*, 2 Vols. (Boston, 1875); Mézière, *Shakspeare—Ses Œuvres et ses Critiques* (Faris) ; C. Knight, *Studies of Shakspeare* ; Raleigh, *Johnson on Shakspeare* (Clarendon Press) ; Walter Pater, *Appreciations* (Macmillan) ; Schelling, *English Chronicle Play* ; A. C. Swinburne, *A Study of Shakspeare* (Chatto and Windus); A. C. Swinburne, *The Age of*

Shakspeare (Chatto and Windus) ; Luce, *Handbook to Shakspeare's Works* (Bell) ;. Kreyssig, *Verlesungen uber Shakspeare* (Berlin); Moulton, *Shakspeare as a Dramatic Artist* (Clarendon Press); Churton Collins, *Studies in Shakspeare* (Constable); Nichol Smith, *Eighteenth Century Essays on Shakspare* (Maclehose, Glasgow); Courthorpe, *History of English Poetry* (Vols II and III) (Macmillan); Brandes, *Shakspeare* (Eng. Trs. Heinemann); *Shakspeare's England* (ed. Raleigh) (Clarendon Press); Onions, *The Oxford Shakspeare Glossary* (Clarendon Press); *Eighteenth Century Essays on Shakspeare.*

附录二

相关剧目所覆盖的历史阶段

1. *King John*, 1199—1216.

2. *Richard II*, Sept. 1398—Feb. 1400.

3. *Henry IV* (Part I), Sept. 1402—Feb. 1403.

4. *Henry IV* (Part II), Feb. 1403—March, 1413.

5. *Henry V*, 1414—1420.

6. *Henry VI* (Part I), 1422—1455.

7. *Henry VI* (Part II), 1445—1455.

8. *Henry VI* (Part IIT), 1455—1471.

9. *Richard III*, 1471—1485.

10. *Henry VIII*, 1520—1533.

创作顺序与可能的创作时间

前莎士比亚时期剧目

Henry VI (Part I), 1590—91. (为莎士比亚改编使用)

第一阶段

Henry VI (Part II)，1592.

Henry VI (Part III)，1592.

Richard III，1593（？）.

Richard II，1594（？）.

第二阶段

King John，1595.

Henry IV（*Part I*），1596—7.

Henry IV（Part II），1598.

Henry V，1599.

第三阶段

Henry VIII，1610—12.（莎士比亚是否为唯一作者，这一点仍存疑）

附：鉴于各种情况，以上所列均为大致时间点。

附录三
莎士比亚作品集

喜剧(Comedies)

1. 错误的喜剧(*The Comedy of Errors*, 1593)

2. 驯悍记(*The Taming of the Shrew*, 1593—1594)

3. 维罗纳二绅士(*The Two Gentlemen of Verona*, 1594)

4. 爱的徒劳(*Love's Labor's Lost*, 1594—1595)

5. 仲夏夜之梦(*A Midsummer Night's Dream*, 1595)

6. 威尼斯商人(*The Merchant of Venice*, 1596—1597)

7. 快乐的温莎婆娘(*The Merry Wives of Windsor*, 1597)

8. 无事生非(*Much Ado About Nothing*, 1598—1599)

9. 皆大欢喜(*As You Like It*, 1599)

10. 第十二夜(*Twelfth Night, or What You Like*, 1600)

11. 特洛伊罗斯与克瑞希达（*Troilus and Cressida*，1602）

11. 终成眷属（*All's Well That Ends Well*，1602—1603）

13. 一报还一报（*Measure for Measure*，1604）

14. 两个高贵的亲戚（*The Two Noble Kinsmen*，1613）

历史剧（Histories）

1. 亨利六世（上）（*Henry VI*，Part 1，1589—1590）

2. 亨利六世（中）（*Henry VI*，Part 2，1590—1591）

3. 亨利六世（下）（*Henry VI*，Part 3，1590—1591）

4. 理查三世（*Richard III*，1592—1593）

5. 理查二世（*Richard II*，1595）

6. 约翰王（*King John*，1595—1596）

7. 亨利四世（上）（*Henry IV*，Part 1，1596—1597）

8. 亨利四世（下）（*Henry IV*，Part 2，1598）

9. 亨利五世（*Henry V*，1599）

10. 亨利八世（*Henry VIII*，1612—1613）

悲剧（Tragedies）

1. 提图斯·安德洛尼克斯（*Titus Andronicus*，1593—1594）

2. 罗密欧与朱丽叶（*Romeo and Juliet*，1595）

3. 尤里乌斯·凯撒(*Julius Caesar*, 1599)

4. 哈姆雷特(*Hamlet*, 1600—1601)

5. 奥赛罗(*Othello*, 1604)

6. 李尔王(*King Lear*, 1605)

7. 麦克白(*Macbeth*, 1606)

8. 安东尼与克里奥佩特拉(*Antony and Cleopatra*, 1606)

9. 科利奥兰纳斯(*Coriolanus*, 1607—1608)

10. 雅典的泰门(*Timon of Athens*, 1607—1608)

传奇剧(Romances)

1. 推罗亲王伯里克利(*Pericles, Prince of Tyre*, 1607—1608)

2. 辛白林(*Cymbeline*, 1609—1610)

3. 冬天的故事(*The Winter's Tale*, 1611)

4. 暴风雨(*The Tempest*, 1611)

诗歌(Poems)

1. 维纳斯与阿多尼斯(*Venus and Adonis*, 1592—1593)

2. 卢克丽丝遭强暴记(*The Rape of Lucrece*, 1593—1594)

3. 激情漂泊者(*The Passionate Pilgrim*, 1599)

4. 凤凰与斑鸠(*The Phoenix and Turtle*, 1601)

5. 十四行诗(*Sonnets*, 1593—1609)

6. 情女怨(*A Lover's Complaint*, 1609)

7. 挽歌(*A Funeral Elegy by W. S.*, 1612)

译后记

本书成书于第一次世界大战期间。身为教育家、政治家与历史学家，马里奥特于动荡的时局中力图沟通历史与当下。他在 1588 年与 1917 年之间看到了极为相似的历史场景——外部危机与内部纷争的并存。这位在牛津执教多年的政治家，希望以自己的莎士比亚研究为英国带来些许的启示。在马里奥特看来，莎士比亚是一个真正的爱国者，也是一位不可匹敌的文学家，而他在自己这本书中也试图达到文学批评与历史研究之间的平衡。虽然自谦为文学批评的门外汉，马里奥特在各章节对莎翁文笔的评判不可谓不精细，而他的历史视角更是将剧作背后的复杂线索呈现出来，将看似简单的情节还原为历史场域的冲突，从而为莎学研究者打开了诸多值得探讨的领域。

本书翻译中涉及的莎剧引文，皆出自朱生豪先生译本（《莎士比亚全集》，人民文学出版社 2014 年）。相关人名、地名也依此译本。此外，百年之前的出版格式与今有异，作者又于一战当中仓促修订成书，多处原注极为简略,译稿中均予保留。幸而作者在书后附上了珍贵的参考书目,方便读者推进阅读。

马里奥特文笔宽厚、纵横古今,译者之力实有不逮,望读者专家不吝指正。

图书在版编目（CIP）数据

莎士比亚戏剧中的英国史/（英）马里奥特著；
虞又铭译.--上海:华东师范大学出版社，2023
ISBN 978-7-5760-3805-7

Ⅰ.①莎… Ⅱ.①马…②虞… Ⅲ.①莎士比亚
（Shakespeare，William 1564—1616）—戏剧文学—文学
研究②英国—历史—研究 Ⅳ.①I561.073②K561.07

中国国家版本馆 CIP 数据核字（2023）第 083294 号

华东师范大学出版社六点分社

企划人　倪为国

莎士比亚戏剧中的英国史

著　　者　（英）马里奥特
译　　者　虞又铭
责任编辑　徐海晴
责任校对　彭文曼
封面设计　刘怡霖
出版发行　华东师范大学出版社
社　　址　上海市中山北路 3663 号　邮编　200062
网　　址　www.ecnupress.com.cn
电　　话　021－60821666　行政传真　021－62572105
客服电话　021－62865537
门市（邮购）电话　021－62869887
地　　址　上海市中山北路 3663 号华东师范大学校内先锋路口
网　　店　http://hdsdcbs.tmall.com
印 刷 者　上海景条印刷有限公司
开　　本　890×1240　1/32
印　　张　10
字　　数　150 千字
版　　次　2023 年 8 月第 1 版
印　　次　2023 年 8 月第 1 次
书　　号　ISBN 978-7-5760-3805-7
定　　价　68.00 元

出 版 人　王　焰